La memoria de un elefante

NOVELA|Berenice

ALEX LASKER

La memoria
de un elefante

Traducción de Ignacio Alonso Blanco

Berenice

Título original: *The Memory of an Elephant*
© ALEX LASKER, 2021
All rights reserved.
Spanish translation copyright © EDITORIAL ALMUZARA, SL., 2023
© de la traducción: Ignacio Alonso Blanco, 2023
Spanish (Worldwide) edition published by arrangement
with Montse Cortazar Literary Agency
(www.montsecortazar.com).

Primera edición en Berenice: noviembre de 2023
EDITORIAL BERENICE
www.editorialberenice.com

Director editorial: JAVIER ORTEGA

Colección NOVELA

Maquetación: MIGUEL ANDRÉU

Impresión y encuadernación:
ROMANYÀ VALLS
ISBN: 978-84-11318-14-3
Depósito Legal: CO-1683-2023

Impreso en España/*Printed in Spain*

Índice

Dedicada a doña Gaphne Sheldrick, de la Sheldrick Wildlife Trust, y a todos los cuidadores y guardabosques que luchan por salvar al elefante africano.

PRÓLOGO

De no haber sido por las lluvias torrenciales, los acontecimientos de aquella noche, y de otras posteriores, se habrían desarrollado de modo muy diferente. Como las escobillas del Mercedes no daban abasto para drenar el agua del parabrisas y la visibilidad apenas llegaba a los cincuenta metros, el doctor Ovidio Salazar viajaba a sólo sesenta y cinco kilómetros por hora en una autopista trazada para rodar a ciento veinte.

De pronto una figura gigantesca apareció iluminada por la luz de los faros delanteros. El hombre dio un instintivo volantazo de defensa que le hizo perder el control del vehículo y después corrigió (mal) frenando y girando en contra de la dirección del derrape, maniobra que sólo sirvió para impulsarlo aún más e hizo patinar al coche hasta realizar un giro de trescientos sesenta grados. Cuando por fin se detuvo (por fortuna sin chocar ni con la mediana ni con la criatura), Salazar echó un vistazo fuera para ver qué demonios de bestia era aquella.

Y allí, a no más de seis metros del parabrisas, se encontraba el elefante más grande que había visto en su vida. Salazar, según le dijo más tarde a su familia, estaba seguro de que el animal lo había observado con detenimiento y expresión preocupada desde el otro lado de las escobillas. Se miraron a los ojos durante cinco largos segundos y después el elefante se volvió, cruzó la mediana sin esfuerzo y desapareció bajo la cortina de agua. De haber habido más tráfico, habría causado un caos aún mayor, o quizá lo hubiesen atropellado, pero aún faltaba mucho para el amanecer y por la carretera sólo circulaba gente como el médico, que una hora más tarde debía estar en la sala de un quirófano de Lusaka.

«Vamos a ver, ¿qué hace un elefante en la autopista?», se preguntaba Salazar mientras estacionaba el coche en el andén con la intención de dejar que sus pulsaciones disminuyesen lo suficiente para volver a conducir. No había ningún parque nacional en cientos de kilómetros a la redonda, ni "senda" alguna que llevase a las aldeas o localidades extendidas al norte de Lusaka, así que esa criatura o se había escapado de un zoológico (cosa harto improbable, pues Salazar no sabía de ninguno) o de un parque nacional y, de alguna manera, conseguido recorrer los aledaños de la civilización a lo largo de cientos de kilómetros sin ser detectada.

Hasta entonces.

* * *

Sé que mis días tocan a su fin. El dolor ralentiza mis movimientos, el ansia por una buena comida me martiriza y la luz de mis ojos se nubla y oscurece día a día. Ya he visto esto muchas veces y sé qué me espera al final. Así que lo único que me queda es mi viaje de regreso al lugar donde nací, al hogar de quienes me cuidaron, si es que todavía están allí. No sé ni la distancia ni la dirección exacta, pero no me cabe duda de que mis sentidos me dirán a dónde ir. Sólo espero llegar a tiempo.

Recuerdo cada paraje, cada sonido y olor desde mi nacimiento hasta ahora. No tengo fechas con las que marcar el tiempo ni conozco las fronteras de esos que caminan con dos patas, pero sé que he estado lejos de mi hogar, pues me llevaron a tierras lejanas, a otros climas, surcando aguas sin fin hasta llegar a altísimos nidos atestados de ruidos y luces de brillo insoportable donde una cantidad infinita de dos patas andaban por ahí montados en sus animales de mentira.

Mi mundo se extiende bajo el cielo abierto, allá donde las estrellas parecen tan cercanas que se pueden ver recorriendo el manto de la noche. Donde lo único que se oye es el zumbido de los insectos, los rugidos de los depredadores traídos por la brisa o los chillidos de los moradores de los árboles... Y el aterrado silencio de los que han de dormir en el suelo.

Es bajo este cielo donde espero concluir mi viaje, entre los amigos de dos patas que me criaron y los amigos de la manada que me adoptó hace ya tanto tiempo, las maravillosas tías y primas que me cuidaron como si todas fueran mis madres.

* * *

Trevor Blackmon, un guarda de caza adjunto en los parques nacionales de Zambia de 53 años, colgó el teléfono y frunció el ceño. Aquello iba a ser un dolor de cabeza. Si se trataba de un avistamiento auténtico (y el testigo era un cirujano, así que seguramente se trataba de testimonio fuese fiable), ¿cómo tan enorme animal había logrado evitar su detección, en una zona bastante poblada, durante los días que habría tardado en llegar desde el parque más cercano?

Ahora Blackmon tendría que encontrar al elefante, probablemente desde el aire, y despacharlo antes de que causase algún problema grave (como machacar a una familia inocente en su patio trasero) y antes de que la bestia llamase la atención de las fuerzas vivas animalistas. Exigirían que le disparasen un tranquilizante y que lo devolviesen al parque, cosa que, tratándose de un macho de casi siete toneladas (seguramente sería un macho, pues las hembras en raras ocasiones se desplazan solas), iba a ser el mayor dolor de cabeza de todos. Sería mucho más fácil y conveniente esperar hasta que se encontrase en territorio tribal, lejos de miradas indiscretas, para acabar con él y dejar que la Naturaleza se ocupase del cadáver siguiendo su curso. Después de todo, había veinticinco mil elefantes en Zambia y un macho menos no iba a suponer un gran trastorno.

Antes de nada, Blackmon pensaba ir a la oficina de seguimiento satelital en busca de algún aparato de geolocalización que funcionase; si tenía suerte y le habían puesto un collar de seguimiento o implantado un chip, localizaría a su objetivo en un instante. Sabía que era improbable, pues no había saltado ninguna alarma, aunque eso se podía deber a los recortes en el presupuesto que tanto afectaron a la plantilla encargada, entre otras tareas, del control de los aparatos. Improbable, sí, pero merecía la pena intentarlo, así que descolgó de nuevo el teléfono y se quedó contemplando al aguacero mientras esperaba que alguien contestase su llamada.

Zambia, en la actualidad
(época de las lluvias torrenciales de 2012)

CAPÍTULO I
Primeros recuerdos. Kenia, 1962

Al contrario que vosotros, nosotros recordamos nuestras primeras horas de vida. Creo que apenas tenéis recuerdos de vuestra existencia desde que nacéis hasta que aprendéis a caminar. No es nuestro caso. Nosotros caminamos desde el primer día o corremos el riesgo de que nos devoren los depredadores. Yo rondaba bajo la enorme sombra de mi madre, tambaleándome y tropezando a ciegas mientras hundía la cara en su vientre para chupar la dulce leche que goteaba de sus mamas.

Me abrumaba la mezcolanza de sonidos y olores: la hierba y el suelo bajo mis pies, el fragor del trueno y el fuerte golpeteo de la lluvia vespertina, el caudaloso río de aguas marrones y sus resbaladizas riberas, los extraños animales con cuernos que bebían en el abrevadero junto a nosotros, el punzante hedor de los orines y el estiércol de la manada. Los miembros de mi clan eran demasiados para que pudiese contarlos, pero recuerdo a mis hermanos, hermanas y tías dándome la bienvenida aquellos primeros días con una profusión de trompas que me golpeaban y animaban dejándome conocerlos por su olor.

La paciente sabiduría de mi madre me guio a través del aprendizaje de las normas de supervivencia, con su olor y figura siempre cerca de mí, sin dejarme nunca atrás cuando me entretenía por ahí o me cansaba. Las horas pasadas con mis compañeros de juego (éramos seis crías) fueron el antídoto para muchas preocupaciones. Me dormía lastimado por maravillosos dolores y me levantaba con el sol, dispuesto a repetirlo todo de nuevo.

Aparte de los compañeros que tenía en la manada, mi mejor amigo era uno de esos barbas tristes. Los suyos tenían la extraña costumbre de dar saltos repentinos, girar en el aire y golpear sus cabezas contra árboles imaginarios. Al final, mi madre me contó el porqué de todo eso: nacían con huevos de gusanos dentro de sus cabezas y luego, al crecer, las larvas rompían el cascarón y buscaban una salida; por eso aquellas pobres bestias se volvían locas.

Aunque los elefantes no suelen fraternizar con otros animales, mi madre nos dejaba jugar todos los días mientras los dos grupos compartían la cuenca de un río crecido durante la estación húmeda. Mi amigo no le hacía caso a su madre, que en vano intentaba impedir que fuese con nosotros, pero al final lo dejaba, pues comprendía que nuestra manada lo protegería si estaba conmigo. Vagábamos y explorábamos durante horas, metiéndonos en cualquier parte y oliéndolo todo, ya fuesen madrigueras de otros animales, excrementos o insectos, hasta que a uno de los dos le daba hambre e íbamos a que nos amamantasen nuestras madres.

Con el tiempo caí en la cuenta de que las hembras adultas de mi manada vigilaban todo lo que hacíamos y poco después me tuve que enfrentar a la horrible razón del porqué. Siempre nos encontramos a punto de correr un peligro terrible, de esos que te hielan la sangre sin que importe ni la talla ni la edad que tengas. El número es nuestra mejor defensa: no te alejes de la manada y las posibilidades de que te atrapen serán escasas; camina solo y tus días están contados. Pero hay ocasiones en las que incluso el número te falla.

Mi amigo barbas tristes estaba bebiendo en la ribera junto al resto de su rebaño cuando algo saltó del agua con un centelleante movimiento y lo atrapó. Era un gran mordedor… Lo arrastró bajo el agua hasta que en la superficie sólo pudimos ver sus patas dando coces desesperadas. Chillé a su rebaño para que hiciesen algo, pero nadie se movió. Se limitaron a mirar, paralizados, y en ese momento pude leer sus pensamientos con tanta claridad como si me los estuviesen diciendo (cosa que no podían hacer): Se alegraban de que fuese él y no ellos.

Se alejaron al trote cuando otros grandes mordedores se unieron al festín y el río comenzó a hervir con sus violentos coletazos y el agua se tiñó de rojo. El sonido de los últimos y desesperados gruñidos de mi amigo aún acosan mis recuerdos. Fue un duro golpe para mi corazón; jamás he vuelto a vivir tan despreocupado.

Nuestra primera regla consistía en estar siempre atentos a los grandes gatos y a los perros gibosos que acechan en la hierba con sus fríos ojos vigilándolo todo. Pero las criaturas más aterradoras de todas sois vosotros, vosotros que camináis sobre dos patas. No los que aparecen por aquí subidos a esos apestosos animales de mentira y nos observan desde lejos con unas cositas brillantes que pegan a la cara entre zumbidos y chasquidos. Tampoco la gente de las tribus con la que nos encontramos en nuestros viajes; esos viven en nidos hechos de barro seco y palos y toleran nuestra presencia siempre que nos mantengamos apartados de sus huertos vallados.

No, los dos patas que más nos asustan son esos que se acercan a hurtadillas manteniéndose a sotavento para acercarse tanto como puedan sin que detectemos su olor. Los altos y rápidos corredores de piel negra que nos sorprenden con sus palos aguzados. Que te claven uno de esos supone una muerte lenta y dolorosa, una agonía de horas e incluso días. Los cazadores jóvenes son los peores; parece como si obtuviesen algún tipo de placer al causar muertes innecesarias.

Sin embargo, los cazadores más peligrosos eran esos de piel blanca, pues te podían matar desde muy lejos. El ruido de su animal de mentira se apagaba en algún lugar apartado y nosotros alzábamos las trompas para intentar oler dónde podrían encontrarse. Los pájaros no tardaban en enmudecer y entonces un sentimiento de terror atestaba el ambiente. Después llegaba el eco de uno de sus palos de trueno y algún adulto se tambaleaba. Barritábamos con toda nuestra fuerza en cuanto los veíamos, pero entonces ya era demasiado tarde. Podías advertir la mirada de perplejidad plasmada en los ojos de su víctima antes de que se desplomase levantando una nube de muerte. Regresábamos horas después, para no encontrar más que un cadáver expoliado. Le arrancaban los colmillos y la trompa, dejando al cuerpo desangrado y sin rostro; nosotros llorábamos y chillábamos el nombre de nuestro compañero hasta bien entrada la noche.

Todas las estaciones regresábamos a los lugares donde habían caído nuestros amigos y visitábamos sus huesos; los volteábamos una y otra vez mientras recordábamos a su dueño con la esperanza de encontrar en alguna parte algo de fuerza vital... Pero siempre parecía agotada.

* * *

Mi madre, conocida en nuestro clan como Madre Luna, se convirtió en la jefa de la manada durante la estación húmeda de mi segundo año de vida. Ojo Rojo, nuestra querida matriarca, apenas podía comer, pues ya había perdido los dientes, y además casi no se podía oír su voz. Digo «voz» consciente de que ni entendéis nuestra lengua ni sois capaces de oírla; su frecuencia es demasiado baja para vuestros oídos. Pero lo cierto es que mantenemos conversaciones igual que vosotros, en ocasiones a larga distancia, como nuestros parientes marinos. El agua transporta su voz, la nuestra la lleva el viento o la tierra. Por la noche podemos hablar con familiares que se encuentran a muchos horizontes de distancia; si nos colocamos sobre tres patas en un terreno bien firme, podemos oír, con nuestros pies, los mensajes enviados por familias... a media jornada de distancia.

Cuando al final Ojo rojo cayó y no fue capaz de levantarse, la manada permaneció con ella dos días con sus dos noches y durante ese tiempo narramos los mejores recuerdos que guardábamos de ella. Llegado el tercer día, contempló al sol naciente con sus hermosos ojos (era famosa por sus largas pestañas y su ojo rojo) y su pena dio paso a la aceptación. Después, mientras llorábamos, nos dejó.

Anduvimos perdidos hasta que se nombró a una nueva matriarca. Ojo Rojo atesoraba la sabiduría de sesenta estaciones húmedas y sabía, por ejemplo, dónde se encontraba cada pozo y abrevadero, y también cada acuífero subterráneo oculto en cientos de kilómetros de sabana y altiplano. Ese conocimiento era crucial para nuestra supervivencia durante la estación seca.

Yo era demasiado joven para comprender lo sucedido a continuación, pero ahora entiendo por qué la manada se encontraba tan inquieta y yo tuve aquellos sueños llenos de preocupación y violencia: se estaba desencadenando una guerra por la sucesión entre mi madre y otra de las hembras de más edad. Agresora. Quizá no advirtáis diferencias de carácter entre nosotros, pero en nuestro mundo somos tan diferentes como vosotros en el vuestro. Y tenemos nuestros problemas entre nosotros, igual que vosotros.

Agresora estaba loca; lo había estado desde su juventud, cuando la alcanzó un rayo. Sobrevivió al percance y tenía una numerosa familia, de la cual era la mayor y, por tanto, la jefa. Y en esos momentos se había embarcado en una sutil guerra con mi madre y estaba decidida a convertirse en la nueva matriarca a pesar de que la mayoría de la manada apoyaba a su rival.

Fue entonces cuando Agresora perpetró lo impensable. Llevaba días amenazándome en silencio (cuando mi madre no miraba)… Al vadear un río crecido por las lluvias, todos los adultos, mi madre incluida, se preocupaban por la peligrosa corriente que engullía a las crías más jóvenes durante unos cuantos segundos antes de que pudiesen hacer pie de nuevo y concluir la travesía. De pronto, Agresora, que cerraba la marcha y había dejado pasar a todas las crías excepto a mí, me sujetó con sus colmillos y me mantuvo bajo el agua lo bastante profundo para que nadie me viese. No pude hacer nada, ni siquiera sacar mi trompa por encima del agua pues era veinte veces más grande que yo. Empleé mi último aliento para lanzar un grito desesperado con el anhelo de que algún pariente me oyese. Y entonces comencé a tragar agua.

Mi madre, que debió de sentir algo, se volvió a buscarme y entonces comprendió qué estaba pasando. Se lanzó al ataque a través del cauce y en ese momento Agresora me soltó; poco después logré emerger dando bocanadas. Vi a mi madre embestirla, rabiosa, con una ferocidad que la derribó y tuvo que recorrer un trecho arrastrada por la corriente antes de poder alcanzar la ribera. Salió del agua cojeando, chillando de dolor, y todos pudieron ver que sangraba profusamente.

—¿Qué has hecho, Madre Luna? —gritó la hermana de Agresora mientras el resto de los suyos se reunía a su alrededor, barritando, resoplando y contemplando sus heridas, boquiabiertos—. ¡Esas heridas podrían matarla!

Nuestra familia se agolpó a nuestro alrededor, protegiéndonos, hasta que por fin habló mi madre.

—Trataba de ahogar a mi pequeño. Lo vi con mis propios ojos. Preguntádselo a él; él os lo dirá.

—¡No le hagáis caso! ¡No he hecho tal cosa! ¡Está loca! —gimió Agresora.

—¡Dejad que hable el pequeño! —bramó Crujidos, una hembra de más edad que no pertenecía a ninguno de los dos clanes, de modo que se habría de respetar su opinión sobre el asunto—. Habla, hijo de Madre Luna.

Me miraron todos. Pero yo aún vomitaba agua y temblaba tanto que no me salía la voz.

En los ojos de mi madre brilló una mirada extraña; había comprendido la situación, y habló a los presentes.

—Pensaba… Creía que iba a quedar tan descorazonada tras la muerte de mi hijo… ¡que ella se convertiría en matriarca! Estaba conspirando con el fin de hacerse con el poder de nuestro clan y para eso habría de ahogar a mi bebé. ¿Os dais cuenta?

La familia de Agresora respondió con una algarabía de pisotones y barritos mientras la acusada lo negaba todo.

—Ah, no, no. De eso nada. ¡Se lo está inventando! ¡Yo quiero a esa criatura como si fuese mía! —No se mencionó el hecho de que a su propio hijo no lo trataba con demasiado amor.

Crujidos se inclinó hacia mí, introdujo su trompa en mi boca y susurró:

—Mira, pequeño, vas a tener que contarles lo que te pasó o tu madre va a salir muy mal parada de esta. Cuéntale a la manada todo lo sucedido.

Siempre he sido un macho sensible (incluso en mis años posteriores como adulto) y me dolió acusarla aun a pesar de lo que había hecho. Pero es que además había mentido, así que debía hablar aunque pudiese matarme con una sola patada. Miré a mi alrededor, por fin con la vista despejada, y entonces vi a los animales con cuernos situados en las riberas observándonos con mudo asombro.

Mi voz sonó débil y baja. Narré los acontecimientos lo mejor que pude, advertí las miradas de pasmo en los ojos de la manada y concluí defendiendo la actuación de mi madre.

—Así que ya lo veis, no tuvo más opción que emplear sus colmillos. —Bajé la cabeza—. Esa es la verdad. Eso es lo que pasó.

A pesar de que Agresora continuaba protestando, y llamándome mentiroso, los demás miembros de la manada intercambiaban miradas consternadas. Esta vez había ido demasiado lejos. Crujidos convocó una reunión para las hembras de más edad. Mientras mi madre y Agresora se quedaban apartadas, rodeadas por sus respectivas familias, las más ancianas caminaron con aire sombrío hasta una arboleda y comenzaron a hablar; sus voces retumbaban bajas.

Algunas de mis hermanas y tías intentaron limar asperezas entre las dos familias, pero se había hecho demasiado daño. La familia es clave para la supervivencia en la Naturaleza y como Agresora era la jefa de los suyos, a pesar de que se había comportado como una demente, habrían de apoyarla.

Las ancianas regresaron pocos minutos después. Crujidos aclaró su garganta y se dirigió a la manada con voz solemne.

—Hemos llegado a una lamentable pero inevitable conclusión. Tras incontables estaciones juntos y después de haber perdido parientes y amigos comunes, ya no podemos continuar viajando con Agresora. Después de lo que le ha hecho hoy a una cría indefensa, hijo de una de las ancianas más respetadas, no podemos confiar en que camine entre nosotros. A partir de ahora está expulsada de este clan. Si algún miembro de su familia así lo desea, puede continuar con nosotros; los demás pueden ir con su matriarca. Este es nuestro fallo.

Es probable que la familia de Agresora no se sorprendiese, pero aun así hubo desacuerdos respecto al fallo y tuvieron que decidir entre quedarse con la manada o marchar con la familia. Al final, para bien o para mal, todos se fueron con su matriarca y poco después nos abandonaron. Me crucé con ellos varias veces a lo largo de los años, siendo yo un macho solitario, pero, desgraciadamente, ya nada volvió a ser lo mismo, ni siquiera con aquellos que en el pasado, siendo crías, fueron amigos míos.

A partir de ese momento mi madre nos dirigió y se ocupó de tomar todas las decisiones importantes, como cuándo descansar durante una jornada calurosa, subir al altiplano en la estación seca, buscar refugio o atacar si un peligro se aproximaba. Todas las hembras habían observado y aprendido de Ojo Rojo, pero entonces observaban y aprendían de mi madre. Uno nunca sabe cuándo *le puede tocar dirigir o formar parte del muro defensivo. Y eran las hembras las que lo gobernaban todo, desde el cuidado de las crías hasta la fría expulsión de los machos una vez alcanzaban la adolescencia.*

Quizá haya presumido un poco acerca de la precisión de mis recuerdos, pues hay una laguna en mis primeros años que no logro rellenar. Hay un Antes (con mi maravillosa madre, mis cariñosos hermanos y el resto de la manada con la que vivíamos en un frondoso valle durante la época lluviosa) y un Después, cuando me desperté en una granja del altiplano rodeado de dos patas que no había visto nunca.

Me habían llevado, apartándome de mi mundo y mi familia, estaba indefenso y no podía hacer nada. Me da vergüenza decir que todo lo que hice fue llorar, patalear y revolcarme por ahí, pero es que me dolía tanto el alma que no supe responder de otro modo. Me sujetaban para obligarme a tragar un líquido de olor extraño introduciéndomelo por la garganta. No había a la vista ninguno de los míos, aunque sí otros moradores de las llanuras, todos jóvenes como yo. Me encontraba como soñando despierto; mis recuerdos de esa época son tan brumosos que no tengo idea de cuánto tiempo duró ni qué me sucedió exactamente.

Después de eso, mi vida cambió para siempre.

CAPÍTULO II
Otras voces. Kenia, 1964

Los furtivos llegaron al amanecer a lomos de caballo, un método que su jefe había probado personalmente una semana antes para ver si funcionaba. Tuvo tanto éxito que logró cabalgar entre una manada como si fuese invisible. Las grandes bestias creyeron que su corcel no era más que otro animal de las llanuras. Pasaron varios minutos sin hacer caso del jinete hasta que por fin su olor los asustó y huyeron.

Pero entonces, la manada que habían rastreado durante una jornada completa pastaba tranquilamente en una exuberante pradera, con la mayoría de sus miembros desperdigados en campo abierto sin prestar atención a los jinetes que desmontaban, uno a uno, a intervalos de veinte metros entre la lejana línea de árboles y desenfundaban sus rifles. La bruma matutina apenas se estaba despejando; el ruido de las trompas de los elefantes tronchando ramas de mopane retumbaba entre los árboles como disparos de fusil.

En ese momento la matriarca alzó la mirada como si comprendiese que algo iba mal y detectó su olor antes de verlos. Volvió su poderosa figura hacia la apartada línea de árboles y emitió un barrito de alarma. Las hembras se apresuraron a formar un semicírculo para proteger a las crías y los pequeños.

Poco después la matriarca avistó al jefe de los furtivos cuando este se asomó tras un árbol; tenía la piel negra como la noche y unos ojos tan impenetrables como los de una cobra. Extendió sus grandes orejas y atacó con la esperanza de asustarlo. Pero el hombre se mantuvo firme, alzó su rifle Holland & Holland .375 y apretó el gatillo con calma.

El proyectil penetró en el cráneo de la elefanta justo por encima de la trompa y se abrió paso a través del cerebro antes de salir por su cavidad espinal. El animal cayó de cabeza y la tierra se estremeció bajo el impacto de su enorme peso. Después dispararon los demás rifles y la manada giró presa del pánico. Jamás se habían enfrentado a ese tipo de matanza; estaban demasiado aturdidos para reaccionar, su jefa yacía desmadejada y todo aquello se encontraba más allá de su capacidad de comprensión.

Había treintaidós ejemplares con colmillos lo suficientemente grandes para que mereciese la pena recogerlos. Se lanzaban desesperadas llamadas unos a otros a medida que caían, familia tras familia, elevando su último adiós sobre los incesantes disparos de fusil. En menos de dos minutos estaban todos muertos o agonizantes… Los hombres se apartaron de los árboles y caminaron entre los animales para rematar con disparos en los canales auditivos a los que se arrastraban para ir a yacer junto a sus seres queridos sacudiendo sus trompas y llorando.

Las crías, demasiado pequeñas para que mereciese la pena matarlas, se apiñaron a cierta distancia. Los más pequeños (seis ejemplares, el mayor de dos años de edad) se quedaron junto a sus madres con un charco de orina a sus pies y los ojos desorbitados de pavor.

Los furtivos sacaron hachas o machetes de sus sillas de montar y continuaron con su trabajo. Para esos hombres, las vidas de los animales sólo significaban una cosa y esa cosa era dinero. Comenzaron a arrancar los rostros de los elefantes realizando profundos cortes alrededor de los colmillos de modo que pudiesen extraerlos enteros.

El jefe de los furtivos se acercó a la matriarca y comenzó a dar tajos; entonces sintió que algo tocaba su espalda y giró sobre sus talones. La delgada trompa de la afligida cría de la hembra resoplaba a su lado. El hombre descargó un machetazo sobre la frente del elefante, la criatura profirió un gemido de dolor y se alejó unos pocos metros, trastabillando con la sangre corriendo sobre sus ojos.

El furtivo ya había arrancado los colmillos y estaba a punto de amontonarlos en la pila cuando la cría se acercó de nuevo a él... Pero esta vez atacándolo. El hombre tiró su carga, empuñó el machete con ambas manos y asestó un golpe que abrió un profundo corte en la frente de la criatura. Esta vez el pequeño elefante no emitió ningún sonido... Y se desplomó sobre el cadáver de su madre.

* * *

Kamau Matiba, de catorce años, había pasado la noche en el pliegue de un tronco de baobab y no había dormido bien. Cada pocas horas untaba la zona herida con el ungüento que le había dado su madre, pero la llaga aún le quemaba como un demonio. Cuando le cortaron el prepucio, siguiendo el rito kikuyu de paso a la edad adulta, había apretado los dientes sin mostrar reacción alguna, pues eso era lo que se esperaba de él. Pero entonces, solo, en la oscuridad y a kilómetros de su aldea, el dolor se le antojaba feroz.

Al amanecer, y después de comer una tira de carne seca de gacela saltarina, descendió del árbol se ajustó la túnica y empuñó su lanza. Tenía que pasar tres días más, solo y en campo abierto, para que a su regreso se le considerase oficialmente un hombre. Kamau era muy inteligente, así que todo aquello le parecía algo ridículo, aunque también comprendía la cultura de sus mayores, a pesar de que estos siempre tomasen como referencia otro siglo y quisieran permanecer en él. Pero Kamau no, y entonces que los keniatas se habían independizado de los británicos, cosa que aprendió en la escuela del poblado, tenía grandes planes acerca de cómo no iba a tardar en dejar atrás su vida en la aldea. Sin embargo, de momento tendría que seguir el juego.

Llevaba un rato caminando cuando escuchó disparos procedentes de un lugar alejado. Fueron docenas de descargas, como si hubiese estallado una guerra en las colinas. Dos minutos después cesaron y hubo un silencio mortal. Entonces supo que debía evitar acercarse por esa zona.

Cierto tiempo después vio unas motas oscuras flotando en el cielo. Trazaban círculos. Calculó que lo separaban tres o cuatro kilómetros del lugar; no había carreteras en esa zona del parque, así que fuesen quienes fuesen los tiradores tuvieron que ir a pie. Corrió colina arriba hasta que pudo divisar el siguiente valle desde lo alto; quería asegurarse. Desde luego, no deseaba darse de bruces con ellos.

No hubiese podido ver a las víctimas de los disparos ni aunque hubiera tenido prismáticos, pues las ocultaban bosquecillos de árboles ribereños. Ya estaba a punto de regresar al pie de la colina cuando sintió la tierra vibrando bajo sus pies y poco después el aire agitándose con el tronar de los cascos. Se volvió y miró con atención intentando averiguar por dónde se acercaban los animales. Comprendió que venían del valle donde se había perpetrado la matanza... Se agachó junto a unas buenas matas de arbusto en cuanto vio aparecer al primer caballo al galope.

Kamau se agazapó aún más en su escondrijo y observó. Pudo ver con claridad a unos jinetes pasando al galope a no más de cincuenta metros de distancia. Eran seis, todos armados con rifles, y llevaban caballos sin jinete, pero cargados con unas pesadas lonas ensangrentadas que rebotaban contra sus flancos.

Cauteloso, salió al descubierto en cuanto los perdió de vista. Los divisó cabalgando allá abajo, en dirección oeste. Sus ropas no correspondían a la vestimenta de ninguna tribu (pantalones cortos, camisetas, sandalias o tenis, gorras o sombreros de tela), así que no supo a cuál pertenecían, aunque las opciones eran pocas. Además, probablemente procediesen de algún lugar situado a no más de treinta o cuarenta kilómetros, cosa que limitaba aún más las opciones.

Se volvió de nuevo hacia el campo de la muerte sintiendo que estaba a punto de sufrir una crisis nerviosa, pero su curiosidad fue más fuerte. Partió caminando con paso ligero.

Kamau llegó a la pradera abierta más allá de la línea de árboles y se quedó helado. El terreno estaba cubierto con la sangre, la orina y las heces expulsadas por los agónicos espasmos de las criaturas. Sus ojos, desorbitados y sin vida, miraban como si la última imagen que vieron estuviese sellada en sus retinas. Kamau no estaba preparado para el nivel de atrocidad con el que se enfrentaba y hubo de reprimir sus arcadas.

Se acercó y comenzó a espantar a los buitres, pero estos se limitaron a saltar una fila y empezar a desgarrar carne de otro rostro destrozado. Habían cortado todos los colmillos de los cadáveres grandes a golpe de hacha o machete; sólo dejaron los de las cinco crías, muertas por un disparo en la cabeza descargado sin más razón que la simple crueldad.

Kamau sintió cómo se le revolvía el estómago y se le secaba tanto la garganta que no podía tragar. Entonces oyó algo parecido a un débil soplo cerca de él, una especie de silbido, pero diferente al de los pájaros; aquello era otra cosa. Pasó por encima de un montón de entrañas, apartando a los buitres con su lanza, y vio el más triste de los espectáculos. Una sexta cría yacía junto a su madre con la hoja de un machete clavada en la frente; la herramienta había perdido su empuñadura.

Se arrodilló, acarició a la pobre criatura... Y se apartó sorprendido. El animal había abierto los ojos y lo miraba. Kamau se levantó de un brinco.

—¿Estás... vivo, pequeñín?

La cría de elefante se esforzaba por ponerse en pie. Kamau chasqueó la lengua con suavidad e intentó mantenerlo acostado, no fuese que el machete le causase un daño aún mayor, pero no pudo hacer mucho para impedirlo... El elefantito pesaba unos doscientos veinticinco kilos. En cuanto logró levantarse, Kamau lo miró directamente a los ojos y en ellos vio una mirada desesperada, apagada, llena de miedo y dolor. No pudo evitar que las lágrimas corriesen por sus mejillas. En ese momento le avergonzaba ser un humano.

El elefante respiraba con dificultad a través de una trompa que colgaba flácida, sin fuerza, pero durante unos cuantos segundos lo miró como si, de alguna manera, comprendiese que ese amable humano era diferente al hombre con ojos de cobra que lo había herido. Después llevó la vista al cadáver de su madre, se arrodilló despacio y volvió a recostarse junto a ella.

—Bueno, quédate con tu madre, pequeño *tembo*.[1] Yo volveré con alguien que te pueda ayudar, ¿de acuerdo? Volveré tan pronto como pueda.

Dio unas cuantas vueltas persiguiendo a la bandada de buitres, lanzando gritos furibundos y agitando los brazos; su esfuerzo logró dispersarlos unos instantes. Después partió a la carrera.

---

1   »Elefante» en suajili. *(N. del T.)*

CAPÍTULO III
Granja Salisbury Hill. Kenia, 1964

El disperso y viejo complejo se alzaba sobre un altozano que dominaba unas cuantas hectáreas de terreno, además del paisaje correspondiente al parque nacional de Tsavo Occidental en un radio de cincuenta kilómetros. Allí no se criaban más animales domésticos que cabras y gallinas, para obtener leche y huevos, pues otro ganado atraería a cualquier carnívoro que pasase a sotavento; por otro lado, los cultivos se podrían describir como magros, en el mejor de los casos, pues todos los rebaños y manadas de herbívoros que pasaban por allí, desde elefantes hasta dic-dics, consumían su ración... Pero a la familia no parecía importarle. Probablemente porque los actuales residentes eran un cazador profesional blanco y su familia.

Russell Hathaway se había criado en Londres y estudiado en la Universidad de Oxford hasta que la guerra interrumpió su carrera. Después de pasar dos años destacado en el norte de África con el Octavo Ejército, comprendió que su vocación se encontraba bajo el cielo abierto y no en el despacho de alguna empresa afincada en Londres, y cuando en cierta ocasión aprovechó un permiso para viajar al África Oriental vio su futuro extendiéndose frente a él como un mapa del tesoro desplegado sobre una mesa iluminada por un candil. Entonces, a sus treintaiocho años, se dedicaba a guiar safaris para la mayor empresa del África Oriental, Lord & Stanley Ltd., y se sentía tan feliz como cabría esperar. Quizá la sensación no fuese a durar demasiado, pero no esperaba algo distinto. En su juventud, durante su servicio como oficial, había visto que la vida podía cambiarlo todo en un instante. Su constitución fornida, su cabello rubio y su aspecto saludable eran como hierba gatera para las esposas de sus clientes, pero de un modo que no resultaba amenazador para los egos de sus esposos, que eran de talla grande... y se encontraban entre los hombres más ricos y poderosos del mundo. Allí acudían miembros de la realeza europea, directivos empresariales, iconos de Hollywood y herederos de grandes fortunas.

En ese momento su esposa, Jean, se encontraba en Nairobi con Terence, su hijo de doce años, comprando ropa para el primer curso que el chico iba a pasar en un internado inglés. Jean apenas se maquillaba y llevaba el cabello recogido con una coleta baja y suelta para intentar disimular su belleza, pero lo cierto es que casi obtenía el efecto contrario. No había nadie que al conocerla no quedase deslumbrado o encantado.

Ella dirigía el complejo, en el que empleaba a media docena de «muchachos» (así llamaban a todos los negros ya tuviesen seis años o sesenta) dedicados a cocinar, limpiar, servir a la familia, trabajar la granja y atender a la miríada de vehículos y suministros necesarios para permanecer semanas en campo abierto. Mientras Lord & Stanley conseguía clientes a lo largo y ancho del mundo, obtenía permisos, coordinaba vuelos y recogidas y sobornaba a los funcionarios adecuados para mantener vivo el lucrativo negocio, Jean llevaba el registro de pagos y contratos de los aproximadamente cien «muchachos» que se desplazarían desde sus pueblos y aldeas en cuanto recibiesen el mensaje de la inminencia de un safari.

Sin embargo, su verdadero amor era el pequeño orfanato que había fundado en la propiedad. Se corrió la voz a cientos de kilómetros a la redonda de que ella acogía a cualquier cría abandonada para intentar sanarla y, si sobrevivía, devolverla a su entorno natural. Era la época de un incipiente movimiento a favor del rescate animal, antes de que se probase y perfeccionase la mayoría de los métodos empleados en la actualidad, y buena parte de las crías (sobre todo de elefante) moría por la conmoción, el pesar o la carencia de un adecuado protocolo sanitario. Pero ella no cejaba en su empeño y cada vez que lamentaba la muerte de un inocente se juraba encontrar el modo de conservar a los demás con vida. Había visto cómo cambió el mundo cuando veinte años antes se comercializaron los antibióticos, así que iba a persistir hasta que lo descubriese.

Russell trabajaba bajo el capó de uno de los Land Rover cuando Nyaga, un hombre de cuarenta años que trabajaba como mayordomo, entró en el garaje donde se guardaban cuatro vehículos y lo llamó susurrando algo acerca de una situación de emergencia detectada veinte kilómetros al sur, en el parque. Un joven kikuyu había recorrido esa distancia a la carrera sólo para avisarlos. Russell limpió sus manos con un trapo y se apresuró a salir con Nyaga.

Eso atrajo la atención de su hija, Amanda, un marimacho pelirrojo de catorce años que había salido del internado de Nairobi para disfrutar de un fin de semana largo en casa. Dejó el libro (estaba leyendo el último éxito de ventas, una novela de Harper Lee titulada *Matar a un ruiseñor*) y los siguió en silencio.

Le indicaron a Russell dónde se encontraba Kamau, sentado a la sombra junto a la puerta de la cocina, bañado en sudor y bebiendo agua mientras hablaba en suajili con los porteadores de armas, dos hombres de la tribu waliangulu. Russell sonrió ante el grácil kikuyu de ojos solemnes y le tendió la mano. Kamau, respetuoso, se irguió desde su posición acuclillada y, apartando la mirada, estrechó la mano que le tendía Russell; o, mejor dicho, la dejó muerta para que el otro la sacudiese. Esa costumbre europea de dar la mano era algo que los lugareños toleraban con una mezcla de extrañeza y decisión a partes iguales.

Russell comenzó a hablar en kikuyu.

—Hola, Kamau, soy Russell Hathaway. Me han dicho que has llegado corriendo desde la zona de Ngulia. Gracias por haber venido desde tan lejos, mi esposa y yo te lo agradecemos de verdad. ¿Dónde viste a esos elefantes exactamente?

El chico respondió, pero no en kikuyu, sino en perfecto inglés.

—En una pradera junto al río, donde comienzan las primeras colinas antes de la meseta. Se la mostraré.

Russell lo observó boquiabierto, los portadores de armas intercambiaron miradas de asombro y Amanda mostró una amplia sonrisa, cosa rara en ella desde que sus dientes pasaron a formar parte de un revoltijo de correctores.

A continuación, Russell preguntó:

—¿Se puede saber dónde demonios aprendiste a hablar ese magnífico inglés?

Kamau se encogió de hombros conteniendo una sonrisa.

—Una maestra pasa por nuestra aldea de vez en cuando. La llamamos señora Fitzgerald. Es británica.

—Pues un día de estos la tengo que conocer. Por lo visto, debe de ser extraordinaria.

Kamau se limitó a asentir, pero ya le estaba comenzando a gustar ese hombre blanco; tenía un aura cálida y sus profundos ojos azules parecían abarcarlo todo y, además, daba la sensación de que no tenía esa actitud de superioridad que mostraban la mayoría de los europeos asentados en las colonias.

—Bueno —prosiguió Russell—, deberíamos ponernos en marcha, a ver si podemos salvar a esa pobre criatura.

Y dicho eso, impartió una rápida serie de órdenes a los porteadores de armas, que escoltaron a Kamau hasta el garaje mientras Russell se apresuraba a entrar en la vivienda principal y abrir el armero.

—Papá —llamó Amanda a su espalda—, ya que ni mamá ni Terry andan por aquí, creo que será mejor que vaya contigo. Es lo más prudente. Además, vas a necesitar a una mujer para hablarle al elefantito.

Que la muchacha estuviese tan segura de sí le arrancó una sonrisa, pero Russell sabía que sería mejor no exponerla a semejante carnicería.

—Allí habrá una buena cantidad de sangre y tu madre se va a enfadar mucho si te llevo conmigo.

—No le parecerá tan mal. Después de todo, he cavado un montón de tumbas y he visto docenas de heridas ensangrentadas. No podéis estar protegiéndome siempre.

Russell cargó varios cartuchos en su Weatherby y cerró el armero con llave. La chica se parecía mucho a él cuando tenía su edad; tampoco podía esperar a ser mayor. Suspiró y admitió que no llevarla haría de él un hipócrita, defecto que odiaba en los demás.

—De acuerdo, sube atrás. Pero si te mareas no vengas a llorarme.

* * *

El elefantito soñaba. En su sueño estaba famélico y todo oscurecía a su alrededor, pero lo más duro era intentar encontrar a su madre para aliviar el hambre. Ella se alejaba cada vez que la localizaba entre las sombras y nunca era capaz de correr con velocidad suficiente para alcanzarla. Parecía como si su cabeza estuviese a punto de estallar de dolor.

De pronto sintió un nuevo dolor, este en la pata trasera izquierda. En el sueño le hacía cojear mientras gritaba llamando a su madre, pero la enorme silueta se difuminaba entre las sombras. Chilló y se debatió desesperado al verla desaparecer.

Se despertó bajo la cegadora luz del día y el dolor era aún peor que en el sueño. Levantó la cabeza y vio algo que no alcanzaba a comprender: un *perro giboso* le desgarraba su pata izquierda; tenía el hocico empapado de sangre. El elefantito pateó por puro reflejo y la hiena salió volando patas arriba. El animal se levantó y agitó la cabeza, sus ojos lucían apagados y hostiles. El elefante se puso en pie con dificultad y, escorándose peligrosamente, contempló a la hiena desde lo alto. Unos cuantos buitres, que se encontraban cerca atiborrándose con el cadáver de su madre, siseaban entre ellos observando la escena con gran interés.

Un repentino estallido burbujeante llenó el aire y el elefantito volvió la cabeza. Era una de sus tías; su vientre había reventado, hinchado por los gases generados bajo el calor del sol. Se derramó una mezcla de sangre y entrañas; los pájaros y los *perros gibosos* se abalanzaron sobre el cálido y borboteante festín.

* * *

El grupo de rescate partió en dos vehículos: un Land Rover y uno de los camiones equipado con una grúa hidráulica empleados en los safaris. Russell dispuso que Kamau ocupase el asiento del copiloto junto a él, en el Land Rover, y salieron a toda velocidad en dirección sur por el camino sin asfaltar hasta que lo abandonaron siguiendo las indicaciones del muchacho. Para entonces no había más que hierbas, tan altas que llegaban a las ventanillas de los vehículos, y algún que otro bosquecillo de acacias. Russell tenía una especie de sexto sentido para conducir campo traviesa, lo cual era una cualidad obligatoria: si uno choca contra alguna roca o tropieza en un hoyo a ochenta kilómetros por hora ya se puede despedir del eje y las suspensiones. O, peor aún, puede acabar con una lesión en la columna vertebral o una conmoción cerebral. Lo cierto es que ya se comenzaban a fabricar coches con cinturones de seguridad de serie; pero nadie comenzaría a emplear esos artilugios hasta pasados unos cuantos años.

Habían cubierto seis kilómetros cuando Kamau señaló a una lejana línea de árboles y un cinturón verde, lugar por donde Russell sabía que corría el río. Casi de inmediato, Russell giró hacia el remolino de trescientos metros de altura compuesto por buitres volando en círculos. Los vehículos espantaron a un par de hienas que se dirigían al lugar y poco después llegaron a la pradera.

Russell echó un vistazo a la carnicería y se volvió hacia su hija.

—Quédate aquí hasta que te digamos que es seguro salir.

Sabía de sobra que era seguro, pero quería evitarle a su hija la visión de aquel espectáculo.

Una docena de hienas con hocicos ensangrentados y ojos frenéticos observó a los intrusos, Russell, Kamau, Nyaga y los dos waliangulu porteadores de armas, salir de los vehículos. El cazador alzó su Weatherby y disparó al aire; el ensordecedor estampido levantó siseos y un torbellino de alas entre los buitres. Las hienas emitieron risas de protesta, pero incluso ellas dieron media vuelta y trotaron hasta los árboles, donde se quedaron a observar.

Los hombres aguardaron un rato mirando asqueados, aunque Russell se sentía más bien enfurecido. Lanzó un vistazo a Kagwe, el porteador de armas de más edad y un reputado cazador y rastreador, y señaló con un asentimiento los casquillos esparcidos por el suelo.

—En cuanto hayamos terminado aquí, llévate a Mathu a ver si podéis averiguar quién ha hecho esto. —El zumbido de las moscas era tan fuerte que tuvo que levantar la voz para hacerse oír.

Kamau localizó al elefantito en pie junto a su madre, intentando amamantarse de ella, y le habló con susurros tranquilizadores.

—Hola, amiguito… Así que estás aquí… ¿Ves? Te dije que regresaría…

Russell se situó a su lado, vio la hoja del machete sobresaliendo clavada en la frente de la cría y maldijo entre dientes. En realidad profirió un discreto torrente de blasfemias, y si los furtivos lo hubiesen visto, a buen seguro aquella noche no habrían dormido demasiado bien después de emborracharse para olvidar.

Entonces el cazador se dio cuenta de que Amanda se encontraba a su espalda, con los ojos arrasados de lágrimas. Se sintió culpable por haberla llevado hasta allí (evidentemente, ella no esperaba nada parecido a todo eso), pero la muchacha debía ver las salvajadas que los hombres son capaces de cometer. Años después su hija le diría que aquella fue la jornada más instructiva de toda su juventud y que todo lo que hizo después estuvo influido por ese indeleble recuerdo. Se lo agradeció incluso a pesar de que el incidente cambió para siempre sus sentimientos hacia la humanidad.

El elefante alzó la mirada hacia los humanos mostrando una confusa mezcolanza de emociones. Era evidente que pertenecían al mismo tipo de hombres que habían destruido a su familia apenas unas horas antes; algunos incluso portaban los mismos artilugios aceitados y de olor metálico con los que se había perpetrado la matanza. Pero había algo tranquilizador en su comportamiento que, en cierto modo, lo calmaba y el menor de ellos, una criatura coronada con cabello naranja que olía a hembra joven, se arrodilló a su lado con un cuenco lleno de un líquido de olor extraño. Tenía un hambre tan atroz que lo olfateó con desesperado interés, pero no pudo emplear su trompa.

Amanda intentaba dejar de llorar mientras susurraba palabras a la cría de elefante y colocaba una mezcla de crema y leche de cabra bajo su trompa débil e inmóvil.

—Ay, papá, ni siquiera puede beber...

—Debieron de cortarle algún músculo. No pasará de esta noche si no logramos llevarlo a la granja.

Russell sacó la jeringa que había guardado en el botiquín y se colocó detrás del animal. Clavó la aguja en sus cuartos traseros y administró el tranquilizante. La cría apenas se movió y pasó un rato sin mostrar ninguna reacción. Poco después emitió un ligero jadeo, se tambaleó hasta caer de rodillas y se desplomó de lado.

* * *

Mientras Nyaga llevaba al camión del safari marcha atrás hasta el edificio trasero de la granja, toda una colección de animales huérfanos se agolpó en la valla para observar cómo la grúa bajaba al recién llegado. Russell le había administrado un antídoto para el tranquilizante en cuanto lograron asegurar a la cría en su celda y entonces, apenas la jaula de metal tocó el suelo, le quitaron la venda de los ojos y abrieron la puerta de par en par.

El elefante parpadeó y miró a su alrededor entre la neblina formada en su cabeza y el tóxico olor que emanaba del tubo de escape del motor diesel. Se sintió alarmado al ver las viviendas de los humanos (a todas las crías de elefante se les enseñaba que debían evitar esos lugares a toda costa, pues podrían suponer la muerte inmediata) y la cadencia de sus latidos se aceleró. Además, tampoco entendía en qué tipo de artilugio estaba metido, así que no resultó una sorpresa muy agradable que de pronto una

soga tirara de él llevándolo hacia delante al tiempo que lo empuja-
ban por detrás... Hasta que salió. Como no se había dado cuenta
de que tenía la hoja de un machete clavada en la frente (pues el
golpe se descargó en el ángulo muerto situado entre sus ojos) tampoco supo que Russell se la había quitado para después cubrirle la
herida, además del corte que le atravesaba la frente, con un vendaje temporal. El dolor de cabeza ya no era tan intenso.

Mientras Kamau le daba suaves palmadas, Russell, Amanda
y dos guardias dirigieron al elefante hacia el recinto techado, y
separado de los demás animales, y lo cubrieron con una gruesa
manta de lana. La meseta era fresca y húmeda durante la estación lluviosa y, sin sus madres para proporcionarles cobijo y alimento, las crías jóvenes podían morir casi por cualquier cambio
que sufriesen sus cuerpos.

—Voy a la sala de radio. Tengo que llamar a mi esposa —dijo
Russell volviéndose para salir—. Por cierto, Kamau, si puedes,
estaría bien que te quedases para cuidar a la cría hasta que llegue.

—Sí, señor Russell —respondió Kamau arrodillándose junto
al elefantito, cuyos ojos observaban aquellos nuevos y extraños
alrededores entre las sucias y empapadas tiras de su vendaje.

* * *

Russell y Amanda fueron en coche hasta la pista de aterrizaje para
recoger a Jean y Terence, que habían volado desde Nairobi a bordo
de uno de los aviones privados de Lord & Stanley en el instante en
el que recibieron la llamada de radio. Terence era la viva imagen
de su padre... Bajo la típica capa de grasa infantil propia de un
chico de doce años y cierta torpeza que le hacía, a pesar de ser un
estudiante sobresaliente, limitar sus respuestas a monosílabos o a
un silencio incómodo.

En el pasado, Jean ya había intentado salvar a varios elefantes
huérfanos. Vivían una o dos semanas, sí, pero no lograban obtener nutrientes suficientes de ninguna de las leches de distintos
animales que empleaba su cuidadora. No obstante, todos aquellos

huérfanos tenían menos de un año de edad, etapa en la que la leche materna era crucial para su supervivencia. En cambio, este parecía tener al menos dos, así que existía una oportunidad. Esta vez pensaba igualar el contenido graso de la leche de elefanta mezclando aceite de coco con leche infantil.

* * *

Los cuatro miembros de la familia salieron del Land Rover y se dirigieron directamente al recinto; Kamau, hasta entonces junto a la dormida cría de elefante, se levantó de inmediato al verlos. Caía la noche y tuvieron que encender varias lámparas de queroseno.

—Cariño, este es el joven del que te hablé —susurró Russell—. Kamau, te presento a la señora Hathaway... Y a Terence, mi hijo.

Kamau miró al suelo con timidez cuando le tendieron la mano.

—Encantada de conocerte, Kamau —dijo Jean con voz suave—. Mi esposo tiene buen ojo para juzgar a las personas y está convencido de que eres un hombre extraordinario.

—Muchas gracias, señora Jean. He oído hablar de este lugar desde que era pequeño; estoy encantado de conocerla.

Jean se entusiasmó con el muchacho. Le parecía muy juicioso para su edad, no como cazador, sino como pensador. Y una persona de gran corazón. Terence no dijo nada, pero observó a Kamau con silenciosa fascinación.

—Bueno, vamos a ver a nuestro nuevo paciente —dijo Jean arrodillándose junto al pequeño elefante. El animal parecía triste bajo su manta y vendajes, y Jean no pudo sino murmurar entre dientes—: Malditos hijos de puta.

Después observó sus largas pestañas, que le partieron el corazón, y quedó completamente embelesada.

—Voy a preparar mi brebaje para este pequeñín —le susurró a Kamau mientras se levantaba—, y tú le vas a dar el primer biberón.

Jean regresó veinte minutos después con tres botellas y le entregó una a Kamau.

—Basta con que levantes su trompa y le coloques la botella en la boca, él hará el resto.

Kamau susurró con dulzura en el oído del elefante, levantó su trompa y le colocó la botella. Al principio la cría no supo qué hacer, hasta que Kamau inclinó el biberón y el brebaje comenzó a fluir. El elefante chupó hambriento de la tetilla y agotó el biberón en cuestión de segundos, para regocijo de todos los presentes.

La segunda botella, suministrada por Amanda, tuvo el mismo resultado. Después llegó el turno de Terence y pareció como si una luz brillase en los ojos del elefantito.

«Bueno, al menos le gusta el sabor y sabe que necesita alimentarse», pensó Jean.

* * *

Hillary Cole, médico y veterinario de Tsavo Occidental, había conducido cuarenta kilómetros en dirección sur desde que atravesase la entrada principal del parque. El hombre, curtido, fibroso y con una rebelde melena de cabello blanco, tenía la mala fama de tratar a sus pacientes con demasiada dureza. Russell lo acompañó hasta el recinto, donde se arrodilló junto al pequeño elefante, le quitó con cuidado el vendaje y examinó la herida con la ayuda de una linterna frontal. La cría se apartó cuando Cole tocó la herida.

—Le han cortado los senos frontales —dijo al final, levantándose—. A juzgar por la cantidad de bacterias a la que ha sido expuesto, lo que tenemos aquí es una infección grave.

Sacó una jeringa de su maletín, la llenó de penicilina (el antibiótico más potente de la época) y le puso una inyección en los cuartos traseros.

—¿Cuánto ha pasado? ¿Doce horas? —preguntó, dirigiéndose a Russell y Jean.

—Exterminaron a su manada poco después del amanecer —respondió Russell mirando a Kamau, que asintió.

—Entonces es muy posible que esta noche os enfrentéis a una fiebre muy elevada —anunció el veterinario. Sacó dos ampollas más y se las tendió a Jean—. Si los síntomas no mejoran dentro de seis horas, adminístrale otra dosis. —Cerró el maletín y se quitó los guantes.

—¿Tiene alguna posibilidad? —inquirió Jean, que había interpretado correctamente el precavido diagnóstico de Cole.

—Todo depende de lo fuerte que sea él —contestó Cole, observando a la pequeña criatura—. Y de lo fuerte que sea su voluntad por vivir. Lo sabrás mañana.

Más tarde, al anochecer, después de la cena, llamaron a Russell desde la sala de radio. Ciertas noticias requerían su atención con urgencia. Uno de los cazadores empleados por Lord & Stanley había sufrido un accidente durante un safari en el Masái Mara y necesitaban a alguien que lo sustituyese para completar la última semana. Russell tenía que tomar uno de los aviones de la empresa a primera hora de la mañana.

Russell pasó por el cobertizo para despedirse de Kamau y el huérfano. Ya le había pedido al muchacho que se quedase unos días para cuidar al pequeño durante su periodo de transición (o al menos hasta que tuviese que regresar a su aldea), pero entonces Russell le podía proponer incluso una oferta.

—Verás, Kamau, la señora Hathaway y yo hemos estado hablando y nos parece que eres un muchacho excepcional. Así que, si quieres, puedes trabajar aquí, en el orfanato. De momento tendrías que dejar tu aldea… Según me han contado mis rastreadores, no te entusiasma la idea de pasar allí el resto de tu vida, ¿verdad?

La respuesta de Kamau fue una sonrisa maliciosa.

—Nos ocuparemos de tu instrucción. Demonios, le pagaremos a la señora Fitzgerald para que venga cuando quieras. Quédate mientras terminas la educación obligatoria, después ya veremos qué hacer.

Kamau miraba a Russell mientras luchaba por encontrar las palabras adecuadas.

—Me gustaría… Quisiera pensarlo. Hablar con mi familia. Es una oferta muy generosa por su parte.

—Pues que así sea. —Russell tendió su mano y Kamau extendió la suya sin energía—. Kamau, pon firmeza en tu mano, como hago yo. Y mírame a los ojos. A partir de ahora vas a tener que estrechar un montón de manos, así que será mejor que aprendas a hacerlo bien.

Kamau tensó su agarre y sus ojos ascendieron cautelosos hasta encontrarse con los de Russell, que le sonrió.

—Genial. Entonces... espero verte en una semana. Buena suerte con tu paciente. Ah, por cierto, estaría bien que le pusieses nombre, ¿no crees? Después de todo, le has salvado la vida.

—Dicho eso, Russell dio media vuelta y se fue.

Más tarde, por la noche, la fiebre barrió a la cría como si fuese un huracán, llevándose la poca energía que le quedaba y haciéndolo tiritar como si se estuviese congelando; su temperatura ya alcanzaba los treinta y nueve grados y medio. Cole les había enseñado cómo hidratarlo y bajarle la fiebre; la tarea requería la intervención de tres cuidadores. Lo tenían que frotar continuamente con una esponja empapada de agua tibia y obligarle a ingerir líquidos en caso de que los rechazase.

A medianoche cayó presa del delirio y se convirtió en un peligro para sus cuidadores, allí, en el pesebre cerrado. Un animal de aproximadamente doscientos veinticinco kilos puede partir con facilidad las costillas o las piernas de un humano sólo con realizar un súbito cambio de postura, así que Kamau, Jean y Nyaga se turnaron para sentarse con él en su lecho de paja y, con cuidado, hacerle compañía. Las crías de elefante no dormían sin un adulto cerca (les sirve un humano a falta de algo mejor) y constantemente alzaban la mirada para asegurarse de que había alguien con ellas. La nostalgia plasmada en los ojos de un elefante pequeño es muy poderosa y no tarda en establecerse un fuerte vínculo entre las dos especies, a veces más poderoso en los humanos.

A las tres de la mañana, mientras fuera se desataba un auténtico diluvio, la fiebre llegó a unos peligrosos cuarenta grados y medio y el delirio se agravó. Jean le administró otra dosis de penicilina, llamándolo desesperadamente mientras yacía en el pese-

41

bre. Creyó que lo iban a perder, pero no se lo dijo a nadie. Los ojos del animal parecían enfocar un lugar muy lejano; se agitaba, resollaba y sus senos frontales supuraban una mezcla de moco y sangre. Hubo momentos durante el delirio en los que sus cuidadores pudieron ver que él se encontraba allí, con ellos, consciente de sus alrededores, aunque apenas unos instantes después la tormenta de fiebre lo golpeaba de nuevo alejándolo, haciendo que su cuerpo se estremeciese y agitase las patas presa de un sueño febril.

Jean apenas pudo dormir en el catre dispuesto cerca de la cría; excepto durante los partos de sus dos hijos y una noche pasada en el túnel del metro durante la guerra Relámpago, aquella fue la noche más larga y difícil de su vida.

La fiebre remitió justo antes del alba y el elefantito permaneció tan quieto que Jean lo creyó muerto. Pero entonces se dio cuenta de que sus ojos la miraban.

—¡Hola, pequeñín! —dijo con voz suave—. ¿Cómo estás?

Al acuclillarse a su lado, la trompa se alzó y le tocó el rostro. La mujer no pudo evitar deshacerse en lágrimas. Hizo una lectura (básica) de la situación, apoyó su cabeza sobre la de la cría y dejó que sus lágrimas se derramasen en aquel dulce y arrugado rostro marronáceo. El pequeño suspiró por la trompa y alzó la cabeza echando un vistazo a su alrededor como si por primera vez viese a la mujer y el cobertizo lleno de goteras.

CAPÍTULO IV
Granja Salisbury Hill y Eldama Ravine, 1964

Recuerdo que al despertar pensé que debí de haberme caído montaña abajo; pues me sentía tan entumecido y dolorido que no encontraba otra explicación. Parecía como si un furioso hocico cornudo me hubiese abierto la cabeza. Años después, durante mis viajes, conocí a uno de ellos (estaba en el corral abierto frente al mío en el lugar donde vi la nieve por primera vez) y no sólo es verdad que son casi ciegos, también son extraordinariamente aburridos. No fui capaz de mantener una conversación con él, a pesar de que posiblemente ambos íbamos a pasar allí el resto de nuestras vidas. Los moradores de los árboles instalados en las jaulas superiores eran mejores conversadores, aunque debo confesar que un poco ruidosos.

Comencé a deambular por los nuevos alrededores a paso lento y tambaleante, y entonces tuve la sensación de que me faltaba una parte muy importante de mi vida. Después, cuando poco a poco se disipó la neblina que me embotaba la cabeza, se me ocurrió... ¿Dónde estaba mi clan? ¿Qué le había pasado a mi madre? ¿Qué le sucedió a mi familia? No había rastro de ellos. Los demás animales eran moradores de las llanuras tan simples como ingenuos, así que no supieron decirme qué lugar era aquél ni qué hacíamos allí. Los simpáticos dos patas nos cuidaban y alimentaban, sí, pero resultaba desconcertante despertar solo y separado de tus seres queridos sin ninguna clase de explicación.

Desde luego, el joven dos patas no sustituía a mi madre, aunque también me seguía a todas partes y me alimentaba con aquella leche tan rara, pero había algo en él que me resultaba agradable y familiar. Luego al comenzar a explorar el paisaje en busca del olor de mi madre, colina arriba y abajo siguiendo la alta valla que me impedía el paso, comencé a volverme huraño. Un joven barbas tristes, parecido a mi viejo compañero de juegos, no hacía más que darme topetazos en el trasero... hasta que al final me revolví y lo derribé.

Eso hizo que todos los dos patas echasen a correr, así que yo también comencé a correr. La cola estirada hacia atrás, la trompa bien derecha hacia delante y moviendo los pies tan rápido como podía, así, al estilo de los jóvenes. Choqué contra la barrera y caí, sentí un dolor nuevo y desgarrador; poco después me desplomé medio grogui y dormí.

Kamau no se lo había comentado a nadie, y menos a la gente de la granja Salisbury, pero tenía una inquietante sensación respecto a los furtivos que había visto alejándose a caballo aquella jornada. En cualquier caso, acerca del hombre que montaba en cabeza. El rostro del individuo le resultaba vagamente familiar, aunque no estaba seguro, pues lo había visto pasar al galope entre las ramas de los matorrales. O al menos de eso se había convencido. Pero el recuerdo lo atormentaba y no parecía abandonarlo.

Kamau regresó a su aldea tres días después de ayudar a salvar la vida de la cría de elefante, llevó a sus hermanos pequeños a la cama y fue a dar las buenas noches a sus padres. Les contó, siguiendo la narración que llevaba días ensayando en su cabeza, lo sucedido durante su expedición y la oferta del cazador. Ellos, como sospechaba Kamau, se mostraron sorprendidos y suspicaces y exigieron conocer a la familia antes de tomar ninguna decisión.

No obstante, también se sintieron orgullosos y al final un poco tentados por aprovechar la oportunidad. Podría enviarles parte de su sueldo, ¿no? Y recibiría una buena formación; con el paso del tiempo podría encontrar un buen empleo en la ciudad, quizá incluso trabajar para el nuevo Gobierno. Vieron cómo las oportunidades se desarrollaban a lo largo de los años, al menos según las concebían unos padres criados en una aldea, y comenzaron a aceptarlas, aunque algo nerviosos.

Entonces, un día antes de que Russell regresase del Masái Mara (Kamau tenía que presentarse esa misma mañana en la granja para comenzar su labor en el orfanato) la identidad del furtivo se concretó en su mente al despertar de un sueño irregular y lleno de visiones.

Kamau tenía unos ocho años. Lo recordaba de la aldea. Si se trataba del mismo hombre, entonces debía tener unos diecisiete años y era un matón al que Kamau y sus amigos temían. Por su parte, él jamás se acordaría de Kamau, pues nunca prestaría atención a los chicos más jóvenes. Entonces recordó que le había pegado a un niño mayor con tanta ferocidad (por un supuesto insulto) que los padres de la víctima juraron venganza y varios parientes fueron en su busca bien entrada la noche. Tuvo que huir de la aldea y no se le había vuelto a ver desde entonces.

Su rostro había cambiado algo con el paso del tiempo, pero a medida que Kamau repasaba la escena una y otra vez se iba dando cuenta de que se trataba de la misma persona. Se llamaba Gichinga Kimathi y, al parecer, durante esos últimos seis años se había vuelto aún más cruel.

* * *

La localidad de Eldama Ravine era un ejemplo típico de las zonas urbanas que en aquella época brotaban por todo el territorio del África Oriental. Un laborioso terrateniente había abierto una *duka*, una tienda, junto a una carretera de tierra roja trazada a los pies de una serie de frondosas colinas en 1959. Esa *duka* había germinado como una semilla hasta transformarse pocos años después en un lugar de paso para más de tres mil individuos tribales deseosos de dejar atrás la vida de la aldea, pero carentes de los medios o la osadía para ir directamente a Nairobi, situada a unos ciento sesenta kilómetros de distancia. Allí, las barriadas de chabolas eran como una versión infernal del Londres dickensiano, donde una persona se podía perder y convertirse en una especie de Fagin[2] africano o, lo más probable, desaparecer sin dejar rastro.

Las localidades estaban hechas de retales, madera contrachapada y hojalata y carecían de electricidad o agua corriente, pero ofrecían un nuevo estilo de vida a quienes querían salir del siglo xv. Pronto hizo acto de presencia el alcohol y la prostitución, después montones de coches destrozados se apilaron en los encenagados callejones, entre aguas residuales, enfermedades y un creciente mundo criminal.

Eldama Ravine estaba cubierta por un cielo lluvioso y tronante cuando Kagwe y Mathu entraron caminando dos días después de que Russell les encomendase la misión de rastrear a los furtivos. Habían seguido el rastro de los caballos desde la pradera hasta la carretera principal; allí encontraron huellas de los neumáticos de un camión que se había reunido con ellos y, evidentemente, cargado el marfil. Como es inútil intentar seguir las huellas de los neumáticos en una carretera de tierra muy transitada, decidieron seguir a los caballos hasta la salida del parque; al final, el rastro los llevó hasta esa localidad situada unos treinta kilómetros al noroeste.

Los caballos eran una rareza en Kenia debido a la mosca tsetsé, pues la enfermedad del sueño se contagiaba entre ellos en cuestión de días, lo cual les hizo suponer que estaban destinados en principio a la producción de carne, pero que los furtivos los habían «tomado prestados» unos días antes de sacrificarlos.

Kagwe encontró una carnicería, regentada por un luo,[3] y Mathu a un mecánico trabajando en el patio abierto frente a la puerta de su casa; poco después ambos tenían indicios de quién podría haber estado interesado en caballos y quién estaba dispuesto a empuñar grandes rifles a cambio de una buena paga. Después se reunieron y descubrieron que sus pistas los llevaban a los kikuyu y a la misma parte de la localidad. Al ver las chabolas advirtieron

---

2   Personaje de la novela *Oliver Twist*, cabecilla de una banda de ladrones infantiles. *(N. del T.)*

3   Grupo étnico nilótico nativo de la Kenia occidental. *(N. del T.)*

que compartían un muro, el mismo techo de hojalata y un porche de madera recién construido; en una localidad como Eldama Ravine esos detalles correspondían a inquilinos con recursos.

Kagwe y Mathu, como buenos rastreadores y cazadores con arco que eran, poseían una habilidad que poca gente sabía apreciar: camuflarse con el entorno y desaparecer de modo que no había persona o animal capaz de anticipar su presencia... hasta que era demasiado tarde. Una hora después fueron recompensados con el regreso de los dos inquilinos; a medida que los observaban, su atención se concentraba en el más delgado de los dos: sus fríos ojos negros y el humillante trato que le brindaba a su compañero les dijeron todo lo que necesitaban saber.

Mientras los hombres bebían licor de palma y jugaban a las cartas bajo el repiqueteo de la lluvia sobre el tejado de hojalata, los rastreadores averiguaron que el más delgado era el cerebro de la operación, que poseía un temperamento violento y que parecía peligrosamente ambicioso. También supieron su nombre, que resultaba totalmente apropiado: Gichinga. «Revoltoso».

* * *

El Beechcraft Baron rodó hasta detenerse junto al Land Rover a la espera, levantó una nube de polvo, las hélices crearon ráfagas de turbulencias y Russell descendió al frescor del atardecer. Lo primero que preguntó a Jean, después de subir de un salto al asiento del copiloto y besarla en la boca (aún sentían una atracción animal tras quince años de matrimonio y dos hijos), fue cómo estaba el elefante.

—No sólo ha sobrevivido —respondió—, sino que con su encanto ha conquistado a todo el orfanato. A personas y animales por igual. Y le gusta abrirse paso por el mundo, eso desde luego, aunque sea a costa de andar estrellando su corpachón por ahí.

—¿Va a ser un problema?

—No. No, aprende rápido. Es listo.

—¿Y nuestro joven kikuyu?

—Hace el trabajo como si no hubiese nacido para otra cosa. —Meditó un momento mientras conducía y añadió—: Estoy convencida de que terminará dirigiendo el lugar.

—No nos adelantemos a los acontecimientos. Lleva menos de una semana.

Otro Land Rover (pero más viejo y con pintura mimetizada) se acercaba en sentido opuesto. Ambos conductores lanzaron ráfagas de luz y detuvieron sus vehículos en medio de la carretera, ventana contra ventana.

Ian Masterson, un sexagenario con barba que tenía más aspecto de trabajar como profesor universitario que como guarda de caza en Tsavo, sacó la cabeza por la ventanilla.

—*Doc*, cuéntame algo de tu nuevo huérfano. ¿Cómo le va?

—Está sanando bastante bien y bebe el brebaje como un veterano —contestó Jean—. De momento, parece que tiene posibilidades.

—Excelente. —Miró más allá de Jean, a Russell—. ¿Qué hay de Terence? ¿No se iba pronto a Inglaterra?

—De hecho, se va mañana por la mañana —respondió Russell—. Ian, tienes vocación de portera.

Ian rio.

—Fisgar en los asuntos de los demás es mi secreto para mantenerme joven y lleno de vitalidad.

—Echaremos de menos sus visitas de fin de semana —dijo Jean con un suspiro—. Al menos allí tiene unos parientes cerca, en Staffordshire.

Terence estaba escolarizado en un internado masculino de Nairobi, pero entonces había una plaza para él en el colegio Bedford, igual que la hubo para Russell y seis generaciones de varones Hathaway antes que él. Según el sistema británico, se suponía que los hijos de las clases altas ingresaban en un internado a los ocho o nueve años y sin rechistar.

—Espera un momento —dijo Masterson mientras salía de su Land Rover y sacaba una bolsa de arpillera y un bichero para serpientes de la parte de atrás. Una gruesa cobra de tres metros se deslizaba cruzando la carretera. La recogió con pericia, la metió en la saca, la aseguró con cinchas y después posó el agitado bulto en el asiento trasero.

En ese momento, una familia de jirafas rebasó a los dos vehículos trotando majestuosamente a menos de veinte metros. Aunque esos tres humanos estaban acostumbrados a ver animales salvajes todos los días, guardaron un maravillado silencio.

Russell visitó a los cuidadores después de cenar y los encontró llevando a sus crías a dormir. Kamau estaba con el elefante en el cobertizo, leyendo a la luz de un candil colgado del techo cuando entró Russell.

—Me alegro de que puedas quedarte. ¿Tus padres están de acuerdo con las condiciones? ¿Quieres que vayamos hasta allí para conocerlos y todo eso?

Kamau se levantó de un brinco con una enorme sonrisa plasmada en los ojos y negó con un gesto.

—No hace falta, señor Russell. Se alegran por mí y por las cosas buenas que este trabajo me puede ofrecer. Yo le agradezco de nuevo esta oportunidad y espero ser digno de ella.

—No me cabe duda de que lo harás muy bien. —Se arrodilló y acarició a la cría, que yacía de costado, observándolos. Examinó la herida y los puntos en su frente—. Por lo que veo está sanando bastante bien. ¿Ya le has puesto nombre?

—Creo que sí, señor Russell. *Anaishi*. Espero que sea de su agrado.

Russell lo pensó un momento y asintió.

—Excelente. Muy apropiado. «Vive»… «Permanece»... No lo pudieron matar, ¿eh? —Russell miró a la cría con una sonrisa—. ¿Te parece bien si empleamos *Ishi* como diminutivo? Es mejor en caso de apuro, ¿no crees?

Kamau mostró una amplia sonrisa y miró al suelo.

—Eso pensaba yo, señor. *Ishi* —dijo con suavidad, repitiéndoselo al elefante, cuya oreja se movía abriéndose y cerrándose.

Por la mañana, Russell llevó a Jean y Terence hasta la pista de aterrizaje para despedirse. Mientras Jean se acomodaba en un asiento detrás del piloto, Russell estrechó a su hijo contra sí y le susurró al oído:

—Habrá momentos en los que te sientas tan solo que te parecerá vivir en la cara oculta de la Luna. Cuando te sientas así, recuerda que yo también lo pasé. Y mi padre y su padre antes que él. Es algo normal. Debes superarlo, nada más. —Abrazó a su hijo y le acarició una mejilla con suavidad—. Recuerda cuánto te queremos e intenta mantenerte firme, porque si muestras debilidad ante los mayores, te harán la vida imposible. ¿Me oyes?

Terence asintió. Hizo lo que pudo para dedicarle una última sonrisa a su padre y subió a bordo del bimotor Beechcraft. Russell le dio un último apretón en un hombro, se despidió de su mujer con un asentimiento y cerró la puerta.

Las hélices revivieron entre toses, el avión viró y comenzó a rodar. Russell mantuvo su brazo alzado mientras el Baron aceleraba y se lanzaba al aire de un salto.

Jean regresaría de Nairobi por la noche, así que Russell tenía toda la jornada para sí. Una jornada que dedicaría a la caza… pero no de animales.

Había visitado las dependencias de la plantilla bien entrada la noche anterior para reunirse con Kagwe y Mathu junto a la hoguera. Mientras fumaba una pipa, le contaron su viaje a Eldama Ravine y sus pesquisas; quedaba que los tres, con una pequeña ayuda por parte de Masterson, pasaran a visitar a ese tal Gichinga. Aún no tenían una prueba concluyente, pero Russell estaba completamente seguro y llamó a un amigo situado en las altas esferas de la policía local para que pidiese una orden judicial a la oficina del fiscal general, en Nairobi. De momento sería suficiente.

Russell reflexionó acerca de qué significaba eso para los furtivos y tuvo una sensación inquietante. Allí estaba él, guiando a ricachones blancos hasta un macho anciano para hacerse después a un lado mientras le arrebatan la vida a tiros y envían sus colmillos a casa como ofrenda a su vanidad. Y le pagaban un buen dinero por hacerlo. Excepto por los cinco mil dólares que costaba la licencia para cazar elefantes (cincuenta mil con la moneda actual, dinero que se invertía en el cuidado de otros animales del parque), ¿cuál era la diferencia en matar elefantes para obtener su marfil si eras un africano pobre? ¿No había algo de hipocresía en todo eso?

Kagwe y Mathu, por ejemplo, fueron famosos furtivos en sus tiempos, como muchos de los porteadores de armas empleados en los safaris. Los waliangulu eran grandes cazadores que empleaban flechas envenenadas para derribar a los machos, pero cazaban por motivos rituales y alimenticios, no para vender el marfil a un corrupto intermediario del mercado negro asiático. Habían cazado durante siglos, desde mucho antes de la llegada del hombre blanco y de que este los «educase» enseñándoles que matar elefantes no era lo más conveniente para ellos. En los casos de Kagwe y Mathu, las autoridades terminaron deteniéndolos y condenándolos; cumplieron sus penas y entonces se encontraban «rehabilitados».

De todos modos, la crueldad de la matanza que Russell había contemplado la semana anterior era algo distinto. La destrucción gratuita de una manada entera con rifles de gran calibre le hizo comprender a Russell que debía caer con más dureza sobre ese tal Gichinga que sobre el habitual furtivo circunstancial. O volvería por más.

* * *

Los tres fueron en coche hasta Eldama Ravine, donde se encontraron con Ian Masterson y dos de sus rastreadores esperando junto a su Land Rover. Todos iban armados, con sus rifles bien a la vista para que cualquiera que tuviese una idea rara se mantuviese a una distancia prudencial.

Mathu fue con el grupo de Masterson, que aparcó en la parte posterior de la localidad, y se acercaron a las chabolas desde un callejón abierto en la parte trasera. Russell y Kagwe entraron por el frontal y cuando la manecilla del reloj de pulsera de Russell marcó las 11:15:00, ingresaron en el porche.

Una joven con un bebé en brazos miró a sus siluetas ocupando el mosquitero de la puerta, Kagwe con su rifle amartillado y en guardia, Russell empuñando su Weatherby con una mano, relajado.

—Quisiera hablar con su esposo, por favor —comenzó a decir Russell en kikuyu—. Haga que salga al porche y nadie saldrá herido.

Hubo un fuerte chasquido en la parte posterior, una puerta o ventana abierta de golpe, y después varias voces gritando en kikuyu.

—¡Quieto! ¡Al suelo!

Masterson y Mathu salieron de entre las sombras cortando el paso del presunto fugitivo con sus armas apuntándole directamente a la cabeza. Mathu reconoció al joven cuando se arrodilló rogándoles que no disparasen. Luego llamó a los del porche.

—¡Señor Russell! ¡Este es el otro! ¡Gichinga aún está dentro!

La mujer en la puerta de entrada continuaba inmóvil, con los ojos desorbitados. El bebé comenzó a llorar. Russell alzó la voz, pero no la cargó con alarma.

—Gichinga, sólo quiero hablar contigo. Haz el favor de salir al porche y nadie resultará herido.

Un momento después, una figura salió del dormitorio con las manos en alto. Estaba vestido con sólo una camiseta y unos pantalones cortos, sus delgados brazos mostraban cicatrices ornamentales. Kagwe asintió, era Gichinga, y Russell le indicó con un gesto que saliese. Podía sentir los ojos de docenas de vecinos observándolos desde las chabolas aledañas.

Gichinga ordenó a su mujer que llevase al pequeño al dormitorio y cerrase la puerta, después salió y miró a los ojos de Russell sin mostrar un ápice de temor. Se sentó en un peldaño y encendió un cigarrillo con calma. Russell se mantuvo en pie, pero bajó el cañón de su Weatherby.

—Supongo que sabes por qué estoy aquí —dijo en kikuyu—. Las huellas de tus caballos nos trajeron desde la zona de Ngulia casi hasta la puerta de tu casa. El guardabosques y yo somos los guardias del Parque Nacional Tsavo y para nosotros, o para cualquier persona civilizada, es una afrenta que alguien ande matando animales protegidos en nuestro parque. Sobre todo como lo has hecho tú.

—¿Vuestro parque? —se burló Gichinga, y escupió en la tierra—. Tenía la impresión de que había habido un cambio de Gobierno. Ahora los parques son propiedad del pueblo keniata, no de los británicos.

Russell mostró una expresión neutra, pero tuvo que contenerse para no saltarle los dientes de un culatazo a aquel cabrón.

—Nada ha cambiado respecto a la ley. El furtivismo se contempla como un crimen en las leyes del nuevo Gobierno, igual que en las otras, y se castiga con multas y prisión. ¿Y esa insolencia? ¿Quién te crees que eres?

—Pues alguien más seguro que... insolente. Seguro de que las costumbres de tu mundo no van a durar mucho tiempo por aquí. De que vamos a ser capaces de tener trabajo y ganar dinero como vosotros lo habéis hecho en nuestra tierra durante años. Quizá si ahora hubiese trabajos así, mi gente no se vería forzada a matar a vuestros animales sagrados a cambio de dinero, ¿no crees?

—Te equivocas por completo. Y esos animales son tan vuestros como nuestros. Cuanto antes entienda eso tu gente, mejor.

Los hombres encargados de la parte trasera se presentaron entonces con el escolta de Gichinga, que llevaba las manos atadas a la espalda. Masterson se situó junto a Russell y miró con frialdad a Gichinga.

—Pero lo que nos ha traído hasta aquí no tiene que ver con nada de lo que dices —continuó Russell—. Tus amigos y tú sois culpables de la matanza de una manada entera de elefantes que dejasteis pudriéndose al sol. Supongo que todo eso fue idea de otro, así que quiero saber de quién. ¿Quién te ha pagado por hacerlo? ¿Quién compró los colmillos?

Gichinga le dio una profunda calada al cigarrillo y dejó que el humo saliera lentamente por la nariz.

—¿Y si te lo digo no nos llevarás a que nos flagelen hasta despellejarnos? —replicó con una sonrisa hipócrita—. Porque si crees que aún vivimos en aquella época, el equivocado eres tú, viejo.

Russell intercambió una mirada con Masterson, a quien Gichinga impresionó aún más que a él. Aquel hombre era astuto y peligroso. Evidentemente, no se trataba de un furtivo simplón; este iba a ser un problema con el que se habrían de enfrentar más adelante.

—Nunca le he pegado a un hombre por furtivismo —respondió Russell—. Tampoco lo he hecho flagelar. Eso no sucederá mientras viva. —Se inclinó hacia Gichinga de modo que sólo ellos dos y Masterson pudiesen oírlo y añadió—: Pero admito que he disparado a uno o dos, eso sí, disparos de advertencia. De otro modo no hubiese fallado. Si me entero de que en mi parque vuelve a suceder algo parecido a eso de la semana pasada, mataré a todos los que encuentre. Los dejaré pudriéndose al sol. ¿Me has entendido?

Gichinga asintió, tiró la colilla al suelo y, para desmayo de los dos blancos, la aplastó con el pie desnudo.

—Bueno, yo también tengo que advertirte algo —replicó—. Esa gente que te interesa puede ser muy poderosa. Tanto que deberías mantenerte alejado. Podrías perder tu licencia y ser deportado del país si continúas con esto. ¿Me entiendes tú?

Russell retrocedió un paso y lo observó, algo frío e informe sustituyó a su ira. Se dio cuenta de qué pasaba. Estaba viendo el futuro (de su vida, de la de su familia y la de todos los británicos) en el África Oriental. Ese hombre pertenecía a la primera oleada de un futuro que iba a cambiar la situación hasta entonces conocida por Russell.

—Eso ya lo veremos —fue todo lo que pudo decir—. Pero, mientras tanto, te propongo un trato. Nos das el nombre de tu comprador... y te vas tranquilamente... o vienes con nosotros a Nairobi. La magistratura nos espera, ya se han formulado cargos contra vosotros en la Oficina del Fiscal General; eso significa que tu amigo y tú vais a pasar unos cuantos años en prisión. —Russell miró a las oscurecidas dependencias de Gichinga—. Me parece que va a ser un calvario para tu esposa y el bebé. Pero la decisión es tuya y sólo tuya.

Gichinga exhaló un profundo suspiro, sobre todo porque aquello le estropeaba los planes que tenía para esa tarde: beber y jugar al *mahjong* con unos amigos. Se levantó y colocó las manos al frente para que lo esposasen.

—Pues entonces que así sea, lo haremos a tu manera. A los coches, nos vamos a Nairobi.

Russell intentaba no mostrar su genio, pero no lo conseguía. Le hizo un asentimiento a Mathu, este extrajo un largo trozo de bramante y Russell hizo girar a Gichinga para sujetarle los brazos a la espalda. Mathu se apresuró a atarle las muñecas, tras lo cual Russell apretó el nudo tanto como fue posible para asegurarse de que le doliese.

—¿No tienes otra ropa que quisieras llevar? Te darán un uniforme en la cárcel, pero quizá quieras darle una mejor impresión al magistrado.

Gichinga se limitó a sonreír y negar con la cabeza, como si no hubiese nada en el mundo que le importase. Mientras se los llevaban, a él y a su compañero, Gichinga volvió la vista y llamó a su esposa.

—Diles a los muchachos que volveré a casa mañana a la hora de cenar.

CAPÍTULO V
Zambia, en la actualidad

La lluvia había cesado, por fin, cuando Trevor Blackmon aparcó a un lado de la autopista T2 y bajó de su Toyota Land Cruiser. Una neblina se desprendía de las copas de los árboles y los vehículos rugían pasando a su lado y haciendo que su coche vibrase. Se frotó al aún dolorido lugar donde se hizo su último tatuaje (una pitón, símbolo de su antigua unidad del ejército rodesiano, enroscada alrededor de su muy musculado antebrazo) y caminó un buen trecho mirando entre los matorrales a lo largo de la valla de tela metálica que protegía la autopista hasta encontrarlo.

El aplastado follaje frente al lugar delató su ubicación: probablemente los lugareños habían cortado la valla para cruzar la autopista y evitar así recorrer varios kilómetros hasta el paso a nivel más próximo. El agujero se había oxidado y ampliado con el tiempo, hasta que al final se convirtió en una enorme invitación a cruzar. Los conductores, a bordo de vehículos rodando a ciento treinta kilómetros por hora, nunca advertirían la brecha.

Se adentró más, buscando entre los cenagosos charcos formados por el agua de lluvia, y se detuvo.

—Cabronazo… —murmuró. Se arrodilló. Las inconfundibles huellas de un elefante llevaban del agujero abierto en la valla a la autopista de cemento… Así que el médico no había sufrido ninguna alucinación.

Se trataba, sin duda, de un macho de gran tamaño deambulando por ahí. Si había escapado del parque, procedería casi con toda seguridad del Bajo Zambeze, ¿pero por qué se dirigía al norte? Y, además, a través de territorio civilizado. Hasta el momento había cubierto un territorio conformado sobre todo por granjas comerciales y tierras comunales; existía un corredor para el paso de los animales salvajes, pero ese macho había salido de la reserva a unos ciento diez kilómetros de allí, según el mapa electrónico de Blackmon, y para entonces en su recorrido ya había atravesado una autopista y, por si fuese poco, se dirigía a zonas habitadas.

¿Por qué abandonaría el santuario de un parque protegido, donde tenía vegetación, agua y hembras (todo lo que un macho adulto necesitaba) a lo largo y ancho de un territorio de aproximadamente veintiséis mil kilómetros cuadrados si gozaba de buena salud? ¿Implicaba eso que no era un ejemplar saludable? ¿Suponía un peligro? Desde luego, todo parecía indicar eso, lo cual significaba que habrían de ocuparse de él aun antes de lo supuesto por Blackmon en un principio.

Echó un vistazo al mapa, lo desplazó hacia el norte en dirección a Kabwe, la ciudad más próxima. Quizá dispusieran de dos jornadas antes de que el macho llegase a sus aledaños. Si Blackmon no tenía noticias de los operarios de los sistemas de geolocalización esa misma tarde, o si su satélite no mostraba rastros de un chip o un collar desplazándose por la zona, tendría que recurrir a un rastreador. Y rápido.

* * *

La noche es mi amiga. Siempre lo ha sido. Aunque mis ojos ya no son lo que eran, aún puedo ver lo suficiente y mi olfato todavía es bastante fino. Así que viajo en la oscuridad, caminando silencioso con mis mullidas pezuñas y de vez en cuando veo a lo lejos las luces de algún nido de los dos patas. Puedo olerlos y oírlos acercarse a kilómetros de distancia y sé cómo evitarlos. A veces alguna de sus bestias domesticadas me sigue durante un rato, ladrándome amenazas huecas, pero yo me limito a continuar y, al final, siempre me dejan en paz y regresan a sus camas.

Durante el día descanso entre los árboles, como la hierba que haya disponible (mis dientes ya no pueden mascar cortezas ni hojas, así que ni me molesto en intentarlo) y me tumbo sobre un costado si la sombra es adecuada; así mi viejo cuerpo no es visible para algún posible transeúnte. Ahora quizá sólo cubra la mitad de la distancia que recorría en mis buenos tiempos, pero la edad me ha enseñado a ahorrar energía y mantenerme apartado de la vista de los dos patas. Aunque algunos pueden ser amables y estar dispuestos a ayudar, uno nunca sabe dónde puede encontrar su perdición. El mundo que recorremos se encuentra limitado por el suyo, eso lo comprendí hace ya mucho tiempo. Ellos gobiernan la Tierra, son muchos y nosotros, todos nosotros, estamos a su merced.

CAPÍTULO VI
Granja Salisbury Hill. Kenia, 1964

El lugar donde crecí estaba lleno de dos patas *amables y serviciales y guardo muy buenos recuerdos del tiempo que pasé allí. En cuanto me hice a la idea de que ya no formaba parte de una manada, que no tenía ni a mi madre ni a mis parientes para cuidarme y que no me estaba permitido abandonar la cumbre de la colina a no ser en compañía de mis cuidadores... La situación comenzó a ser más tolerable.*

El macho de piel oscura que me descubrió fue mi constante compañía y pasábamos horas y horas riñendo de broma y jugando. La matriarca de su familia se convirtió, hasta cierto punto, en mi madre; sus castigos y el tono enojado con el que me hablaba cuando me portaba mal eran cosas que deseaba evitar a toda costa. Ellos y la dulce hembra de corona roja me daban la nutritiva y sabrosa leche de alguna madre que debían de tener oculta por ahí, pero nunca llegué a conocerla.

El macho dominante de la familia era una gran fuente de interés para mí; como no había otros machos de mi especie de los que pudiese aprender, me dediqué a observar su comportamiento con mucha atención siempre que andaba por los alrededores. Todos los demás dos patas *deferían a él aunque no lo pidiese... Era algo que lo rodeaba como si fuese un aroma. Incluso yo me sentía atraído por sus profundos ojos que todo lo veían; cuando me susurraba cosas cerca del rostro, acariciándome las sienes con rudeza, sentía un eufórico y cálido cosquilleo.*

Una vez, durante una tranquila noche de plenilunio, me dio un vuelco el corazón al reconocer el lejano sonido que me había des-

pertado. Mi compañero dos patas, dormido a mi lado, ni se inmutó, y entonces caí en la cuenta de que él no podía oírlo, a pesar de que dentro de mí resonaba como un trueno. ¡Lo habían emitido los míos! Pasaban por algún lugar a los pies de la colina y dos de ellos mantenían una escandalosa discusión. Podía oír los pasos del resto de la manada, pero nadie más intervenía en la riña.

Me levanté de inmediato y corrí hacia la valla; entonces pude olfatearlos, además de oír a otros miembros conversar tranquilamente. Grité tan fuerte como pude y se quedaron en silencio, todos. Después hablé (de un modo que ni siquiera sabía que podía hacer) con una voz que nunca había empleado. Les pregunté quiénes eran y si sabían algo de una manada cuya matriarca se llamaba Madre Luna.

Los oí hablar en voz baja entre ellos y después la voz de la matriarca tronó su respuesta:

—Te ruego que no grites, jovencito. ¿Quién eres y qué haces ahí con los dos patas? —Su actitud no era amable ni cordial; de hecho, me recordaba a Agresora.

En ese momento, mi compañero dos patas apareció a mi lado, hablándome con tono preocupado e intentando llevarme de nuevo a mi cama. Me aparté de él y troté hasta el lugar más elevado de la cumbre vallada; entonces pude ver, allá, a lo lejos, sus siluetas recortadas por la luz de la luna.

Miraban a la cima, en mi dirección; poco después llegó mi compañero y también los vio. Chasqueó la lengua, murmuró un susurro aprobador y yo respondí a la matriarca.

—Era demasiado pequeño para tener nombre cuando perdí a mi manada; ahora vivo aquí, con los dos patas. ¿Sabes algo de mi clan? Quizá hayas oído hablar de algunos miembros... Colmillo Tuerto, Dormilona, Sin Oído...

La manada mantuvo una intensa conversación en voz baja (se extendió más tiempo del que me hubiese gustado) y después la matriarca respondió:

—Algunos miembros de nuestra manada conocieron a los tuyos, pequeño. Pero me temo que no tienen buenas noticias. —Temía oír sus palabras, pero llegaron a mí de todos modos—. Los dos patas masacraron a tu familia durante la última estación húmeda, *no sabemos exactamente cuándo. El clan de Mataleones encontró sus cadáveres y los enterraron junto al río donde cayeron cuando ya no quedaban más que los huesos. Pero, dime, si perteneces a esa familia, ¿cómo es que no lo sabes?*

Kamau oyó el apenado sonido emitido por Ishi y lo malinterpretó como la manifestación de un deseo por huir del recinto y unirse a la manada. No tenía manera de saber que el elefantito estaba abrumado por la congoja. Entonces sus débiles chillidos dieron paso a un molesto sonido sibilante que brotó de su garganta. Giró en redondo, corrió colina abajo, se lanzó al «abrevadero» (en realidad un estanque excavado hacía tiempo con la ayuda de un tractor) y se sumergió hasta que de él sólo se veía la trompa.

Kamau se quedó junto al abrevadero, desconcertado, y entonces Mamá Jean se presentó junto a ellos preguntándose a qué se debía tanto revuelo. Kamau comenzó a explicar qué había visto… Cuando *Ishi* salió del agua, su lenguaje corporal lo mostraba quebrantado, como aplastado por un peso invisible. En ese momento Jean levantó la mirada y apretó un brazo de Kamau al tiempo que señalaba a la valla protectora situada más allá. Allí estaban dos hembras de la manada en ruta, a no más de diez metros de distancia. Aunque Ishi no miraba a las elefantas, Jean y Kamau pudieron sentir que entre ellos se había establecido alguna clase de comunicación.

—Pequeño, vas a tener que llorar la pérdida de tu familia. Te acompañamos en el sentimiento. Me han dicho que tu madre fue una matriarca muy querida.

Me sentí tan abrumado por las noticias acerca del sino de mi familia que no pude decir nada. Poco después habló la segunda hembra; tenía la voz más amable que había oído jamás.

—Todavía eres demasiado joven para viajar con nosotros, Pequeño, pero regresaremos por esta misma senda después de cada

estación húmeda. Cuando estés preparado para unirte, te esperaremos a los pies de la colina; quizá tus amigos dos patas te permitan marchar. Dicen que son bastante amables.

Creo que debí de mascullar algo como señal de agradecimiento (pues esa hablante era sabia y cordial) y después deambulé un poco de regreso a mi cama. Estaba helado debido al agua, pero más helado estaba mi corazón por el sobresalto emocional. Mis acompañantes dos patas me trajeron leche caliente, me echaron mantas por encima y se quedaron conmigo el resto de la noche mientras yo me estremecía.

Y así fue cómo Ishi comenzó a cambiar. Creció más rápido a partir de aquella jornada, como si consciente de su orfandad, estuviese planeando su eventual partida de la granja Salisbury. Debía ser más fuerte y maduro para que lo aceptase una manada sin ningún vínculo de parentesco; lo sabía por instinto.

Dejó de beber el compuesto lácteo y comenzó a comer sólo vegetales. Dejó de jugar tanto con los demás animales huérfanos, aunque aún mostraba cierta debilidad por una cría de cebra que lo seguía a todas partes y dormía a su lado la mayoría de las noches. A Kamau, como al resto de cuidadores, ya no le resultaba tan fácil persuadirlo para jugar a pelear o al escondite, actividades que Jean había establecido con el fin de imitar los juegos que practicaría con sus hermanos si viviese en libertad.

Sus paseos diarios fuera de la granja comenzaron a prolongarse; Ishi ponía a prueba la paciencia de sus cuidadores al alejarse cada vez más, internándose en las colinas. Al final, un paseo vespertino se alargó hasta el anochecer y, al negarse a regresar al caer la noche, uno de los cuidadores tuvo que volver corriendo a Salisbury para avisar a Russell. Russell detuvo su Land Rover frente a Ishi, cortándole el paso, saltó del vehículo y se colocó frente a las luces delanteras con su cara a pocos centímetros de la del elefante.

—Estás aquí por nuestros buenos cuidados. Y que me parta un rayo si vas a continuar con esta maldita estupidez. Así que ya estás volviendo a la granja de inmediato.

Ishi se quedó mirando a Russell y aunque aún no entendía las palabras (eso sucedería muchos años después) sí entendía en el tono y el significado del brazo estirado señalando en dirección a la granja Salisbury, en la cima de las colinas. Con aspecto herido, la trompa muerta y los ojos humillados, se volvió y comenzó a caminar a lo largo del sendero por el que había llegado, y cuando sus cuidadores comenzaron a correr al trote, él mantuvo el paso y corrió a la cabeza hasta llegar a casa.

* * *

Russell se encontraba en Mombasa atendiendo a negocios de Lord & Stanley dos semanas después de su enfrentamiento con los furtivos. Allí decidió llamar a un viejo amigo del antiguo Gobierno colonial, Rupert Matthews, quien desempeñó el cargo de ministro de Economía hasta la independencia del país y entonces era uno de los dueños de los dos hoteles más prestigiosos de Kenia: *The New Stanley*, en Nairobi, y *The Crown*, en Mombasa. Como tenía unos contactos inmejorables, Russell supuso que sabría algo acerca de los peces gordos del comercio del marfil, pues Mombasa, la más importante ciudad portuaria del país, era el principal punto de envío y transbordo de todo tipo de bienes, legales o no, que entraban o salían del país.

Fue duro para Russell recibir una llamada por radio de Ian Masterson el día después de haber detenido y acusado a Gichinga; el guarda de caza echaba espumarajos por la boca.

—Se han ido tan campantes esta mañana. Libres como el viento.

—¿Quiénes? —preguntó Russell, perplejo.

—Tus malditos furtivos, ni más ni menos. Se presentó uno de esos fiscales de nuevo cuño salidos del Ministerio del Interior y los soltó. Dijo que las acusaciones se basaban en pruebas circunstanciales… ¡No les pondrán ni una multa! Los dejó ir, ¡sin más!

Russell sintió cómo su rostro se sonrojaba por la humillación. Por amargo que fuese el trago, lo cierto es que aquel cabrón lo había vencido, eso estaba claro. E incluso había predicho el resultado. Era un juego amañado, Russell habría de tomarse la justicia por su mano si pretendía impedir carnicerías indiscriminadas. Bien, pues que así sea. Ya había disparado contra personas en otras ocasiones, aunque desde lejos... y en guerra. Comprendió que aquello también era una especie de guerra y que podría volver a combatir, aunque esta vez en su tierra de adopción. Sólo se habría de preocupar por tener el cuidado suficiente.

Russell y Rupert Matthews se sentaron al ocaso en el bar de la piscina del hotel *The Crown*, que dominaba la playa barrida por el viento, y conversaron con gran interés entre gin-tonics y puros de la Cuba precastrista. Rupert, con el cabello plateado y vestido con un traje de sarga azul, era tan elegante como uno de los mundialmente famosos clientes de Russell y conocía a cualquiera que tuviese poder en el Gobierno actual o lo hubiese tenido en el antiguo. Atesoraba, además, extravagantes anécdotas y hacía vívidas descripciones de todos ellos, incluidos Jomo y Ngina Kenyatta, el nuevo presidente y su cleptómana y ambiciosa esposa.

—Tu furtivo tiene bastante razón. Ahora están protegidos, aquí nadie vende nada sin el consentimiento de alguien. En mi opinión, simplemente estamos comenzando a ver cuál será el futuro de nuestra vida salvaje. No va a ser bonito. Algunas especies, como los rinocerontes, por ejemplo, pueden acabar exterminadas. Los asiáticos pagan una verdadera fortuna por un maldito cuerno.

Russell permanecía sentado, negándose a asimilar la idea. Antes quería asegurarse de agotar todas las alternativas posibles.

—¿Pero qué hay de las leyes aprobadas? ¿Es que ya nadie va a procesarlos?

Matthews respondió con una carcajada suave.

—Russell, amigo mío, es el propio Gobierno quien los protege. Son sus miembros los que se llevan la mayor tajada. Demonios, incluso Mamá Kenyatta está implicada, según dicen. Y lo creo. —Se recostó y exhaló una bocanada de humo—. Algunos no estamos precisamente contentos con todo esto. Nos encantaría contar contigo si quieres ayudar.

Russell pronunció las palabras antes siquiera de pensar en las posibles consecuencias.

—Cuenta conmigo. Haré todo lo que esté en mi mano. Es probable que pueda reclutar a unos cuantos amigos, si eso sirve de ayuda.

Rupert sonrió artero.

—Ah, ya hemos contactado con ciertos compañeros tuyos. Estaba a punto de llamarte cuando lo hiciste tú. —Hizo una breve pausa—. Pero, como dijo tu furtivo, os puede costar el empleo. Luchar contra un Gobierno corrupto quizá sea muy poco saludable para los ingresos de uno si pierde...

—Si pierde —respondió Russell tranquilo, mirando a las banderas del hotel flameando al viento—. Si no hacemos nada, perderemos el empleo de todos modos. Perderemos nuestras mejores especies de caza mayor y eso golpeará al negocio del turismo de un modo que no hemos visto desde la Rebelión del Mau Mau.

Apuró el resto de su bebida, posó la copa y miró a Rupert a los ojos.

—Esto es todo lo que tengo, Rupert. Es lo que soy. Y de ninguna manera, ni de broma, voy a rendirme sin pelear.

* * *

La primera escaramuza de esta nueva guerra se libró antes incluso de lo que Russell había supuesto. Diez días más tarde recibieron una llamada de radio de Ian Masterson mientras Jean y él se encontraban supervisando los preparativos finales para un safari de caza de dos semanas que iba a comenzar al día siguiente. Un piloto privado llevaba clientes desde Amboseli a Nairobi cuando detectó actividades sospechosas al sobrevolar el límite meridional de Tsavo. Varias siluetas humanas corrieron al oír el avión acercándose y se agazaparon bajo unas acacias.

El piloto fingió no ver ni personas ni armas, es decir, no realizó un vuelo exploratorio circular, y luego, unos segundos después, sobrevoló su probable objetivo: una manada de aproximadamente veinte elefantes cruzando la sabana, ignorantes del peligro mortal acechando a su espalda.

Russell llamó a Kagwe y a Mathu después de tranquilizar a Jean asegurándole que no cometería ninguna heroicidad estúpida, cargaron rifles y munición en el Land Rover y salieron a toda prisa siguiendo la carretera al sur de los furtivos. Este tipo de actividades (hacer el trabajo sucio sobre el terreno) era la pieza del rompecabezas que Russell y un puñado de guías de caza habían aceptado realizar por Rupert y sus amigos de las altas esferas mientras estos abordaban el asunto desde un ángulo político más refinado y discreto. Pero habrían de trabajar coordinados.

Masterson y sus rastreadores aceptaron aproximarse desde el cauce fluvial situado al norte, lugar al que suponían iban los elefantes, pero aún tardarían una buena media hora en llegar. Russell lidiaría con los furtivos lo menos posible hasta que llegase Masterson; comenzaría realizando disparos de advertencia por encima de sus cabezas. A partir de ahí era asunto de los intrusos establecer las reglas de enfrentamiento.

Russell abandonó la carretera principal y se dirigió al norte atravesando una meseta ascendente que los llevaría a su destino lo más rápido posible. Quería impedir una carnicería, si no era ya demasiado tarde, aunque sabía que las posibilidades eran escasas.

Varios minutos después llegaron a la cima de la meseta y desde lo alto vieron grandes manadas esparcidas por la llanura; cebras, ñus, jirafas y gacelas punteaban la sabana que se extendía hasta una lejana cordillera. Mathu se encontraba en pie ocupando el lugar reservado habitualmente para el ojeador, con su torso sobresaliendo por el techo corredizo para obtener una visión de 360 grados.

De pronto se agachó ocultándose en la cabina y silbó. Russell frenó y miró hacia el lugar que señalaba Mathu. En el horizonte, a unos tres kilómetros de distancia, se recortaban las siluetas de una manada de elefantes corriendo a toda prisa.

Russell alzó sus prismáticos y los movió siguiendo la dirección opuesta a la huida de los elefantes. Varios cientos de metros detrás se veían las oscuras e inconfundibles formas de los hombres. Cuatro de ellos perseguían a la manada saltando entre la alta hierba. Y unos cuantos cientos de metros tras ellos vio a otro furtivo, pero este no corría. Su brazo se movía arriba y abajo trazando el inconfundible arco de un machete descargando golpes. Una forma enorme como un peñasco sobresalía por encima de la hierba. Russell profirió una maldición.

—¡Mathu! Dispara por encima de sus cabezas. Utiliza el .375.

Kagwe le tendió el gran rifle de caza a su compañero, este la encaró de inmediato, quitó el seguro y buscó al jefe de los furtivos con la mira. Apuntó unos tres metros por encima de su cabeza y apretó el gatillo.

El estampido sacudió la cabina, pero Russell sabía que eso no era nada comparado con la impresión que iba a causar la bala al pasar por encima de las cabezas de los furtivos. La sacudida de un cartucho de gran calibre produce un fuerte y fulminante silbido fácilmente reconocible por cualquiera que se haya encontrado alguna vez al alcance de un arma potente.

Los cuatro hombres se detuvieron y acuclillaron de modo instintivo y un segundo después escucharon el estampido del rifle. Sus cabezas comenzaron a girar con sus ojos escudriñando el paisaje en busca del tirador. Pero el Land Rover era de color marrón claro y Russell había maniobrado de modo que el parabrisas no reflejase la luz del sol.

Llamó a Mathu al tiempo que encendía de nuevo el vehículo.

—Quédate abajo hasta que nos acerquemos.

Y comenzó a atravesar el terreno hacia los elefantes con la intención de situarse entre la manada y los furtivos.

Los tres ocupantes del Land Rover sabían que era una maniobra peligrosa, pero estaban preparados. Kagwe dispuso un .300 Win Mag con mira telescópica, se lo pasó a Russell colocándolo en el asiento delantero y después cargó el suyo. Los furtivos descubrieron al Land Rover cuando ya se encontraba a unos ochocientos metros de distancia. Kagwe gritó al ver a uno de ellos alzando su rifle.

—¡Van a disparar, jefe!

Russell pisó a fondo el acelerador y todos se agacharon lo más que pudieron en sus asientos. Entonces sonó el poderoso impacto de una bala estrellándose en la chapa de la puerta del copiloto. Russell continuó conduciendo en un ángulo que ofrecía a los furtivos el menor blanco posible y se dirigió a un elevado afloramiento rocoso.

Otra bala, esta acertó en una de las ventanas traseras y el cristal estalló esparciéndose por la cabina. Russell alzó la cabeza lo justo para ver por encima del salpicadero y darse cuenta de que habían llegado a las rocas. Frenó y los tres saltaron del coche al tiempo que una nube de polvo caía sobre ellos. Se apostaron entre los peñascos.

—Disparad hasta que se rindan —dijo Russell quitándole el seguro a su Win Mag.

Tenían la ventaja de ocupar una posición elevada y encontrarse a cubierto. Russell se concentró en el jefe de los furtivos, cuya figura pudo discernir a través de la mira, a poco más de trescientos cincuenta metros. Apuntó unos cuarenta centímetros por encima de su cabeza, sabiendo que la bala perdería altura a esa distancia y disparó.

Russell distinguió una explosión de polvo en la camisa del hombre y cómo este desaparecía. Vio un individuo situado tras él llamar aterrado a su camarada caído. Con un cartucho .300 Magnum, era probable que cualquier herida resultase fatal.

Entonces el .375 de Mathu tronó entre las rocas por encima de Russell y el segundo hombre cayó hacia atrás. Russell vio cómo rodaba por el suelo agarrándose la pierna derecha y se dirigió a sus rastreadores.

—¡Alto el fuego! Están acabados.

Apenas había pronunciado esas palabras cuando los otros dos furtivos se levantaron con las manos en alto después de arrojar sus rifles al suelo.

Un chasquido de estática brotó de la radio del vehículo. Era Ian.

—Russell, hemos encontrado un vehículo oculto en la carretera general. ¿Cuál es tu posición? Cambio.

Russell descendió de las rocas, estiró un brazo dentro del vehículo y cogió el transmisor.

—Dos han caído y dos se han entregado. Al menos hay uno más, es posible que vaya armado y de camino al vehículo, así que ten cuidado. Te llamaremos en cuanto salgamos. Corto.

Mathu encañonaba con su .375 a los dos hombres desde el puesto del ojeador mientras el Land Rover se aproximaba a ellos. Al llegar a poco menos de cincuenta metros, Kagwe saltó del coche y les hizo señales, primero para que se acercasen y después para que se arrodillasen. Parecían jóvenes y asustados y no los hombres endurecidos que Russell esperaba encontrar.

—¿Quién es el jefe? —preguntó Russell en kikuyu en cuanto bajó del coche. Ambos hombres señalaron a sus camaradas caídos y, al parecer, decían la verdad. Caminó hasta los dos heridos y vio a la víctima de su disparo yaciendo en un charco de sangre, con los ojos abiertos, pero sin vida, mientras sus últimos estertores expulsaban la brillante espuma sanguinolenta producida por una herida en los pulmones. Tenía más edad que los otros, quizá treinta y cinco años. De pronto Russell sintió una punzada de contrición y su adrenalina y furor se tornaron remordimiento. Pero también sabía que ellos lo habrían matado alegremente si el enfrentamiento hubiese resultado de otro modo.

El segundo herido se retorcía de dolor en silencio, su pierna era un amasijo desgarrado, con la sangre saliendo a borbotones entre los dedos que tapaban la herida. Parecía estar cerca de la treintena, bien podría ser diez años mayor que los otros dos. Russell apuntó con su rifle a la pierna sana del hombre.

—Bueno, voy a preguntar una sola vez; después te reventaré la otra rodilla. No volverás a caminar. —El hombre estuvo a punto de echarse a gritar. Russell mantuvo su voz fría—. ¿Quién os ha contratado? ¿Quién iba a pagaros por el marfil? ¿Fue nuestro amigo Gichinga Kimathi?

El hombre pareció confundido al oír ese nombre. Russell montó el rifle y el furtivo cerró los ojos. Disparó en la tierra, bajo la pierna, y el hombre chilló.

—¡No conozco a nadie con ese nombre! ¡Sólo somos cazadores!

Russell encañonó a los otros dos y ambos se acurrucaron aterrados. Uno de ellos habló sin pensar.

—¡No sabemos nada, sólo somos unos pobres campesinos con familias que alimentar!

Russell detectó la verdad en sus voces; resultaba evidente que estaban muertos de miedo y hubieran dado cualquier nombre de haber sabido alguno. Alzó el rifle. Temblaba por dentro, pero no podía permitir que lo notasen.

—Muy bien. Escuchad, tengo un mensaje para vosotros y todos vuestros amigos: vamos a vigilaros. Si uno de vosotros pone un pie en alguna de estas reservas, mis amigos y yo os daremos caza. Y la próxima vez no tendré piedad. ¿Está claro?

Los hombres asintieron con rápidos gestos sin mirarlo a los ojos. Con eso, Russell hizo una señal a Kagwe y Mathu, que recogieron los rifles del suelo, y regresaron todos al coche. Mientras se alejaban, observaron a los dos jóvenes furtivos corriendo hacia sus camaradas heridos.

Eso hizo que Russell se sintiese aún peor; había disparado antes contra personas, cierto, pero nunca había visto los resultados frente a él. No era algo que hubiese previsto y entonces ya no estaba tan seguro de poder soportarlo.

Al llegar al elefante muerto vieron que se trataba de una hembra madura, lo cual implicaba que probablemente tuviese varias crías que iban a echarla mucho de menos. Sus colmillos se encontraban allí donde el quinto furtivo los había tirado durante su huida. La brutalidad del acto y la expresión de dolor y sorpresa en los ojos de la madre que yacía muerta hicieron que incluso un curtido cazador como Russell tuviese ganas de llorar. Sus emociones fueron tan confusas que se sintió mareado y hubo de apoyarse en el vehículo.

Recogieron los colmillos y salieron a toda prisa en la misma dirección que el hombre huido. Sus huellas desaparecieron en un cauce rocoso con las riberas cubiertas de matorral. Russell pensó que podía estar oculto por allí, en cualquier parte, y que posiblemente estuviese armado.

Decidió que no merecía la pena perseguirlo; no quería arriesgar su vida ni la de sus rastreadores y, desde luego, no deseaba más violencia. En cualquier caso, se había enviado el mensaje. Dio la vuelta, cogió la radio y se dirigió a la carretera general.

—Ian, estamos saliendo. Danos tu posición. Cambio.

* * *

Amanda colocó la aguja en el ajado disco de vinilo y se recostó en su cama; la luz de una luna que parecía muy cercana iluminaba la habitación. Los había visto en una emisión de la BBC seis meses antes, durante su estancia en el colegio de Nairobi; había visto la histeria y las lágrimas de la audiencia y tuvo la sensación de estar observando al resto del mundo desde el lado equivocado del telescopio. Terence le envió el disco desde Londres y ella lo había pinchado tanto que ya se había convertido en parte de su código genético.

El otoño anterior, ella y sus compañeras de escuela quedaron conmocionadas por el asesinato del joven y atractivo presidente estadounidense. Unos días después, cuando su padre regresó de un safari organizado para un acaudalado petrolero tejano y algunos de sus amigos, les contó a Jean y a ella una inquietante historia mientras cenaban. Los clientes celebraron con puros y champán la noticia del magnicidio, mientras Russell observaba consternado, en silencio, horrorizado. Confesó a su mujer e hija que sentía una división sin precedentes en el mundo, y eso le asustaba. ¿Cómo era posible que personas aparentemente inteligentes y cuerdas brindasen por la muerte del presidente de su país?, preguntó. ¿Qué estaba sucediendo? ¿O es que siempre había sido así y había preferido no verlo?

Quizá Amanda no entendiese todo lo que hablaron sus padres aquella velada, pero era una chica precoz y comprendió lo suficiente para que la conversación perturbase su sueño aquella noche. Cada nueva generación tiene su modo de rechazar a la anterior siguiendo su propio estilo y música, eso lo sabía por intuición, pero esta vez (podía sentirlo en el ambiente) el mundo estaba experimentando un cambio radical como nunca antes se había visto. No sabía cómo iba a resultar, pero sí sabía que estaba sucediendo y quería formar parte de él.

Es posible que Terence se encontrase más próximo al epicentro de ese cambio, aunque vivir a ochenta kilómetros al norte de Londres, en un invierno que helaba los huesos y atrapado en un monástico internado repleto de testosterona y pequeñas crueldades, casi era como estar en la luna. Aun en las mejores circunstancias la adolescencia es una etapa cruel, pero sin padres para mitigarla, o incluso niñas, resulta un periodo abrumador. Terence jamás había sufrido abusos parecidos a los que se daban en una escuela como Bedford. Los alumnos de las clases superiores se podían meter con uno en cualquier momento y lugar, y lo hacían con absoluta impunidad, pues los chicos de las inferiores no se atrevían a denunciarlos. Por ejemplo, podían humillarte en público haciendo hirientes comentarios acerca de tu masculinidad que provocaban fuertes carcajadas a cualquiera que los escuchase. Te ponían, en el mismo comedor, moscas muertas en el plato de la cena. O forzaban la puerta de tu habitación y empapaban la almohada con orina. Terence se preguntaba, impotente, por qué lo escogían a él para hacer esas cosas. ¿Qué veían en él para hacerlo merecedor de esas humillaciones? Siempre había gozado de mucha simpatía en su antigua escuela, era atlético y de trato afable. Pero ninguna de esas cualidades parecía importar a aquellos despiadados y arteros rapaces, herederos de la gran fortuna, poder y posición social de sus familias. Terence intentaba no mostrar debilidad alguna, como le había aconsejado su padre, pero aquellos matones eran capaces de olfatear el miedo o la fragilidad de cualquiera y perseguían a sus víctimas como sabuesos. No podía quitárselos de encima. Nadie podía.

Terence pasaba las noches tumbado en la cama escuchando al viento rugir fuera del dormitorio de ladrillo y sus pensamientos atestados de venganzas, de réplicas que jamás daría a la luz del día. Al final terminaba deshaciéndose en lágrimas y después se permitía un pequeño alivio antes de caer en un sueño que nunca parecía reponerlo.

Su problema no era algo que pensase comunicar a sus padres, a ocho mil kilómetros de distancia, no fuese a preocupar a su madre… o decepcionar a su padre. Contestaba a las cartas semanales de su madre con alegres versiones de su día a día y amistades, y de sus estudios, que estaban acusando los efectos de una dislexia temporal causada por sus traumáticas circunstancias. En aquella época no había orientadores y los chicos ni siquiera sabían cómo pedir ayuda, así que muchos de ellos se hundían bajo la marejada y emergían años después con cicatrices que a su vez pasarían a sus vástagos.

El sistema británico de internados masculinos no comenzaría a cambiar hasta la década de los setenta, cuando por fin se admitieron niñas y se enseñó a los maestros a reconocer y aconsejar a estudiantes en apuros. Nadie echaría de menos al sistema que tantas vidas había dañado.

CAPÍTULO VII
Zambia, en la actualidad

Los rotores del Eurocopter SA 315 alcanzaban su máximo de revoluciones cuando Trevor Blackmon subió al asiento del copiloto con su .416 Rigby y un ordenador portátil. Se colocó los auriculares para poder conversar con el piloto, un amigo fiable de los tiempos de la guerra civil de Rodesia, y se ajustó el cinturón. Ya empezaba a caer la tarde y tenían que cubrir los casi cincuenta kilómetros que los separaban de su objetivo y localizarlo en el bosque que al parecer seguía antes del oscurecer o habrían de regresar por la mañana. Eso podría suponer un problema. Al día siguiente quizá el elefante se encontrase en los aledaños de Kabwe y entonces podría pasar cualquier cosa.

La llamada de la oficina de seguimiento satelital se recibió como una sorpresa agradable: Sí, se había implantado un chip en un macho adulto que lograban localizar en ese momento. No procedía del parque del Bajo Zambeze, como en un principio había supuesto Blackmon, sino de una reserva privada dirigida por naturalistas al servicio de una acaudalada rama de cierta destilería estadounidense.

La valla electrificada que circundaba las más de ocho mil hectáreas estaba rota y el elefante había desaparecido; no descubrieron la brecha hasta tres días antes, cuando varios machos más jóvenes escaparon y sembraron el pánico en un asentamiento cercano. Pero los naturalistas creían que el viejo macho quizá llevase una semana huido y agradecerían mucho a las autoridades que lo «rodeasen» y contuviesen hasta que se pudiese enviar a un equipo para devolverlo a la reserva.

«¿Cómo se supone que vamos a rodear y contener a un macho de siete toneladas fuera de control? ¿Con un dardo? —pensó Blackmon—. Si el tranquilizante no hace un efecto inmediato, estallará en una furia homicida. ¿Y qué pasa si, digamos, todo se desarrolla según el plan? ¿Lo encadeno a un árbol antes de que despierte? ¿Al animal más fuerte del mundo? Ese puede derribar casi cualquier árbol y marchar arrastrando sus restos, y seguramente eso sí lo cabreará de lo lindo». Blackmon se imaginaba perfectamente el resultado de la mayoría de esos escenarios, incluida las posibles pérdidas de vidas y la segura pérdida de su empleo... y de ninguna manera se iba a acercar a uno de ellos. «No —pensó mientras despegaban y el aeródromo desaparecía allá abajo—, sólo hay una solución infalible, y sólo una».

* * *

El bosque me sacó de mi ligero sueño al cobrar vida con los primeros movimientos de las criaturas de la noche: todos los amiguitos que ululan y aúllan, y también esos invisibles que son el pulso de la Tierra nocturna.

Llevo una jornada viajando por el bosque (desde que sentí a mi alrededor la presencia de los dos patas) y el hambre me da dolor de estómago. Comencé a buscar algo blando con lo que llenar la panza, pero como la hierba no crece a la sombra de los árboles, tuve que ir a buscarla en el borde con la esperanza de encontrar una pradera.

Al acercarme al lugar donde la arboleda se hace más fina (ya estaba oscureciendo) tuve una extraña y abrumadora sensación de terror. No sé de dónde salieron esas visiones, no comenzaron a visitarme hasta la... pero nunca me han fallado. Así, a pesar de que las criaturas de la noche aún cantaban bien alto, hice caso y retrocedí volviendo a internarme con más profundidad en el bosque.

En ese mismo instante oí el tenue latido del pájaro de mentira de los dos patas. Volaba bajo, justo por encima de las copas de los árboles; ahora ya sé que se acercan así cuando quieren que llueva muerte. Si vuelan alto es porque sólo pretenden pasar rápido y no tienen ningún asunto pendiente con los que andamos por aquí abajo.

He visto a esos pájaros de mentira matar a manadas enteras con sus palos de trueno, y es un espectáculo horroroso. Las familias entran y salen de entre los árboles en un desesperado intento por huir, pero esos grandes pájaros se las arreglan para mantenerse encima y matarlos uno a uno hasta que silencian a todos.

Así que me situé bajo los árboles más altos y frondosos que pude encontrar y me quedé muy quieto. Las criaturas de los árboles chillaron cuando el viento levantado por el pájaro de mentira agitó las ramas sobre ellos. Se acercaba más y más hasta situarse sobre mí, como si de alguna manera supiese dónde me encontraba. Debía permanecer muy quieto, lo sabía... pues correr implicaría mi muerte.

Blackmon observó con atención el dosel arbóreo en la penumbra del anochecer, sus ojos intentaban distinguir la silueta del elefante situado treinta metros por debajo. Podía ver cómo la señal del geolocalizador parpadeaba en la pantalla del ordenador, tenía que estar allí abajo, en alguna parte, pero le costaba horrores ver algo entre las copas de los árboles. Era un bosque desarrollado, repleto de árboles con sus copas abiertas a veinte metros de altura, y tenía la ligera sensación de que ese macho lo sabía.

—Baja hasta el dosel, quizá lo hagamos correr —gritó en el micrófono. El piloto descendió hasta que los patines del helicóptero casi se posaron sobre las copas. Blackmon asentó la culata del Rigby en su hombro y escudriñó a través de la mira telescópica llevando el rifle de un lado a otro. No se movía nada aparte de monos y pájaros asustados; el viejo macho no echaba a correr.

Realizó un disparo presa de la frustración, y quizá también espoleado por los esteroides que estaba tomando últimamente para incrementar las cargas en sus entrenamientos. A lo mejor con eso lo haría moverse.

—¿Lo ves? —preguntó el piloto. Blackmon no contestó; estaba concentrado en el suelo del bosque, pero el elefante seguía sin aparecer.

—¡Ilumínalo! —ladró Blackmon. El piloto pulsó un interruptor y se encendió el foco montado en el morro. Lo hizo girar apuntando a través de las agitadas ramas. Pero en realidad eso dificultaba todavía más la visión, pues arrancaba cegadores destellos de las hojas y creaba un absurdo y mareante patrón en el suelo del bosque. Y, aun así, no se movía nada excepto los aterrados monos.

* * *

El viejo macho permaneció inmóvil como una estatua a pesar de la adrenalina que corría por sus venas. El ruido y el furor estaban tan próximos y eran tan fuertes que no advirtió el disparo del rifle hasta que una ardiente punzada bajó a través de su hombro izquierdo. Al principio no supo de qué se trataba, pero a medida que crecía el dolor comprendió, con una sacudida (literalmente), que se debía a un palo de trueno.

Se arrodilló despacio, recostándose contra el tronco de un árbol enorme, y cerró los ojos. Palpó la herida con la punta de su trompa. Olió la sangre y después tocó la resbaladiza, supurante herida por donde lo había roto el enemigo. Sabía qué podría suceder, pues lo había visto demasiadas veces como para ignorarlo. Tenía que mantener la calma. Si esperaba, podía sobrevivir.

Y entonces, de pronto, el ruido y el furor se calmaron. La luz de rastreo del pájaro de mentira se debilitó hasta apagarse con un parpadeo y luego el propio pájaro de mentira marchó rugiendo. Segundos más tarde su ruido desapareció y poco a poco regresaron los sonidos y el pulso de la vida forestal. El elefante se levantó tambaleante y miró a su alrededor bajo la luz del crepúsculo. «Bueno, esto va a complicar el viaje», pensó; pero había sobrevivido a cosas peores. En ese momento, lo primero para él era encontrar un barrizal y rellenar la herida. A partir de entonces todo iba a ser una cuestión de supervivencia. La comida habría de esperar.

CAPÍTULO VIII
Kenia y Londres, 1965

Habían pasado cuatro meses desde que la primera manada salvaje pasase por la granja Salisbury e informase a Ishi del sino de su familia biológica. El pequeño se encontraba en medio de un sueño profundo cuando llegó a él un ruido atronador que le hizo abrir los ojos. Poco después su cabeza se despejó y comprendió que el estruendo no formaba parte de un sueño, era real... Aquella noche pasaba por allí otra manada salvaje. Miró a la joven cebra, su amiga, y la vio durmiendo tranquila; supo entonces que ningún otro animal podía oír aquel ruido. Se levantó sigiloso y salió sin llamar la atención.

Ya llevaba cierto tiempo estudiando cómo los humanos abrían y cerraban el cerrojo de la parte externa del portón del recinto, así que en cuestión de segundos lo deslizó y abrió con su trompa, posiblemente la «extremidad» más diestra del reino animal.

Aunque se trataba de una manada completamente desconocida (no podía distinguir sus voces con la suficiente claridad para decir si sus componentes eran amistosos o no), sabía que debía aprovechar la oportunidad, pues quizá no volviese a presentarse. Desde hacía unos meses se había instalado en él un deseo constante, una poderosa querencia a vagar por llanuras y riberas con los suyos. Por mucho que amase a los *dos patas* que lo habían criado, no quería permanecer aislado tras una valla con animales tan diferentes a él, incapaces de hablar o comunicarse más allá de algunos gestos básicos.

Empujó al pesado portón corredizo hasta lograr abrirlo, salió a campo abierto y trotó colina abajo. Pocos minutos después los vio al frente, recortados en la oscuridad. Llevaban el paso típico de las marchas nocturnas, apiñados y absteniéndose de comer hasta alcanzar el siguiente lugar donde descansar y alimentarse.

Ishi se situó en la retaguardia y ya había recorrido alrededor de un kilómetro y medio cuando la hembra encargada de vigilar a la última cría de la manada giró en redondo y se detuvo. Miró con aparente confusión en la oscuridad de la noche sin luna… hasta detectar la presencia de un pequeño macho cuyo olor no identificaba. Ishi le habló en voz baja antes de que diese la alarma.

—Lo siento, no pretendía asustarte.

La hembra lo miró con fijeza, desplegó las orejas con cautela y después emitió una baja y retumbante llamada a la matriarca destacada al frente de la manada.

—Mami Blue… Un desconocido se ha pegado a nosotros. Será mejor que vengas a verlo.

En ese momento todos los elefantes se volvieron y la matriarca recorrió la formación mientras el resto se agrupaba en torno al recién llegado. Ishi sintió a todos los ojos fijos en él y perdió el control de la vejiga, a pesar de que en su cabeza había ensayado durante horas cómo ganarse a su nueva «familia» (cuando quiera que esta apareciese).

La reacción lo sorprendió, pues esperaba encontrar escarnios y risas. La mayoría de los corazones de la manada se pusieron de su parte y varias crías orinaron apoyándolo. Madre Blue contempló a Ishi desde lo alto; en su mirada había amabilidad, pero también recelo.

—¿Cómo te llamas, pequeño? ¿De dónde vienes?

—Me llamo… Bueno, mi nombre no significa nada para ti, pues me lo pusieron los *dos patas*. Esos del nido que acabáis de pasar. Me llaman Ishi.

—¡Hum! ¿Y qué significa eso de... «Ishi»? —preguntó mostrando cierta dificultad para pronunciar la palabra.

—La ver... verdad es que no lo sé —tartamudeó—. No hablo su idioma. Pero son muy amables. Me han cuidado como si fuesen mi familia.

—¿Y dónde está tu familia?

Ishi bajó la mirada.

—Mi familia... ya solo es un montón de huesos. La mataron unos *dos patas* hace tres estaciones húmedas. Luego estos *dos patas* amables me adoptaron. —Varias trompas se estiraron para tocarlo y se encontró envuelto en un calor y un cariño ya olvidados, similares a los recibidos durante el tiempo pasado con su familia biológica.

Otra voz tronó junto a la de Mami Blue... Una vieja hembra encorvada y canosa con una personalidad acorde a su aspecto.

—Así que has decidido dejarlos, ¿eh? Si han sido tan amables, si no tienes familia, ¡quizá deberías mostrar algo de gratitud y quedarte con ellos!

—Acacia, deja en paz al pequeño —amonestó Mami Blue, y luego añadió dirigiéndose de nuevo a Ishi, aunque en realidad hablaba a toda la manada—: Todos nosotros tenemos el derecho de vagar libres. De hecho, es abominable estar apartado de la vida natural. Respetamos tu decisión de abandonar a los *dos patas*. Y, a no ser que haya objeciones, eres bienvenido en nuestro clan durante tanto tiempo como quieras quedarte.

Retrocedió y alzó la trompa en espera de la votación. Toda la manada dejó de mirar a la perdida cría de tres años para observar a su matriarca... y todos levantaron su trompa y tronaron su aprobación excepto Acacia, que se abstuvo.

—Muy bien, pequeño. Mientras puedas alimentarte y seguir el paso, puedes quedarte con nosotros. —Mami Blue dio media vuelta y regresó a la vanguardia de la línea mientras dos pequeños machos muy amistosos colocaron a Ishi entre ellos dentro de la formación.

—Pero, madre mía… Vamos a tener que hacer algo con ese nombre —murmuró Mami Blue.

* * *

Kamau fue el primero en detectar que faltaba algo. Como ya no había necesidad de dormir con Ishi (la cría llevaba meses pasando las noches sola), se dio cuenta de que el portón estaba abierto de par en par al salir de su habitación junto al garaje para buscar su taza matutina de té junto a la hoguera del cocinero. No había fugitivos merodeando en el exterior, así que corrió la hoja, aseguró el pestillo y dio la voz de alarma.

Todos los cuidadores acudieron a la carrera y Jean les hizo contar las cabezas. De los huérfanos, solo faltaban Ishi y una cría de facóquero. No tardaron mucho en rodear al facóquero, encogido de miedo en un bosquecillo próximo bajo una familia de ruidosos y amenazadores babuinos, pero Ishi localizar a Ishi era harina de otro costal. Encontraron el lugar donde sus huellas se mezclaban con las de una manada y comprendieron, con creciente certeza, que había abierto el portón y marchado con los suyos.

Ese día (cuando una cría ha crecido lo suficiente para unirse con los suyos en la naturaleza), aunque esperado, siempre viene acompañado por una inevitable avalancha de preocupaciones. ¿Podía sobrevivir sola? ¿Sería una presa fácil entonces que no estaban sus cuidadores para vigilarla? Para Jean era la primera cría de elefante en conseguirlo y, por consiguiente, la situación le resultaba especialmente difícil.

—Kamau, busca a Kagwe y que venga con el .375 —le dijo al tiempo que se dirigía al Land Rover—. Quiero asegurarme de que se encuentra bien. —Como Russell estaba de safari, y jamás le habría permitido salir sin protección, Kagwe era la mejor alternativa.

«No parece especialmente complicado seguir el rastro de una manada de elefantes —pensó Jean conduciendo el Land Rover con los otros dos a bordo—; por eso el refrán». Donde no hay árboles, suelen dejar un sendero de estiércol de intenso hedor y tierra aplanada; donde los hay, dejan tras ellos una franja de ramas partidas, troncos descortezados y, en ocasiones, árboles enteros arrancados y esparcidos por el terreno. Gracias a esos indicios, apenas eran las diez de la mañana cuando alcanzaron a la manada, unas tres horas después de que Kagwe descubriese el primer rastro. El grupo se encontraba en la depresión embarrada de un arroyo a punto de desaparecer hasta la siguiente estación húmeda.

* * *

Mami Blue fue la primera en oír el motor y levantó las orejas y la trompa para localizarlo entre los arbustos resecos y los retorcidos bedelios de África repartidos por los alrededores. Las demás hembras no tardaron en advertirlo y formar un círculo protector alrededor de las crías mientras olfateaban el aire en busca del olor a combustible. Las garcetas, posadas en sus espaldas para atrapar los insectos y picar las pepitas de vegetación en sus embarradas pieles, emprendieron el vuelo.

Entonces los neumáticos emitieron fuertes crujidos sobre las piedras situadas a unos doscientos metros de distancia y la manada entera se volvió en esa dirección para hacerle frente. El animal de mentira se acercaba despacio, buscándolos. Y entonces se detuvo.

El *dos patas* que sobresalía en la cima de la bestia los miraba directamente, pero no emitía olor a amenaza. Después los lados del animal se abrieron y salió una pareja de *dos patas*. Mami Blue calculó la distancia y estimó que podría atravesar el terreno con una veintena de pasos si fuese necesario.

Sintió un movimiento a su espalda y vio a la nueva cría saliendo aprisa del círculo protector con la trompa alzada; miraba con fijeza a las criaturas. Luego, si se puede decir que los elefantes sonríen, Ishi sonrió.

—¡Son mis *dos patas*! —gritó a su nueva manada—. No tenéis nada que temer de ellos. —Y, dicho eso, corrió hacia el animal de mentira seguido por las dos crías que habían hecho amistad con él la noche anterior. Sus madres barritaron airadas y salieron corriendo a cortarles el paso dejando solo a Ishi.

Jean se adelantó y abrió sus brazos, tras lo cual Ishi frotó con ternura su rostro contra ella, acariciando con la trompa sus piernas, espalda y, después, la cabeza. Jean se sorprendió riendo y llorando a la vez, a pesar de tener entonces la ropa cubierta de mugre, y hundió su rostro en el del animal.

A continuación le tocó a Kamau; Ishi se acercó con tanto ímpetu que estuvo a punto de derribarlo antes de darle tiempo a afirmar los pies y apartarlo con los brazos. Kamau rio encantado.

—Dios mío, menudo muchachote estás hecho, ¿eh? ¿Ya estás preparado para apañártelas solo y dejarnos con el corazón roto?

Ishi se volvió, miró a su manada y en ese momento se dio cuenta de que no se habían movido, allí estaban, observando desde lejos.

—¿Nadie quiere conocer a mis amigos *dos patas*? —preguntó—. Son muy amistosos...

Las hembras de más edad pusieron reparos. Por norma general, la relación más sana con un *dos patas* consistía en mantenerse a una distancia prudente.

—No —murmuró Mami Blue—. Despídete, pequeño, te esperaremos en el sendero.

Es muy probable que Jean lo hubiese seguido con el Land Rover durante varias jornadas para vigilar su progreso, pero un mensaje urgente de Londres impedía tal muestra de sobreprotección materna, así que se limitó a observar con tristeza cómo Ishi trotaba para ir a reunirse con su nueva manada. Los elefantes se ordenaron según la alineación preestablecida, siguieron la ribera y desaparecieron entre los árboles.

* * *

Jean intentó dormir en la oscura cabina del Boeing 707 de la compañía BOAC mientras sobrevolaba la noche norteafricana, pero había recibido una información tan alarmante a través de la onda corta, entrecortada, apareciendo y desapareciendo, que en ese momento dormir no era una opción real.

Según lo poco que pudo entender, Terence bajaba corriendo las escaleras de su dormitorio cuando cayó de cabeza golpeándose contra uno de los radiadores de hierro colado dispuestos en los descansillos. Se había roto la mayoría de los dientes frontales, tenía la mandíbula dislocada y serias heridas en los labios y la boca; la escuela lo había enviado de inmediato a Londres para que lo atendiese un especialista en cirugía bucal y plástica.

Como su hijo debería de estar sufriendo un dolor y una angustia inimaginables, decidió llamar a sus padres, que vivían en una casa de campo en Staffordshire; estos subieron de inmediato al coche y emprendieron el trayecto de poco más de ciento diez kilómetros hasta Londres mientras Jean se embarcaba en su vuelo desde Nairobi. Russell se encontraba de safari, pero no hubiese volado para ir al lado de su hijo aunque hubiese estado libre. En aquella época, eso se contemplaba como tarea de la madre.

Jean siempre había cuestionado enviar a su hijo a un continente lejano, pero nunca le planteó esas preocupaciones a su marido, pues así se hacían las cosas entonces. Si uno pertenecía a una acomodada familia inglesa, se suponía que sería enviado a un internado británico, en caso de ser un chico, o a uno suizo, en caso de ser una chica. No hacerlo levantaría extrañas sospechas.

Así, tras cinco meses en Bedford y dos cartas quejumbrosas (dirigidas a ella, no a Russell), Jean comenzó a sentirse consternada. Su hijo le había confesado los despiadados escarnios sufridos por ser «coqueto», además del interminable, gélido y lluvioso invierno que lo deprimía profundamente. Y ahora esto.

Varios años después, al volver la vista a esa época, Jean pudo ver las primeras grietas en su matrimonio, pero como todas las parejas felices que fracasan en su segunda o tercera década de relación, no las detectó en su momento. Los pequeños resquemores ocultos crecen a lo largo del tiempo hasta reventar saliendo de su escondrijo. Aquel estilo propio de las madres pertenecientes a clases altas para lidiar en silencio con las decisiones de sus esposos (por ejemplo, tener muy poco que decir acerca de cómo se habría de escolarizar a sus hijos) sólo fue la primera fisura.

Entonces comenzaba a crecer la mayor de todas, pero ambos hicieron caso omiso de las señales. Jean fue demasiado pasiva en el momento de cuestionar por qué Russell habría de ganarse la vida, y reputación, como cazador profesional cuando varios compatriotas suyos cobraban lo mismo dirigiendo safaris fotográficos. La ironía era asombrosa: Jean criaba animales cuyas madres habían muerto a manos de los cazadores… y su esposo era uno de los cazadores más requeridos de África.

El resentimiento comenzó como un dolor en el pecho que iba creciendo en silencio cada vez que ella abordaba el asunto y él se ponía a la defensiva dando respuestas cada vez más estridentes.

—Sabías quién era cuando te casaste conmigo, ¿con qué derecho haces que me sienta culpable por ser quien *soy*? ¿Por mi modo de ganarme la vida?

Tras esas conversaciones se abrían largos y pesados silencios, no sólo porque se tratase de un asunto vinculado a su identidad como hombre, sino porque esa era la diferencia esencial entre sus filosofías de vida e incluso sus personalidades.

«¿Cómo hemos podido estar juntos como amigos, padres, amantes —pensaba mientras el avión descendía sobre el canal de la Mancha—, cuando tenemos tan grandes diferencias?»

* * *

La mandíbula de Terence estaba cosida con alambre y sus córneas sanguinolentas resaltaban en un rostro de aspecto grotesco por el hinchazón y los moratones; Jean, al verlo, tuvo que esforzarse por mantener la compostura.

Un empleado del colegio lo había acompañado a Londres, pero no sabía exactamente cuál había sido la causa del accidente y los padres de Jean tampoco habían hecho preguntas al respecto. Algo más tarde, esa misma noche, en cuanto Jean se sentó a solas con su hijo, este escribió una nota y se la tendió.

Se quedó estupefacta al comprender el significado de aquellas palabras; después se enfureció. Era su hijo y había permitido que lo echasen a los lobos.

Me empujaron unos mayores muy malos —decía la nota—. *Lo negarán, pero es la verdad.*

Intentó mantener la calma mientras lo interrogaba y tras unos minutos los hechos salieron a la luz. Un montón de estudiantes bajaba las escaleras a toda prisa para llegar al comedor y tomar el desayuno cuando recibió un empujón por detrás; sus manos apenas pudieron atenuar la caída. El perpetrador era un matón grandote, de dieciséis años, que gobernaba una pequeña camarilla de retoños pertenecientes a familias ricas y bien conectadas.

Más tarde Jean, procurando aparentar ignorancia, preguntó acerca de ese chico al empleado de la escuela; resultó pertenecer a la familia de un poderoso miembro del Parlamento, un ministro cuyo nombre era de sobra conocido para cualquiera que leyese la prensa. Se trataba de un *tory*, un político conservador, famoso por dar titulares debido a su horrible retórica dirigida principalmente a la primera oleada de inmigrantes paquistaníes llegados a Gran Bretaña; para Jean, tenía sentido que su hijo también fuese un abusón.

Al preguntarle a Terence qué prefería, si denunciar a los de la banda para que los castigasen o tomar un vuelo de regreso al hogar, este escribió una sola palabra en el cuaderno y después entrelazó las manos con ademán suplicante.

«Casa».

Aquella noche, mientras dormitaba en una silla al lado de la cama, comprendió que habría de enfrentarse a la escuela además de a su esposo, quien querría que su hijo se quedase en Bedford y no fuese un «rajado». La escuela, por su parte, refutaría la acusación a menos que hubiese un testigo; Jean sabía que no habría ninguno, pues consideraban a Terence un enclenque y ningún macho adolescente sacaría la cara por él. Estaba solo.

Comprender los acontecimientos la llevó a tomar una decisión. No importaba quién intentase convencerla de qué, ella iba a sacarlo de allí. Y también pensaba recuperar algo del importe de la matrícula, pues no se podían permitir perder ese dinero sobre todo cuando Amanda iba a comenzar sus estudios en un internado suizo al año siguiente.

Jean sonrió ante la idea cuando por fin cayó dormida: al menos no habría de preocuparse por su hija. Amanda era tan feroz y testaruda que nadie osaría meterse con ella.

* * *

Al principio hubo una tregua incómoda, pero Russell terminó aceptando la sabia decisión de su esposa, y después de que remitiese el daño visible en el rostro y boca del chico, este regresó al seguro, por conocido, colegio de Nairobi con la aprobación, aunque no el deleite, de su padre.

No se volvió a hablar del asunto de su masculinidad, o al menos de las acusaciones vertidas por aquella caterva de crueles adolescentes.

Entonces, como si se tratase de la respuesta a una plegaria que no se había atrevido a elevar, como si hubiese habido un fallo técnico en los cielos, uno de sus otros «hijos» al que mucho quería regresó inesperadamente a casa. Y a él, como a Terence, también lo habían herido los depredadores.

CAPÍTULO IX
Kenia y Suiza, 1965

Los largos y calurosos días de la estación seca se extendían y yo iba comenzando a conocer las personalidades y particularidades de mi nuevo clan, pero aún sentía un mordiente dolor en el alma cuya razón no pude reconocer al principio. Sólo lo padecía de noche, cuando los avatares de la jornada disminuían y cada uno tenía tiempo para rumiar sus pensamientos; así pude mantenerlo a raya.

La mañana comenzó sin ninguna señal de que las cosas podrían ser diferentes. El calor ya era intenso incluso antes del amanecer, y al salir el sol pudimos ver que había más muertos entre los habitantes de las planicies. La mayoría eran o muy jóvenes o muy viejos, pero sus familias apenas podían mostrar su pesar, pues había mucho trabajo que hacer sólo para conservar la vida. Razón por la cual se mantenían cerca de nosotros o de cualquier elefante que se lo permitiese, pues los adultos de nuestra especie pueden oler el agua incluso si el cauce está seco y enterrado en la arena.

Nuestras hembras excavaban a patadas un agujero hasta el anochecer, la fresca tierra del fondo daba su humedad y los adultos llenaban sus trompas en la filtración para vaciarlas después en nuestras bocas. Después de que la manada se hubiese saciado, los moradores de las planicies bajaban a los pisoteados y embarrados agujeros y lamían el resto de humedad hasta que no quedaba más que arena.

Incluso los depredadores estaban desesperados, lección que aún no había aprendido. No podían reponer sus fluidos bebiendo únicamente la sangre de sus presas; también ellos necesitaban agua. Mi madre me había enseñado las reglas de supervivencia, pero la repetición necesaria para crear un hábito no había llegado a surtir efecto cuando la perdí y no se podía esperar que los dos patas me enseñasen esas cosas.

Vagaba con mis dos compañeros después de haber bebido nuestra ración de agua matutina, a la espera de formar para la marcha de la jornada; ninguno prestábamos atención a nuestro campo visual mientras jugábamos a pelear y empujarnos.

Nos detuvimos a la sombra de unos árboles de la fiebre y apenas reparamos en una familia de facóqueros que salió corriendo de entre las secas hierbas de los alrededores. Entonces me inundó el olor almizcleño de un gran gato y miré a mis compañeros. Sus ojos también estaban desorbitados por la sensación de alarma, así que miramos a nuestro alrededor para ver dónde se encontraban nuestras protectoras. Habíamos sido tan despreocupados cuando vagamos que ya no las podíamos ver, ni ellas a nosotros.

En ese instante el depredador saltó desde su escondrijo. Su impacto sobre mí fue tan poderoso que me hizo tambalear, luego sentí sus garras hundiéndose en mi costado y también en la cabeza y después olí su aliento cuando me clavó sus dientes en el cuello. No pude chillar, aunque más tarde supe que mis amigos habían dado la alarma.

A mi edad ya había visto muertes suficientes para reconocer la impresión que nublaba las decisiones de la víctima, como el modo en que sus ojos se vidriaban y aceptaban la llegada del fin. Siempre me había prometido no sucumbir a eso y pelear si llegaba el momento. Rodé intentando zafarme de ella desesperadamente. Emitió un fuerte gruñido cuando mi peso le cayó encima, me soltó y volvió a sujetarme de inmediato, esta vez por el vientre, que había dejado al descubierto. La pateé en el estómago y oí cómo exhalaba dolorida, pero el golpe no la apartó.

De pronto algo la levantó en aires y vi la trompa de Mami Blue alrededor de su cola. La leona chilló abalanzándose contra ella, pero esta la volteó de modo que no pudo alcanzarla y la estrelló contra el suelo con violencia. La golpeó de nuevo, luego una vez más y después la lanzó volando por el aire.

Cuando la leona aterrizó no se levantó de un brinco como suelen hacer los gatos heridos, sino que se retorció con violencia y yació inmóvil con los huesos destrozados y el cuello roto. Creo que proferí el grito más penoso que un elefante haya emitido jamás, rodé sobre mí y me levanté tambaleante.

—¿Estás herido, pequeño? —preguntó entre lágrimas Mami Blue mientras pasaba su trompa por mi cuerpo intentando averiguar la profundidad de mis heridas. Entonces me di cuenta de que casi todas las hembras se encontraban allí, resoplando y barritando con ferocidad al resto de la familia de la leona, que había llegado corriendo. El grupo retrocedió aprisa al enfrentarse con una muralla de poderosas elefantas airadas y aguardó a una distancia prudencial.

Entonces me golpeó el dolor de las heridas, sentí pequeñas gotas rojas lloviendo de mi cabeza y creo que me desmayé, porque al recobrar el conocimiento me encontraba tumbado a la sombra de un afloramiento rocoso con varias hembras atendiendo mis heridas. Colocaban sobre ellas barro mezclado con flores de bucare, pero el ungüento a duras penas mitigaba el dolor.

Vi a mis dos compañeros de juego observándome preocupados y comprendí que algo verdaderamente grave llamaba su atención.

—¿Qué pasa? —pregunté con voz débil.

—Tu... Tu oreja —dijo el conocido como Ojos Tristes. Agité las orejas y sentí un agudo dolor en la izquierda, después vi cómo una parte colgaba sin vida, medio arrancada. Sollocé angustiado y sorprendido y, por mucho que las hembras lo intentaron, comprendí con un destello de certidumbre la razón del dolor en mi corazón y lo que habría de hacer.

* * *

Kamau recogía leña de los árboles situados en las cercanías del complejo cuando la visión de los elefantes subiendo por la colina bajo el calor de la jornada se le antojó un milagro, pero eran elefantes, no cabía duda, y se dirigían a Salisbury. Kamau atravesó el portón a la carrera, llamó con un silbido a sus colegas cuidadores y continuó hacia las dependencias del edificio principal.

—¡Mamá Jean! ¡Ven, rápido!

Luego volvió a salir y se quedó perplejo al ver a una figura bien conocida separándose de los adultos, el grupo lo conformaban seis individuos, y corriendo hacia él. La oreja izquierda del joven elefante colgaba inerte y el animal estaba cubierto de sangre seca, pero resultaba evidente que se trataba de Ishi.

—Ay, Ishi, ¿qué te ha pasado? —dijo Kamau, llamándolo; Jean, a su lado, resopló al verlo. Ishi se detuvo cerca de ellos e inclinó la cabeza con gesto de sumisión y desamparo.

Jean habló volviéndose al patio del complejo.

—¡Mathu, llama a Hillary por radio y dile que lo necesitamos aquí de inmediato!

La piel del animal mostraba largas y lívidas marcas de zarpazos y profundas heridas de mordiscos, dentelladas llenas de sangre que necesitarían limpieza y puntos de sutura, al igual que la oreja, o la infección sería desastrosa. Los humanos se reunieron a su alrededor y lo escoltaron al interior del complejo.

Kamau estaba a punto de cerrar el portón cuando se volvió y advirtió que dos de los elefantes adultos se habían acercado y se encontraban a no más de veinte pasos de distancia. Se detuvo, los miró a los ojos y después, despacio, abrió los brazos con gesto amistoso.

—Si os quedáis ahí, estaremos encantados de traeros algo de agua y comida…

Hizo un gesto de asentimiento a los demás cuidadores, que observaban desde el interior del portón, y se apresuraron al almacén de alimento. Los dos elefantes apenas apartaron sus ojos de Kamau, aunque él tampoco se movió. Los cuidadores regresaron, pero no se aventuraron a cruzar la entrada.

—Si nos movemos despacio —les susurró Kamau—, no nos harán daño.

Uno de ellos llevaba una brazada de larga y deliciosa hierba alta; los otros dos arrastraban un barril de agua. Dejaron todo junto a Kamau y retrocedieron.

Kamau recogió un par de puñados de hierba y avanzó dos pasos cautelosos hacia las gigantescas bestias, cuyas trompas entonces se balanceaban de un lado a otro y olfateaban el aire. El muchacho alzó un puñado de hierba y entonces el corazón le dio un vuelco... La más grande de las dos se movió hacia él, el olor y tamaño de la hembra eran abrumadores, y de pronto Kamau tuvo dudas acerca de la sensatez de su valiente gesto. Sintió el aliento paralizándose en su garganta cuando el animal estiró su trompa. Abrió la mano y dejó que el animal cogiese la hierba, cosa que hizo con gran delicadeza. Después la metió en la boca y comenzó a masticar sin apartar en ningún momento sus ojos del hombre.

Kamau decidió emplearse a fondo, así que levantó la otra mano y también la ofreció. La hembra emitió un ruido sordo desde el fondo de su garganta y retrocedió; el movimiento lo sobresaltó, pero no podía demostrarlo por temor a asustarla.

Entonces la otra hembra rodeó sigilosa a la primera y tomó el puñado de hierba. Los cuidadores tras el portón estaban paralizados de pasmo e ilusión, ninguno tenía idea de cómo martillaba el corazón de Kamau dentro de su pecho.

Aquellas dos hembras parecían las más confiadas de la manada (las demás ni se acercaron), así que Kamau pidió a los otros cuidadores que dejasen el agua y la comida justo al otro lado del portón y luego los humanos se retiraron al interior.

Poco después todos los elefantes comían y bebían las ofrendas, que se agotaron en cuestión de segundos. Los cuidadores corrieron al almacén en busca de más, y en esta ocasión se aventuraron a salir junto a Kamau para alimentar a sus invitadas.

El joven jamás olvidaría aquella jornada, incluso años después de haber viajado con Ishi y su manada durante semanas. Aquel día supo que de verdad tenía un don para interactuar con aquellas poderosas y complejas criaturas, un don que emplearía durante el resto de su vida.

La manada partió a la mañana siguiente, después de que Ishi se recuperase de los efectos de la anestesia y pudieran mantener una conversación con él desde el otro lado de la valla. Mami Blue ya había visto vendajes antes y les explicó a los demás que eso era algo habitual entre los *dos patas*; al final todos acordaron que Ishi se encontraba en buenas manos.

Prometieron regresar a su debido tiempo (probablemente cuando llegasen las grandes lluvias) y tenerlo en sus recuerdos hasta entonces. Ishi se sentía emocionado y agradecido; aquellas cinco hembras habían abandonado la manada y lo acompañaron durante dos días con sus dos noches bajo un peligroso calor para llevarlo con sus *dos patas*.

Él podría sanar y recobrar su fuerza mientras los demás realizaban la migración correspondiente a la estación seca; después regresarían en su busca. Eso era lealtad. Eso era familia. Eso era amor. Ishi sabía que era un elefante afortunado, y entonces más que nunca.

* * *

Amanda partió a Suiza aquel mismo otoño y, fiel a las predicciones de su madre, sobrevivió a pesar de las crueldades perpetradas por las chicas de más edad a sus compañeras de clase. Como la mayoría de las estudiantes pertenecían a familias muy ricas (eran hijas de las clases gobernantes en sus países de procedencia), consideraban a Amanda una de las «pobres», pues su padre aún tenía que trabajar para ganarse la vida y su familia no poseía títulos ni era famosa.

Amanda pudo evitar el acoso de cualquier posible abusona al establecer amistad, muy conveniente, con una de las chicas más poderosas del colegio que por casualidad residía en el mismo pasillo que ella, justo frente a su habitación. Su padre era el rey de España e hicieron buenas migas una tarde cuando Amanda se la encontró en el bosque fumando un cigarrillo a escondidas, pues tenían prohibido fumar.

Contemplaron sentadas la puesta de sol sobre las montañas mientras allá abajo comenzaban a parpadear las luces de Montreux; tras varios cigarrillos, que Amanda probaba por primera vez, ya eran buenas amigas. Las historias africanas (relatos acerca de elefantes huérfanos, del trabajo en la granja o de las aventuras de su apuesto padre) cautivaron a la princesa; mantuvieron su amistad hasta la muerte de la noble, ocurrida veinte años después en un accidente de escalada.

Amanda no era especialmente atlética, así que su primer invierno en las laderas (el esquí era una actividad obligatoria) lo pasó siendo un poco el hazmerreír, pues la mayoría de las chicas se habían deslizado por las pistas desde que eran bebés. Necesitaba encontrar algo en lo que pudiese destacar, así que un día entró en la oficina del periódico escolar, situada en una habitación del sótanos de lo que fuese un gran hotel a principios del siglo xx, y les anunció a las dos muchachas sentadas en sus escritorios que le encantaba escribir.

—¿Y qué escribes exactamente? —preguntó una, arrastrando las palabras con un dulce acento del sur estadounidense, pero sin lograr ocultar una buena dosis de escepticismo.

—Cualquier cosa acerca de lo que sea. Incluso poesía si fuese necesario.

Ninguna de las dos puso los ojos en blanco, circunstancia que Amanda interpretó como una buena señal.

—Bueno, no necesitamos mucha poesía —dijo la otra, una irlandesa con desafiante apariencia masculina—. ¿Qué tipo de instrucción tienes?

—Tampoco es que el periodismo requiera mucha instrucción —se guaseó la sureña.

—Bueno, soy una lectora voraz... Y siempre saco sobresalientes en redacción, ¿eso cuenta?

Las chicas intercambiaron una mirada ceñuda... y estallaron en carcajadas.

—Estábamos tomándote el pelo, cielo. ¿Cómo te llamas?

Amanda exhaló un suspiro de alivio.

—Jolín, chicas, me habéis pillado. Soy Amanda Hathaway, de Nairobi, Kenia.

—Bueno, Amanda de Nairobi —dijo la irlandesa mientras se estrechaban la mano—, yo soy Jamie McGillavray, de Dublín, y esta es Melinda Moffet, de Savannah, Georgia.

—Estás contratada —le dijo Melinda al darle la mano.

—¿Has visto alguna vez una prensa? —preguntó Jamie señalando a la situada en un rincón—. ¿O una mesa de composición?

—Porque vas a pasar un montón de tiempo componiendo e imprimiendo antes de que se te encargue escribir algo —añadió Melinda.

Amanda observó a los aparatos intentando no parecer una completa ignorante.

—Aprendo rápido.

—Bien, porque hemos estado esperando a que atravesases esa puerta —sonrió Jamie—. Enhorabuena.

Resultó que las dos chicas encargadas del periódico (escribían, editaban y publicaban las doscientas copias semanales) iban a dejarlo sin nadie que se hiciese cargo, pues ambas cursaban el último año, así que Amanda era un regalo caído del cielo. Y ellas eran otro tanto para Amanda.

A finales del primer invierno Amanda ya se encontraba mortalmente aburrida, pues casi todos los artículos eran panegíricos o estrictamente informativos (noticias escolares, resultados deportivos o reseñas) y buena parte de su tiempo la invertía en composición tipográfica e impresión manual, así que les propuso un trato.

Le permitirían escribir artículos que le interesasen. Los podría redactar después de concluir sus tareas y sólo de vez en cuando. Al parecer, sus dos jefas no tenían idea de qué trataba el periodismo, pero ese no era el caso de Amanda.

Su asombrosa habilidad para detectar una buena historia y desenterrar sus entresijos (incluso a la edad de dieciséis años) hacía de ella alguien diferente, y esa cualidad no tardaría en proporcionarle fama dentro y fuera del colegio. Todo se debía a su acusado sentido de la justicia; no cejaba hasta haber denunciado aquello que considerase malo o injusto, ya fuese un asunto escolar sin importancia o un problema mundano digno de una editorial.

En su segundo año, cuando ya había heredado la dirección y reclutado a un par de compañeras de clase con una disposición mental similar a la suya, fue en busca de asuntos más controvertidos, algunos de los cuales atrajeron la airada atención del rector. Pero estaban en plenos años sesenta y no iba a ser Amanda quien se echase atrás. Entonces llegó su oportunidad.

Un sábado, concluidas las clases y después de quitarse el uniforme, Amanda se encontraba en un autobús en dirección a Lausana, una ciudad de ciento treinta mil habitantes situada a orillas del lago de Ginebra, cuando un par de mujeres africanas se sentaron frente a ella. Las oyó hablar en suajili y entendió lo suficiente para saber que pertenecían a la clase obrera más humilde, que sabía compuesta por personas procedentes de Turquía, Yugoslavia, Italia y África; criadas y ayudantes de cocina mal pagados o jornaleros que desaparecían igual que aparecían. Lo cierto es que hasta ese momento no le había dedicado ningún pensamiento, pero entonces sí: allí había una historia potente si era capaz de sacarla.

Se quedó en el autobús hasta el final de la línea, bajó y siguió a las mujeres que caminaban fatigosamente a sus moradas.

Las dos estaban seguras de que las seguían al entrar en un camino de tierra abierto entre dos enormes y destartalados edificios de una sórdida zona industrial; y Amanda les dedicó una encantadora sonrisa.

—¿Puedo hablar con ustedes? —preguntó en suajili, lo cual hizo que las mujeres se mirasen una a otra boquiabiertas por la sorpresa—. Disculpen que las haya seguido, no pretendía asustarlas. Si quieren podemos merendar juntas unos cafés con bollos, invito yo. Sólo quiero hacerles unas preguntas acerca de sus vidas en Europa.

—¿Y qué es lo que te interesa de nuestras vidas aquí? —preguntó la de más edad con cautela.

—Estoy escribiendo un ensayo para una asignatura del colegio —contestó, sorprendida por la facilidad con la que había dicho la verdad a medias—. Se trata de los inmigrantes que han llegado de todas partes del mundo en busca de trabajo. —Sonrió inocente—. Yo soy keniata, ¿y vosotras?

Al principio se requirieron algunos rodeos y algo de sutil persuasión, y luego tres sesiones más hasta ganar la confianza de las chicas, pero al final Amanda logró incluirlas en una historia que se convirtió en la exposición de dos clases sociales que convivían en el que se suponía el país más igualitario de Europa. La comunidad de trabajadores extranjeros vivía sumida en una horrible miseria (en ocasiones se hacinaba una docena de personas en una sola habitación) mientras los sindicatos, culpables de engañarlos para que fuesen a Europa con promesas de buenas oportunidades y salarios, retenían sus pasaportes para mantenerlos en una situación de esclavitud contractual de la que resultaba imposible salir.

El artículo se publicó en el periódico escolar y, para embarazo de la administración, causó una tormenta de protestas por parte de la junta de empresarios locales, que exigían la retirada del artículo, la destrucción de la tirada y que se castigase a Amanda por sus mentiras e insolencia.

Pero la historia ya se había extendido más allá de los muros del colegio y la adoptaron los miembros de una cruzada alternativa semanal que tenía lugar en Ginebra. En vez de pedirle que abandonase el periódico (e incluso que se enfrentase a un posible castigo), idolatraron a Amanda como un prodigio de diecisiete años y el colegio no pudo hacer otra cosa sino respaldarla, al principio a regañadientes, aunque con un creciente orgullo después, cuando se vertieron opiniones a lo largo y ancho de Europa.

La historia le abrió la puerta a una carrera a la que Amanda nunca había sospechado que pudiese estar destinada y a una vida, después del internado, que la llevó aún más lejos de su hogar africano. Al final, sólo regresaría a él de vez en cuando, pero así habría de ser. Siempre quiso ser una ciudadana del mundo y verlo desde el lado correcto del telescopio. Ahora podría hacerlo.

CAPÍTULO X
Zambia y Manhattan, en la actualidad

El viejo macho había caminado toda la noche con la esperanza de poder encontrar un emplasto con el que detener el dolor y la hemorragia de su hombro, pero al no hallar la planta adecuada hubo de rellenar la herida con barro. Le costaba mantener su mente en el presente, inconsciente de que su cerebro estaba sufriendo una especie de cortocircuito debido a los efectos de la herida y su fiebre concomitante. Presa del delirio, volvía a estar con sus amigos de dos patas y estos lo cuidaban devolviéndole la salud. Sabía que los estaba buscando (esa era una de las principales razones de su viaje, recordó entonces), pero no sabía a qué distancia podrían encontrarse.

Como recorría un terreno de olor desconocido, peligroso, prefirió mantenerse tan apartado del territorio de los *dos patas* como fuera posible a medida que progresaba hacia el norte atendiendo a las señales de su brújula interna.

A la mañana siguiente, cuando el sol se alzó sobre un paisaje lleno de humo y ahogado por cables eléctricos comprendió su error. Ya no tenía un lugar donde ocultarse. No había árboles, no había un bosque donde esconderse, sólo colinas, campos desolados y el pavimento gris tan doloroso para los pies, además de las vallas que dividían la tierra en parcelas e impedían seguir una ruta directa hacia ninguna parte.

Veía a los animales de mentira pasando rápido allá abajo, entre la neblina, y los ruidos procedentes de la zona eran extraños y alarmantes; oía gemidos sobrenaturales, sonidos sordos y profundos que hacían temblar el suelo y largos y severos aullidos capaces de rasgar el aire.

Siguió una larga valla hecha con eslabones que llevaba lejos de aquel apestoso lugar. Le picaban los ojos por culpa de las nubes que emanaban de aquel sitio. Extraños pájaros chillaban en lo alto; pájaros negros y malvados que comenzaron a lanzarse sobre él, picándole y horadando su pellejo.

Hacía días que no se cubría de barro, tenía la piel especialmente delicada y la capacidad de reacción de su trompa era demasiado lenta para mantener a las criaturas a raya. Era un insulto para tan poderoso animal, pero había sobrevivido a cosas peores, se repetía; bastaba con que uno se mantuviese en movimiento y las cosas a su alrededor no tardarían en cambiar.

* * *

Werner Brandeis era un hombre habituado a salirse con la suya. La fortuna de su familia, amasada por su abuelo a principios del siglo XX gracias a la debilidad de los humanos por el alcohol, le había facilitado una injusta ventaja en casi todas sus interactuaciones con la gente. El hecho de ser dueño de una bien conocida fortuna hacía que las personas se comportasen de un modo algo distinto al habitual en ellas. También ayudaba a que le perdonasen rasgos de su personalidad considerados, por norma general, ofensivos. Entre la gente con semejante cantidad de dinero, esos rasgos se consideraban simples excentricidades.

Brandeis tenía un rostro peculiar, atemporal, característica reforzada al haber quedado completamente calvo durante la treintena y su costumbre de llevar estrafalarias gafas de diseño. En un día bueno podía pasar por un treintañero, en uno estresante podría aparentar sesenta. No era de trato fácil como jefe, esposo o amigo. Sus rabietas tenían fama legendaria. Su única debilidad, el único punto débil de su armadura, eran los indefensos. No los humanos indefensos, a quienes solía culpar de cualquier cosa que les sucediese, sino los animales indefensos.

—No olvidéis que Hitler amaba a sus perros —recordaba su esposa a sus amigos, y quizá no lo dijese en broma.

Por esa razón había comprado una parcela de más de veinticuatro mil hectáreas en Zambia, que hizo rodear con una valla electrificada y en la que metió a todos los animales africanos que su gente pudo atrapar, poniendo especial atención en las especies amenazadas o en peligro de extinción.

Lo sacaba de sus casillas que cazasen animales con armas que no concediesen a las presas una oportunidad para huir o evitar de su muerte. De poder hacer las cosas a su manera, dejaría a los humanos asesinos dentro de su parcela, sin armas ni víveres, para que sobreviviesen por sus propios medios. A buen seguro que eso no tardaría en cambiar las cosas. La idea siempre le sacaba una sonrisa.

Por eso brincó de su silla exigiendo respuestas cuando su gente acudió a él en las oficinas de su empresa, situadas en Park Avenue, para informarlo de que el elefante más viejo de la reserva se las había arreglado para escapar, pues lo habían localizado a cientos de kilómetros de distancia dirigiéndose hacia el norte a través de territorio poblado. Unos doce años antes había pagado una pequeña fortuna para que enviasen a ese animal a la reserva, pero como ninguno de sus empleados trabajaba por entonces en la empresa, nadie sabía nada de su larga y complicada historia.

—¿Quién está al cargo de devolverlo? ¿A quién tenemos en el terreno?

—Bueno, en realidad aún no tenemos a nadie operando en la zona —respondió el vicepresidente del departamento de Relaciones Públicas, antes de comprender que quizá no fuese esa la respuesta que Brandeis quería escuchar y se apresuró a añadir—: Pero hemos contactado con un guardia del parque nacional y va a ocuparse de la protección del animal lo antes posible. Probablemente mañana mismo.

—¿Aún no lo tienen bajo custodia? —preguntó Brandeis, incrédulo—. Quiero a ese guardia al teléfono. Y ponme con el inglés que está a cargo de la reserva, ¿cómo se llamaba?... Westbrook. Quiero que nuestra gente se presente allí ¡de inmediato!

* * *

Trevor Blackmon se dirigía dando grandes zancadas hacia el helicóptero a la espera mientras el sol se elevaba sobre el aeródromo creando con su luz largas y extrañas sombras oscilantes. Blackmon iba tan concentrado en su misión que no vio al empleado que salía del edificio de la oficina central y le hacía un gesto con la mano indicándole una llamada telefónica. Cualquier cosa que dijese el oficinista se perdió entre el rugido de los rotores; era algo acerca de "desde América" y "urgente", aunque Blackmon no tuvo idea de qué se trataba hasta que se enfrentó a su despido.

* * *

Jeremy Westbrook mantenía lo que él consideraba una buena relación con el benefactor estadounidense de la reserva. Mientras la mayoría de la gente vivía temerosa de él, Jeremy conocía su pasión secreta y, por tanto, creía compartir un vínculo en el cual era el experto en todas las cuestiones relacionadas con los animales. En realidad, saberse necesario para Brandeis, e incluso imprescindible en esa vertiente, le daba tranquilidad.

Gracias a esa aptitud volaba en el helicóptero de la reserva, junto a su ayudante y dos de sus guardias, para encontrarse con el guardia del parque nacional que había alertado por primera vez de la presencia del elefante en territorio urbanizado. Iban a reunirse con él a las afueras de la ciudad industrial donde el geolocalizador había dado la última señal el macho para planear su captura y devolución a la reserva.

El hecho de que Westbrook hubiese insistido en implantar un chip bajo la piel del elefante al aceptar el empleo parecía entonces un acto profético. Westbrook (un hombre de treinta y nueve años de aspecto infantil y, según no tardaban en comprender las mujeres, más interesado en los animales que en ellas) sabía que de momento les acompañaba la suerte, pues un macho de semejante tamaño y unos colmillos tan pesados suponía un trofeo de valor incalculable para cualquier furtivo. Esa cantidad de marfil podía cambiar la vida de un hombre pobre de la noche a la mañana.

Había pasado las últimas veinticuatro horas preguntándose, sobre todo, qué había llevado al elefante a romper la valla y huir. Como se encontraba en sus últimos años de vida (ya no tenía ciclos estrales, un estado de peligrosa y agresiva actividad sexual que los machos adultos experimentaban todos los años, y sus molares parecían las últimas piezas de los siete juegos), supusieron que no tardaría en morir en paz.

Pero en vez de eso aplastó la valla electrificada de mil vatios derribando un árbol gigantesco, lo cual creó un cortocircuito, y después arrancó de cuajo uno de los postes para salir caminando tranquilamente.

¿Por qué se dirigía al norte? ¿Qué buscaba tan lejos? Según la información en su poder, el animal había salido de algún lugar del África Oriental antes de su viaje al otro lado del mar, pero aún no tenía nombres ni lugares de referencia.

Su ayudante, Rebecca Gaines, una licenciada en veterinaria por la Universidad Estatal de San Diego, alegre y de rasgos suaves (y, como Westbrook, se sentía más cómoda tratando con animales machos que con hombres) estaba versada en rastrear historias de animales, así que supuso que ella ya habría obtenido nombres y localidades cuando tuviesen al macho en su poder. En ningún momento se le ocurrió preguntarle a su benefactor.

El sol se alzaba cegador sobre las colinas orientales. El geolocalizador de su ordenador portátil había perdido la señal del elefante desde hacía varios kilómetros (debido a la fuerte neblina industrial sobre las colinas, concluyó), y casi estuvieron a punto de no detectar al segundo helicóptero sobrevolando el terreno a unos ciento cincuenta metros por debajo de ellos al rebasarlo a toda velocidad.

La voz del piloto resonó en sus auriculares.

—Ese tiene que ser nuestro hombre. No comprendo por qué no ha respondido.

—Inténtelo de nuevo —contestó Westbrook—. Y, mientras, descienda para establecer contacto visual.

El aparato se ladeó e inició el descenso a través de la neblina, entonces vieron al Eurocopter estacionado sobre un cauce próximo a un barrio que probablemente sería Kabwe. Uno de los guardas, dos gemelos de la tribu luo, hizo una seña: bajo un paso elevado congestionado de tráfico se encontraba la inconfundible figura de un enorme elefante en pie entre las sombras.

—Ese tiene que ser nuestro chico.

—¿Qué demonios está haciendo? —gritó de pronto el piloto, y los ojos de Westbrook se dirigieron al asiento del copiloto del otro helicóptero, donde un hombre se inclinaba sobre la puerta abierta empuñando un rifle de alta potencia, ignorante de la presencia del otro aparato.

—¡Deténgalo! —chilló Westbrook, y el piloto realizó una brusca maniobra haciendo descender el helicóptero hasta situarlo a menos de treinta metros del otro aparato y directamente frente a él. El tirador alzó la mirada sorprendido y comenzó a comprenderlo todo al ver unas rayas de cebra, el logo de la reserva, pintadas en el costado. Alzó el rifle y saludó con la mano sin mucho entusiasmo; luego comprendió que le hacían señales para establecer contacto por radio.

—Me cago en la puta. Ponme con ellos —murmuró Blackmon en su micrófono, y su piloto encendió la radio.

Una vez coordinaron la frecuencia, Blackmon y Westbrook comenzaron a hablar.

—Siento el fallo en la comunicación —empezó Blackmon—. Aterricemos en ese campo de fútbol que hay a las tres y pongamos todo esto en orden. Cambio.

—¿Para qué ese rifle, guarda? —preguntó Westbrook sin rodeos mientras los dos pilotos iniciaban el descenso—. A su edad ese animal ya no supone un peligro para nadie.

—Ah, le sorprendería saber lo peligroso que puede ser un viejo macho. Vigilaba por si hubiese algún incidente. Por si algún zoquete despistado se acercase demasiado.

Parecía razonable, pero aquel guarda le había dado mala espina desde la primera vez que hablaron, tres días antes.

—Hablaremos en tierra. Corto.

El elefante ya había abandonado el paso elevado cuando aterrizaron en el campo de fútbol; lo perseguía por una vociferante caterva de jóvenes haciendo aspavientos.

—Como puede ver, no es una situación ideal —dijo Blackmon alzando la voz por encima del ruido de los rotores mientras se daban un frío apretón de manos.

Ver a Blackmon de cerca confirmó la impresión que Westbrook tenía de él.

—No, pero quiero evitar tener que dispararle. Quiero sedarlo. ¿Puede ocuparse usted de las autoridades?

Mientras Westbrook y sus dos guardias trotaban siguiendo la dirección tomada por el elefante, Blackmon se entretuvo un momento para llamar a la policía local y pedir cuantos coches hubiese disponibles con el fin de controlar el tráfico y la multitud. Westbrook aprovechó la oportunidad para instruir a sus guardias.

—Voy a sedarlo desde el aire. Quedaos con ese tipo, no le permitáis emplear su rifle bajo ninguna circunstancia. ¿Entendido?

Acataron las órdenes con un asentimiento, Westbrook dio media vuelta y corrió de regreso a su helicóptero dejando a Blackmon para los guardias.

El viejo macho se debilitaba y desanimaba con el paso del tiempo; en el cauce sólo había agua pestilente y los árboles eran tan delgados y estériles que no ofrecían protección alguna. Y encima tenía que lidiar con los *dos patas*.

Lo perseguían con bastante agresividad, pero de momento sin hacer nada alarmante. Ya había logrado evitar a la bestia voladora de los *dos patas* una vez, pero sabía que podría regresar en cuanto quisiera.

Quizás esa idea suya de viajar a su lugar de nacimiento fue un error. Quizá debería haberse quedado en la reserva, un entorno conocido y seguro, y dejar que los jóvenes machos amigos suyos lo venerasen hasta que se tumbase por última vez. Desde luego, todo hubiese sido más fácil de ese modo.

Entonces vio el cauce bloqueado un poco más adelante. Un desprendimiento de rocas de una colina cercana había formado un muro infranqueable en el angosto lecho. Giró y ya comenzaba a subir por la ribera cuando sintió un agudo golpe en el trasero.

Miró a su alrededor y vio cerca de él a un *dos patas* arrojando otra piedra, esta le dio de refilón en el rostro, justo sobre un ojo. Se preguntó por qué harían eso. Le recordaba al comportamiento que exhibían algunos machos *dos patas* cuando vivió en la gélida tierra donde estuvo a punto de llegar a la absoluta desesperación.

Ese mismo comportamiento cruel y provocador lo habían padecido él y todos los animales encerrados en aquellos recintos. Esa conducta siempre le causaba una enorme tristeza, pero lo dejaba estar, pues no le producía dolor físico. Simplemente la achacaba a la locura de los *dos patas*.

Westbrook cargó rápidamente el rifle anestésico mientras el piloto los colocaba de nuevo en lo alto. Necesitaba la dosis exacta, pues el macho, aunque grande, era viejo y estaba enfermo; demasiado sedante podría causarle un grave deterioro.

Quería que el animal se tumbase y durmiese, no que se desplomase, lo cual podría cortar el riego sanguíneo de algún miembro en caso de quedar atrapado involuntariamente bajo su colosal peso.

Además, tendrían que mantenerlo en un estado de semiinconsciencia hasta la llegada del camión para su transporte a la reserva, lo cual podría suceder, posiblemente, en menos de una hora. La situación se estaba complicando demasiado. Y todo dependía de la dosis.

Pero al cubrir la distancia que los separaba del animal vio algo que lo sacó de sus casillas. ¡Los muy imbéciles estaban provocándolo con piedras! Westbrook distinguió a sus dos guardas corriendo hacia los jóvenes idiotas, haciendo frenéticos aspavientos y, probablemente, gritando. El elefante había dejado el lecho y se dirigía hacia otro paso a nivel… Pero esta decidió cruzar la carretera en vez de pasar por debajo. ¿Dónde demonios estaba la policía?

Varios coches ralentizaron la marcha al ver el espectáculo en ciernes, pero cuando la gigantesca criatura pasó entre ellos varios conductores se asustaron y retrocedieron rápidamente marcha atrás causando múltiples colisiones. De pronto el guarda alzó su rifle y Westbrook vio que tenía intención de emplearlo. Luego, para su eterno alivio y orgullo, sus dos guardas saltaron al frente y bloquearon la línea de tiro.

Westbrook pensó en la dosis requerida para sedar a un humano, cosa que habría hecho de no haber sido porque el elefante estaba caminando en campo abierto y, tuvo que admitirlo, ese era el lugar perfecto para dispararle el dardo.

—Muy bien —dijo hablando por los auriculares—, vamos a dispararle justo aquí.

Mientras lo perseguían por el campo, situándose encima y un poco por detrás del animal, Westbrook afianzó la culata del arma anestésica en el hombro y apuntó. Hasta ese momento no había advertido el rastro de sangre bajando desde su hombro izquierdo; supo de inmediato que no se trataba de una herida leve.

—¿Qué demonios…? —se preguntó en voz alta y entonces el piloto también lo vio. Atravesar el pellejo de un elefante requería una agresión fuerte, y allí había una herida profunda. Era un milagro que el macho aún se mantuviese en pie.

—Es una herida de bala —señaló el piloto al colocarse encima del animal—. No parece obra de otro elefante. Tampoco un lanzazo. Alguien le ha disparado.

Westbrook volvió a echarse la culata al hombro y disparó el dardo en la grupa del animal.

Recargó mientras ascendían para realizar un seguimiento a distancia. Lo controlarían durante un minuto y dispararía otro dardo si el primero no causaba efecto. El macho ni siquiera pareció acusar el impacto. Simplemente continuó su pesado avance a través del campo intentando huir del helicóptero.

Entonces aminoró el paso, se inclinó hacia un lado y unos segundos después se detuvo mareado. Poco más tarde se sentó sobre sus cuartos traseros y levantó la vista hacia el helicóptero, pero Westbrook comprendió que en realidad ya no lo veía.

Pasados unos instantes, con el elefante yaciendo de costado, el helicóptero aterrizó y Westbrook echó a correr hacia el animal mientras sus guardias se reunían con él.

Westbrook había llevado todo su equipo veterinario y se alegró por haberlo hecho: la operación para extraer la bala (deformada, pero de una pieza) requirió trabajar a través de sesenta centímetros de tejido necrótico y coser el interior de la herida con material antibacteriano soluble.

Destacaron a Blackmon en el borde del campo para mantener a la multitud a distancia hasta la llegada de la policía, de modo que Westbrook no pudo ver la expresión plasmada en su rostro mientras los observaba trabajar.

Blackmon había visto la herida cuando corrieron hacia el macho caído y comprendió con creciente certidumbre que esta era resultado del disparo efectuado con su Rigby, presa de la frustración. Averiguarían que se trataba de una bala correspondiente a un rifle de gran calibre disparada desde lo alto y, sin duda, irían a él en busca de una explicación. Se decía a sí mismo que no se le podía considerar un tipo deshonesto, pero en esta ocasión, obviamente, habría de negarlo todo.

Para entonces el camión de la reserva había llegado con un equipo de jóvenes acólitos a quienes Blackmon saludó a regañadientes con la mano. Concedió un par de breves entrevistas a otros tantos equipos de informativos televisivos, a quienes indicó a la policía que retuviesen junto al resto del gentío mientras el elefante recibía su tratamiento antes de colocarlo con gran cuidado en el remolque abierto del camión mediante el empleo de una grúa.

Ya estaban a punto de suministrarle el antídoto del sedante y cerrar el remolque cuando Rebecca se acercó a Westbrook con los resultados de su investigación; tenía abierto el MacBook y su rostro mostró una expresión de asombro al contemplar al gigante dormido.

Explicó que no se trataba de un elefante africano normal y corriente: ese macho había recorrido el mundo antes de ser devuelto a África, doce años atrás, pero no a su lugar de origen. Había nacido en el parque nacional del Tsavo hacía cincuenta años.

Empleó un mapa de Google para enseñarle a Westbrook el recorrido realizado hasta entonces: desde la reserva trazaba casi una línea recta hacia el noreste que si se alargaba poco más de mil cien kilómetros llegaba directamente al Tsavo. Al parecer regresaba a la zona que consideraba su lugar de nacimiento y, como lo guiaba su asombroso sentido de la orientación innato, tendría muchas posibilidades de encontrar el parque keniata si sobrevivía al viaje.

Westbrook pudo detectar el tono de admiración en la voz de la joven y también sintió una extraña afinidad hacia la criatura al contemplar su enorme cabeza, sus gigantescos colmillos y sus ojos, que no veían a pesar de estar abiertos.

Había oído hablar durante años de acerca de la capacidad de las distintas especies animales para experimentar emociones y su gran sensibilidad, y había observado algunos casos personalmente, pero si la teoría de Rebecca era la correcta, el orden de la magnitud de ese viaje se encontraba más allá de cualquier cosa que hubiese considerado. ¿Era posible que la inteligencia y el ánimo de aquel animal fuesen tan poderosos que lo estuviesen guiando a su hogar décadas después de haberlo sacado de su lugar de nacimiento y soltarlo luego a más de mil kilómetros de distancia en un paraje que jamás había visto? Increíble.

* * *

Werner Brandeis se encontraba junto a sus ventanas de suelo a techo escuchando por el manos libres las tres estrategias presentadas por las diferentes partes mientras, sesenta pisos más abajo, las luces del alumbrado callejero comenzaban a iluminar Central Park.

A pesar de que pudiese implicar la pérdida de la custodia del elefante, aceptó de inmediato eliminar la primera opción, es decir, devolver al animal a la reserva. Resultaba evidente que volvería a destrozar la valla para emprender de nuevo su periplo. El elefante quería ir a casa y no se podía hacer mucho más para detener el impulso de su instinto aun en el caso de que quisieran hacerlo. Y lo cierto es que no querían.

La segunda opción, propuesta por las autoridades zambianas, consistía en dejarlo en el camión, llevarlo hasta el parque nacional de Tsavo y soltarlo allí. Así evitarían tres o cuatro semanas de posibles desastres, tanto para el elefante como para las poblaciones de los otros dos países que aún habría de atravesar. Acelerar su viaje y evitarle disgustos a todo el mundo. Parecía obvio.

Pero había una tercera propuesta que estaba ganando su atención, y esta apelaba a la naturaleza difícil y atípica de Brandeis. Costaría cierta cantidad de dinero, pero podía permitírselo. Era poética, un gesto de grandeza, y podía influir en los medios de comunicación hasta convertirla en una excelente y conmovedora historia. Estaba compuesta por muchos detalles que podrían desbaratar el resultado, cierto, pero Brandeis era muy bueno vendiendo ese tipo de campañas enrevesadas.

También en esta ocasión su fortuna de fama mundial influyó tanto que incluso altos funcionarios gubernamentales de tres países se sintieron cohibidos por ella. Al final, nadie podía decirles «no» a Werner Brandeis y su dinero.

El elefante recobró el conocimiento aquella misma noche presa de una buena cefalea, un dolor sordo en el hombro y la extraña sensación de que en la oscuridad circundante había algo más aparte del silencio y el campo vacío donde se encontraba.

CAPÍTULO XI
Kenia, 1968-1970

La mañana puede amanecer con una tranquilidad perfecta, uno puede tener el estómago lleno y encontrarse junto a su feliz y amorosa familia y terminar esa misma noche en la ribera de un río con los pájaros de la muerte *picoteando su carne mientras la luz se retira de sus ojos.*

La tierra que hollamos no guarda nuestro recuerdo; su única preocupación es la constancia del día y la noche estación tras estación y la remembranza de cualquiera de nosotros no tarda en desaparecer para siempre.

Me entristece pensar en estas cosas, por eso atesoro todos los momentos agradables para poder regresar a ellos cada vez que el pesar se hace abrumador. Algún ser, cualquier ser, puede verme plantado frente a él, a lo mejor comiendo de un bucare, y creer que, en efecto, estoy ahí, pero no es así. Estoy en mis recuerdos, quizá a años de distancia del lugar donde parezco encontrarme.

El fin de mis días con mi familia de dos patas *llegó durante la siguiente estación húmeda, cuando Mami Blue y su clan regresaron en mi busca como habían prometido. El amable joven* dos patas *que fue mi mejor amigo me siguió durante una temporada y la manada se habituó tanto a su presencia que podía viajar entre nosotros durante el día y dormir junto a una pequeña hoguera por la noche, vigilado por las hembras. Al final, se despidió de mí y regresó a su hogar.*

De vez en cuando me visitaban otros miembros de mi familia dos patas, *un acontecimiento que siempre resultaba muy emotivo*

117

para todos. Mis compañeros de manada no fueron extremada-mente amables con ellos, pero tampoco amenazaron a sus bestias de mentira, a pesar de que en ocasiones se acercaron lo suficiente para que pudiesen tocarlas. Mami Blue decretó la regla de que nin-guna cría tenía permiso para jugar con los dos patas, no fuese que perdiesen la desconfianza hacia ellos. Para un elefante, eso podría suponer la muerte.

Durante el siguiente periodo llegué a mi edad adulta y comencé a ganar mi independencia, hasta entonces aquello fue lo más emocionante de mi vida, aunque en ese momento no fui capaz de advertir que aquello no duraría; pensaba que la vida siempre mantendría un estado de plenitud. Ahora contemplo a mis jóvenes compañeros masculinos vivir la misma tontería, pero sé que debo dejar que lo descubran a su debido tiempo.

Comencé entonces a comprender las normas de comporta-miento más complicadas y cómo las costumbres de la manada adquirían un nuevo significado a medida que me iba convirtiendo en un miembro de pleno derecho, lo cual implicaba estar dispuesto a sacrificar mi vida por el clan en caso de necesidad. Me acomodé a los ritmos y cambios graduales que nos gobernaban a todos. Mi cuerpo creció hasta adquirir el doble de tamaño en poco más de tres estaciones y pronto me convertí en el macho joven más grande de mi clan. Mis colmillos comenzaron a sobresalir y todas mis tías dijeron que estaban bien formados e iban a ser extremadamente grandes, lo cual me haría un gran servicio a lo largo de mi vida adulta.

A excepción de los machos que estaban a punto de marchar para unirse a una manada de solteros, yo era el más fuerte y pode-roso del clan y podía derrotar a cualquiera de mis pares en nuestros juegos, ya fuese mediante la fuerza bruta o mi voluntad. Era un espécimen orgulloso, deseable; mal sabía entonces que eso acaba-ría siendo mi perdición.

* * *

Los cambios de los que Gichinga había advertido a Russell barrie-ron el África Oriental como una oscura tormenta, al menos en lo concerniente a la sociedad británica. Aún había safaris dirigidos por las grandes compañías, pues proporcionaban cientos de empleos y millones de dólares en ingresos, pero el cambio de corriente resultaba obvio para todo el mundo: los nativos africanos estaban en ascenso y, a pesar de las trabas en el progreso impuestas por las enemistades tribales, el Gobierno se encontraba firmemente atrapado en manos africanas y los antes ricos y poderosos blancos que no huyeron a Europa o Sudáfrica debían responder ante burócratas negros de «educación deficiente», capaces de retrasar una simple operación durante meses si no se mostraba la actitud adecuada o, mejor dicho, si no se les ofrecía el soborno adecuado.

Russell y los demás cazadores blancos pronto comprendieron que ellos solos no podían coartar la epidemia de caza furtiva que estaba diezmando las poblaciones de elefantes y rinocerontes, y Rupert Matthews y sus amigos tampoco; existía una corrupción endémica y la zona necesitada de vigilancia era demasiado extensa.

Por consiguiente, Russell y sus amigos reclutaron a unas cuantas docenas de guardias procedentes de las belicosas tribus nómadas. Los llamaron la Fuerza de Campo; sus miembros, armados con rifles y provistos de radios, debían patrullar los parques en parejas y tenían órdenes de combatir a los furtivos, disparando a matar si fuese necesario.

Esta Fuerza de Campo, sufragada con los beneficios de los safaris y las subvenciones del régimen de Kenyatta, pues este debía aparentar estar en contra del furtivismo, supuso un fuerte impacto en la matanza, pero aun así miles de elefantes morían asesinados cada año. El marfil era demasiado valioso para los intermediarios del mercado asiático; ninguno comprendía, o a ninguno le importaba, que esos animales pudiesen sentir un tremendo dolor y pesar.

Los propios asiáticos eran incluso más inconscientes; la Iglesia católica filipina era, y es, la mayor compradora mundial de tallas de marfil ilegal. Y en el caso del mayor criminal, China, su

Gobierno asegura que no se mata a ningún elefante al cortarle sus colmillos. Estos simplemente vuelven a crecer después de la «cosecha».

Por su parte, Russell, tras su experiencia inicial imponiendo el plan para combatir el furtivismo, se alegró por delegar la tarea en la Fuerza de Campo. Aunque no tenía miedo de cazar bajo las más peligrosas condiciones, correr todos los días el riesgo de librar una escaramuza con cazadores furtivos ya no entraba en los planes de un padre de mediana edad.

Además, se avecinaban más cambios en la vida de Russell. Eran de esos que siempre llegan cuando uno menos los espera, como se dijo a sí mismo tiempo después en un momento de introspección.

* * *

Jean se enamoró de Russell al conocerlo en una fiesta celebrada en la embajada suiza de Londres en 1948. Era tan apuesto que bien podría tratarse de una estrella de cine, así que cuando supo que procedía de una respetable familia de clase alta y era un veterano oficial condecorado, decidió no recriminarle sus miradas.

Tras un intenso cortejo y el posterior compromiso formal, él le preguntó a la familia de ella si podía llevarla a un viaje al África Oriental y luego, al salir en coche de Nairobi y abandonar la carretera algunos kilómetros después, le pidió que cerrase los ojos hasta que coronasen un altozano.

Cuando le dijo que los abriese, Jean vio la vasta extensión de frondosa sabana extendiéndose kilómetros y kilómetros, con incontables manadas punteando las llanuras bajo un cielo encapotado con nubes de tormenta... Y eso fue todo. Igual que le sucedió a Russell la primera vez que contempló la majestuosidad del África salvaje, supo que había llegado a su hogar.

Jean acompañaba a Russell durante los safaris si se trataba de un encargo familiar (y no una salida de solteros) para que la esposa del cliente, en caso de no ser cazadora, tuviese a alguien con quien charlar. Ellas iban en un segundo vehículo dedicado sólo a la fotografía y conducido por otro cazador blanco. Después, llegados a la reserva de caza, se separaban de modo que ambos coches se encontraban a kilómetros de distancia hasta la hora de regresar al campamento.

Durante el verano de 1968, un famoso productor de Hollywood, Jack Singer, y su nueva esposa, una actriz cinematográfica trece años más joven, llegaron acompañados por dos hijos adolescentes (del primer matrimonio de Singer) para mostrarles con ejemplos como convertirse en «hombres» disparando a tantos ejemplares de los cinco grandes de África como fuese posible. Entre el padre y los hijos ya habían cobrado tres leones, además de dos leopardos, dos búfalos cafre y un rinoceronte. Pero aún no habían tenido la fortuna de localizar un elefante de la talla adecuada y el padre estaba obsesionado con cazar uno antes de tener que regresar a América.

Entonces, durante un atardecer de regreso al campamento (dos días antes de la conclusión del safari) Kagwe silbó desde su puesto de ojeador y señaló a un macho solitario situado en una ladera lejana. Sus colmillos, durante el breve instante que lo vio antes desaparecer tras un muro de arbustos, eran de clase mundial. Se trataba, evidentemente, de un macho viejo y astuto, pues había sido capaz de sobrevivir hasta alcanzar tal edad, y Russell supo de inmediato que iba a ser una cacería complicada.

La luz se difuminaba aprisa. Russell comprendió que quizá no fuesen capaces de encontrarlo si regresaban por la mañana; incluso siguiendo su rastro, ese macho podía poner casi veinte kilómetros entre ellos si se sentía acosado y a esas alturas era muy probable que el ejemplar ya las hubiese visto de todos los colores.

Por tanto, Russell se dirigió hacia el lugar donde el elefante se había ocultado y le preguntó a Singer si le parecía bien internarse entre los matorrales en busca del ejemplar.

—Las cosas se pueden complicar por ahí, ¿quiere hacerlo? El bicho es un maldito gigante.

—¿De cuánta luz disponemos? —Singer sentía un nudo en la garganta debido a un súbito nerviosismo, pero intentaba no mostrarlo. No era un cazador especialmente bueno (su hijo mayor era mejor tirador y tenía mejor temple), pero pagaba una fortuna por estar allí y los cazadores blancos hacían lo imposible para que sus clientes se sintiesen importantes.

—Quizá diez minutos. Vamos a necesitar algo de suerte.

Llegaron al lugar donde se había internado el elefante. Russell y Kagwe saltaron del vehículo, escucharon y entonces oyeron el estruendo del elefante progresando entre lo más profundo de la foresta.

El portador de armas le tendió su rifle a Singer, pero se quedó tras el hijo menor; aquello era demasiado peligroso para que se internase nadie excepto Russell, Kagwe y el cliente. Probablemente en ese momento el segundo vehículo ya se encontraba en el campamento y las damas estarían disfrutando de unos cócteles bajo la luz de un candil colocado en la tienda-cenador.

Se internaron en un bosque de matorrales de dos metros y medio o tres de altura, atestado de espinos y con una red de túneles y pequeños claros abiertos a lo largo de años y años de cacerías.

La visibilidad era escasa, los túneles serpenteantes y, además, debían doblar cada recodo con gran precaución. Aquél no era un lugar en el que los humanos escogiesen estar por su propia voluntad; a corta distancia y en su terreno, los elefantes eran las presas más peligrosas del mundo. Atacaban al sentirse amenazados y si el primer o segundo disparo del rifle de gran calibre no era mortal, atraparían a su verdugo con la trompa y lo estrellarían contra el suelo, quizá incluso lo empalarían con uno de sus colmillos o, simplemente, lo aplastarían bajo unos cinco mil kilos de rabioso músculo.

Pero precisamente por esa razón Russell era un cazador tan demandado, pues disfrutaba con esos enfrentamientos y tanto la realeza europea y como la aristocracia americana obtenían su ración de tensión siguiéndolo al peligro y sobreviviendo para contarlo.

Russell y Kagwe guiaron a Singer a lo largo de varios pasajes empleando un lenguaje de signos perfeccionado a lo largo de los años. Ya habían cubierto unos noventa metros cuando, de pronto, se oyeron unos ruidos angustiosos, propios de los elefantes, y percibieron un olor extrañamente dulzón. Russell se detuvo con una mano alzada.

Kagwe y él comprendieron que no se trataba de un macho solitario... Había varios elefantes entre la maleza extendida a su alrededor. Russell miró a Singer a los ojos y comprendió que él también lo había notado y que estaba petrificado.

Hallarse entre la maleza con un cliente muerto de miedo y armado con un rifle cargado era casi tan peligroso como el hecho de estar rodeado de elefantes, así que Russell hizo señales para dar media vuelta y regresar por donde habían llegado.

Estaban a medio camino de la salida cuando la foresta desplegada a poco más de diez metros estalló hacia delante y allí apareció un elefante adulto bloqueándoles el paso. No era el macho cargado de marfil, sino era una hembra, pero de cerca parecía inmensa.

Se quedaron los tres helados, confiando en que quizá no los viese, pero ya era demasiado tarde. La hembra los había olido y los localizó al volver la cabeza; Russell advirtió la mirada asesina en sus ojos y alzó el rifle de inmediato. Lo mismo hizo Singer.

La elefanta atacó y habría llegado a ellos después de tres rápidos pasos si ambos rifles no hubiesen abierto fuego con ensordecedores estampidos y hecho que la hembra se desplomase en el suelo apenas a unos centímetros de sus pies. Tras eso, la maleza a su alrededor estalló en un estruendo cuando el resto de la manada huyó.

Kagwe, en medio del subsecuente silencio, salió del lugar donde estaba escondido (no llevaba rifle) e inspeccionó a la hembra muerta. Russell miró a Singer, que acababa de recuperar el aliento.

—Buen disparo —dijo Russell con suavidad y Singer se sonrojó de orgullo—. Regresaremos por la mañana y veremos si podemos seguir el rastro del macho, aunque va a ser difícil.

Un súbito crujido entre los arbustos hizo que todos se volviesen y entonces se materializó entre las sombras una imagen desoladora. Una cría de elefante caminó a tientas hasta ellos olfateando con su delgada trompa el rostro sin vida de su madre. Después la elevó, olfateó a los humanos y emitió un confuso y apenado gemido.

Russell se arrodilló y, con la cabeza baja por la angustia, acarició al pequeño elefante, una cría de dos meses.

—Por eso nos atacó. Debimos de colocarnos entre ella y su cría. —Suspiró y cargó un cartucho—. No durará mucho por aquí y no merece morir así.

—¡No! Por el amor de Dios, no puede matarlo. Jean rescata animales huérfanos, ¿verdad?

—Es demasiado pequeño. Nadie ha criado a un elefante de esta edad.

Singer no podía apartar la mirada del pequeño animal, que entonces subía al cadáver de su madre intentando despertarla.

—Bueno, podemos intentarlo. No importa lo que cueste, yo cubro los gastos.

En ese instante, la opinión que Russell tenía de Singer experimentó un giro de ciento ochenta grados.

—¿Entonces le parece bien dejar que el macho escape? Si rescatamos a este, no vamos a tener tiempo para…

—Olvídese del macho. No quiero cazar nada más.

Russell puso el seguro y colgó el rifle al hombro. Le hizo una rápida indicación a Kagwe en kikuyu y este corrió hacia el Land Rover.

Jean y varios de sus «muchachos» cuidaron de la cría de elefante durante la primera noche y Russell, después de acompañar a la familia Singer hasta la tienda donde dormían, fue al refugio que los muchachos habían montado para el pequeño huérfano.

La mujer miró a sus ayudantes y estos se retiraron en silencio del recinto, dejando al matrimonio a solas con la cría dormida. Su respiración sonaba larga y regular en la oscuridad y tenía el vientre lleno con la nueva fórmula de Jean.

Russell se sentó junto a ella, sobre la manta.

—Lo siento en el alma —dijo, simplemente—. Sé que no hay excusas para esto...

En los ojos de la mujer había una mirada de resignación que era casi peor que la ira. Llega un momento en la mayoría de los matrimonios fracasados en que si se reconoce y trata el problema, es posible salvar la relación. Si no, no hay vuelta atrás. Russell comprendió que estaba en esa precisa situación y la certeza hizo que su corazón se helase de pavor.

—Tienes que escoger, Russell. No si tú y yo podemos continuar así, porque no podemos. —Dejó que las palabras se colgasen un instante en el aire antes de continuar—. Si quieres quedarte anclado en el pasado... o formar parte del futuro. El cambio ya está aquí, pero continúas escondiendo la cabeza como un avestruz.

—Lo sé —dijo Russell con suavidad—. Y estoy de acuerdo. Esta ha sido la última gota.

—Puedes ser uno de los ejemplos más convincentes de la nueva tendencia. Tener a Russell Hathaway, un gran cazador de fama mundial, abandonando su profesión para dedicarse a los safaris fotográficos... Para mí eso sería toda una proeza.

Russell asintió. Llevaba años oyendo sus ruegos, pero como el alcohólico que aún no ha tocado fondo, hizo falta ese triste giro de los acontecimientos para convencerlo al fin de que seguía el camino equivocado. Si perdía a sus antiguos clientes (y el dinero que aportaban), que así fuese. Al menos eso sería un gran paso para salvar su matrimonio.

Él estaba preparado para un cambio.

CAPÍTULO XII
Kenia, 1969-1970

De hecho, Jean ya había comenzado a hacer cambios que tendrían consecuencias para ambos y también para la vida salvaje africana. Empleó su orfanato, que junto con su nombre se estaba convirtiendo en un lugar bien conocido dentro y fuera de los círculos conservacionistas, para respaldar varias iniciativas provida salvaje además de ayudar a keniatas concienciados en el desempeño de sus cargos.

Se convirtió en una suave fuerza dentro los círculos progresistas de Nairobi y siempre un espectáculo digno de ver en las salas de gobernación... Una elegante belleza con una cría de chimpancé o lémur colgada al hombro. El encanto y la inocencia de estos casi siempre lograban que, al menos, recalcitrantes ministros o burócratas se sentasen a hablar.

Para ella, su mayor logro había sido criar a tres singulares y encantadores seres humanos. Aunque los dos suyos habrían de dejar África atrás, siempre le quedaría Kamau, y sabía que este jamás abandonaría el continente. No guardaban lazos de parentesco, cierto, pero sentía tanto apego por él como por cualquiera de sus hijos. Y sus hijos y Kamau estaban unidos como hermanos.

Russell y ella cuidaron de su educación mientras vivió con ellos en Salisbury y en otoño de 1970 lo admitieron en la Universidad de Nairobi con una beca completa para estudiar veterinaria.

Habían pasado tres años desde que Ishi se fue con su manada de adopción; los humanos vieron que estaba listo y tuvieron que dejarlo marchar, aunque su recuerdo siempre permaneció con ellos. Russell lo veía alguna vez, sobre todo cuando su manada atravesaba el parque, y sus encuentros siempre resultaban muy emotivos para ambos. Los clientes de Russell tenían licencia para interactuar con él desde las ventanillas del Land Rover, a través de las cuales su trompa les exploraba el rostro entre alegres carcajadas. Bastaba una mirada a sus amables y tiernos ojos bastaba para conmoverlos a todos.

Los clientes de los safaris fotográficos (Russell, si tenía que dar su opinión, los hubiese descrito como una banda de ecologistas blandengues e ignorantes) eran muy diferentes a los cazadores, pero estaba a gusto. No echaba de menos el tabaco y el exceso de alcohol que invariablemente acompañaban a las armas. Además, con el cambio de los tiempos, los aficionados a la caza mayor habían comenzado a sufrir cierta marginación y la cantidad de safaris de caza disminuyó. Russell comprendió que había tomado la decisión adecuada (aunque no del todo voluntaria) al renunciar a la caza.

* * *

A pesar de haber pasado los últimos años en un entorno «civilizado», todavía quedaba algo salvaje en Kamau. A veces Ndegwa, el mejor amigo que tenía en su aldea, se presentaba en Salisbury y salían juntos a vivir según el estilo aborigen, armados sólo con arcos y lanzas y viviendo por sus propios medios. Eso mantenía a Kamau en contacto con el guerrero kikuyu que vivía en él y, además, aunque estaba demasiado bien educado para creer en las antiguas costumbres tribales, resultaba imposible controlar las hormonas de un chico de dieciocho años.

El mes de agosto anterior a la marcha de Kamau a la universidad, Ndegwa se reunió con él para vivir lo que ambos sabían que podría ser su última peripecia juntos. Ndegwa era el primogénito del jefe de la aldea, así que los senderos que se abrían frente a ambos harían que llevasen unas vidas completamente diferentes. Sabían que siempre serían amigos, pero la melancolía que les causaba ser conscientes de su situación los llevó a la aventura como si nunca nada fuese a cambiar entre ellos.

Las lluvias de aquella estación habían dejado las llanuras frondosas y repletas de hierba alta. Los herbívoros dispusieron de los mejores vegetales de los últimos años y los carnívoros de las mejores presas de sus vidas. En ese ambiente de abundancia y tranquilidad los dos amigos charlaron y cazaron por última vez como jóvenes adultos.

* * *

Gichinga Kimathi había progresado en la escala social. Después de abandonar a su mujer e hijo en Eldama Ravine, se mudó a la bulliciosa ciudad de Voi, donde trabajó como recaudador al servicio del nuevo Gobierno.

Había evitado el Tsavo durante los últimos años, en parte por su enfrentamiento con Russell, pero sobre todo por la creación de la Fuerza de Campo. Pero su antigua ocupación se había convertido en un negocio demasiado lucrativo para dejarlo, pues la demanda de marfil por parte de los compradores de Nairobi y Mombasa era muy elevada; tanto que su precio se había quintuplicado.

Reclutó a un nuevo equipo y comenzó a salir algún que otro fin de semana. El Tsavo oriental y occidental se extendían a lo largo de más de quince mil quinientos kilómetros cuadrados y, excepto por la única vía ferroviaria y una «autopista» de tierra que lo atravesaban, el parque casi carecía de presencia humana más allá de los guardias y los miembros de algún safari, además de algunas diminutas aldeas. Gichinga supuso que si un camión los dejaba en el lugar y después volvía a recogerlos, podrían realizar breves incursiones sin apenas correr el riesgo de ser arrestados.

Y si las cosas se ponían feas, siempre podían acabar con los guardias. En pocas ocasiones las patrullas de la Fuerza de Campo sumaban más de dos hombres y su equipo constaba de cinco individuos armados con rifles de gran calibre. No existía un guardia lo bastante loco para hacerles frente.

A sus dieciocho años, Ndegwa ya era un avezado cazador y rastreador; pocas cosas se escapaban a su oído u olfato. Y por eso Ndegwa le hizo una señal a Kamau asintiendo hacia el oeste mientras asaban un dic-dic frente a la boca de una cueva abierta en el antiguo campo de lava que frecuentaban a menudo.

Kamau no pudo ver nada bajo la luz del ocaso, pero de pronto los pájaros guardaron silencio y Ndegwa pudo olerlo... Humanos, cerca de allí y dirigiéndose hacia ellos.

Los chicos se retiraron en silencio a la cueva para observar cómo cinco hombres armados y ataviados con ropas no tribales ingresaban a pie en el campo de lava. El jefe del grupo (Kamau y Ndegwa lo reconocieron como el macho dominante por las interacciones entre este y el resto del grupo) echó un vistazo por el campo en busca de quien hubiese hecho la hoguera e impartió órdenes en voz baja para que lo encontraran.

Kamau sintió un estallido de adrenalina al distinguir el rostro del jefe bajo la luz del crepúsculo. Era la primera vez que lo veía desde la matanza perpetrada seis años antes, pero Gichinga no había cambiado demasiado.

—Corremos un grave peligro —susurró Kamau—. Ese hombre es de nuestra aldea, ¿te acuerdas de quién es?

—Sí, de hace años, es Gichinga Kimathi —respondió Ndegwa con un hilo de voz—. Mi padre fue uno de los ancianos que lo obligó a marchar. —Meditó el asunto un instante y tomó una decisión—. No muestres temor. Haz como si no lo conocieras.

Ndegwa salió a la luz de la hoguera con las manos abiertas en señal de bienvenida. A continuación se unió Kamau y ambos miraron a los furtivos con expresión inocente, como si no tuviesen nada que temer.

—Buenas tardes, compañeros cazadores. ¿Queréis sentaros al fuego con nosotros?

Los furtivos miraron a su jefe en busca de indicaciones y Gichinga mostró una fría sonrisa.

—Ah, buenas tardes, mis jóvenes amigos. Gracias, sois muy amables. —los miró a los ojos con fijeza, en busca de cualquier señal de reconocimiento. Como no mostraron ninguna, Gichinga continuó—: No esperábamos encontrarnos con nadie por aquí. ¿Vivís cerca?

—No, señor, nuestro poblado está a tres días de camino hacia el norte —contestó Ndegwa con convicción—. Cerca del lago Nyeri, no sé si lo conoce.

—Ah, sí, solía… Me crie por esta zona —respondió Gichinga y entonces se detuvo, conteniéndose—. Bueno, permitidnos extender nuestras mantas por aquí para pasar la noche. Traemos comida. Sois muy amables.

Los furtivos ya habían bajado las armas, aceptando la inocencia de los jóvenes adultos. Después de todo, se habían criado en aldeas similares y de un modo parecido. Todos habían sido amables e inocentes en el pasado y todos habían salido a vivir al estilo de los aborígenes en sus años mozos.

Los furtivos estuvieron listos para retirarse después de haber trasegado tres botellas de un ron que podría haber puesto en marcha un vehículo. Se escabulleron bajo sus mantas y cayeron dormidos uno a uno, dejando a los chicos sentados junto a la hoguera.

Si tenían un alijo de colmillos de elefantes recién cazados, no lo dijeron. Quizá Gichinga les hubiese advertido acerca de qué hacer o decir; por ejemplo, les dejó muy claro a los muchachos que el fuego debía apagarse antes de ir a dormir. Al parecer, le preocupaba más que los guardias detectasen el resplandor de la hoguera que los depredadores acechando a su alrededor.

—Deberíamos marcharnos al amanecer —susurró Ndegwa en cuanto se retiraron a la cueva y se acostaron en sus mantas.

—No —respondió Kamau—. Tenemos que irnos de inmediato. Prefiero caminar entre leones que dormir junto a ese hombre. No quiero despertarme con un machete abriéndome la garganta.

Los jóvenes llegaron a la autopista justo antes del amanecer y pararon al primer vehículo que pasó, que resultó ser una furgoneta cargada con artículos para los lavabos de unos apartamentos de Nairobi. El conductor, un comerciante hindú, se mostró desconfiado hasta que Kamau le habló en perfecto inglés; entonces aceptó llevarlos hasta el puesto de guardia más cercano.

Allí Kamau pudo emplear la radio apara llamar al vigilante, que envió a una docena de miembros de la Fuerza de Campo al terreno volcánico con órdenes de ir preparados para una posible confrontación armada.

Mientras Kamau y Ndegwa hacían dedo para regresar a su aldea, el contingente de la Fuerza de Campo llegó al lugar; allí encontraron las cenizas de una hoguera de campamento y las botellas de ron vacías, pero los furtivos ya se había ido hacía tiempo. Cuando Gichinga los despertó antes del alba para eliminar a los testigos de su presencia, encontraron la cueva vacía y comprendieron que les habían ganado por la mano; él y sus secuaces huyeron de inmediato, pues sabían que muy probablemente los chicos habrían avisado a las autoridades.

Kamau sospechó que Gichinga pensaba cortarles el cuello, pero en realidad nunca supo cuán cerca había estado de morir desangrado en una cueva.

CAPÍTULO XIII
Londres, Nueva York y Kenia, 1970-1972

La adolescencia es una etapa ya bastante difícil de por sí: añádase tener que vivir en la provinciana Nairobi sin poder salir del armario y esa etapa pasa de difícil a insoportable. Terence echaba de menos al mejor amigo que había tenido en Bedford, aunque no pudo experimentar nada con él, pues el chico era heterosexual; y, además, sabía que hablar con cualquiera acerca de sus sentimientos sólo le causaría vergüenza y humillación.

El verano posterior a su graduación, Terence consiguió un empleo en una galería de arte londinense propiedad de un amigo de su padre. Su rostro se había recuperado del «accidente», pero tenía el habla ligeramente afectada y las secuelas psicológicas nunca llegaron a desaparecer por completo. En su último año creció varios centímetros y pasó de ser un chico blando, mimado y desorientado a un magnífico y esbelto joven, aunque lo cierto es que aún estaba algo confuso. No tenía idea de cómo lo miraba la gente con la que se cruzaba por la calle, pero gracias a los ajustados pantalones de campana, unos abrigos de aire bohemio y el cabello rizado flotando sobre sus hombros, no tardó en acabar saliendo por los locales más punteros del *Swinging London*.[4]

Hasta que besó a un hombre por primera vez, no comprendió por qué había sentido esa vacío y falta de atracción hacia las chicas

---

4   Nombre alternativo dado por la revista *Time* a la revolución cultural conocida como *Swinging Sixties* por ser Londres su centro principal. *(N. del T)*

durante sus años de adolescencia. Se lanzó de cabeza a ese nuevo mundo e intentó recuperar el tiempo perdido mientras conocía a la flor y nata de la escena homosexual londinense.

Quedó prendado por la música que bullía en Gran Bretaña (aquellos fueron los años del auge de David Bowie y el *glam rock*), así que volvió a cantar, algo que adoraba hacer de niño. Por desgracia, nunca aprendió solfeo y no tenía talento para componer letras, así que las bandas para las que hizo audiciones prefirieron la mayor experiencia de otros músicos frente a su impresionante imagen. Pero todo eso lo acercó al mundo de la música, donde con su don de gentes se abrió paso hasta convertirse en ayudante de fotógrafo en sesiones fotográficas para portadas de discos.

No tardó en ganar dinero suficiente para compartir un apartamento con otros tres recién llegados, todos jóvenes, listos y guapos, y les escribió a sus padres para decirles que se había matriculado en la Universidad de Londres con la intención de hacer la carrera de Artes Plásticas y Diseño. Les contó cuánto sentía dejar atrás su hogar, pero de momento prefería vivir en el extranjero, como su hermana.

Por su parte, Amanda había seguido su nueva vocación y fue aceptada en la Universidad de Columbia, entonces la escuela de periodismo más prestigiosa del mundo, y mientras paseaba por las calles del Village y el Upper West Side, embebiéndose de la música, las imágenes y los aromas que brotaban de las ventanas de los apartamentos, flotaban en los escaparates o se componían en los parques, pudo ver en los rostros de sus compañeros de viaje que todo aquello formaba parte de la marea de cambios que había predicho.

Poco sabía, ni ella ni nadie, que esa contracultura habría desaparecido en apenas unos años; y a la mayor parte del mundo, incluidas las mayorías silenciosas de las grandes metrópolis, no le pudo importar menos.

Al final, el movimiento acabó absorbido por el mundo empresarial, que lo empleó para vender sus productos. Las protestas por los derechos civiles y en contra de la guerra de Vietnam concluyeron a mediados de los años setenta y casi todo, aparte de la música, hábitos sexuales o el empleo de drogas recreativas, volvió a la normalidad. No importa cuánto desearan los *boomers*, la generación de la explosión demográfica (o al menos una ruidosa minoría), que fuese de otro modo; la naturaleza humana no cambia, o no lo hace durante mucho tiempo.

* * *

Aunque las estaciones húmedas de los últimos años fueron muy lluviosas, en 1972 la ley de probabilidad se ensañó con los animales de las llanuras del África Oriental. La estación seca duró más de lo que podía recordar cualquier manada; sabían buscar los terrenos más frescos de las zonas altas, desde luego, pero incluso allí las hierbas estaban agostadas y los árboles resecos.

Los animales de las llanuras comenzaron a morir por millares y los elefantes no fueron una excepción, primero las hembras más viejas y débiles, cuyo peso caía de modo dramático, hasta hacerles perder la resistencia necesaria para mantener el paso de la manada.

Para un macho joven como Ishi (entonces tenía diez años, es decir, se hallaba en la cumbre de su adolescencia) aquella era su primera experiencia con una sequía tan prolongada y también comenzó a perder peso forzado, como estaba, a seguir una dieta consistente en cardos y sorbos de agua sucia y arenosa.

Les colgaba el pellejo por todos lados y sus almacenes de grasa estaban perdiendo, o ya habían perdido, docenas de kilos. Sucumbieron varias de sus ancianas y queridas tías, sus favoritas, y, presa del sopor de la inanición, sentía que tampoco él podría continuar. Pero al final continuó junto con el resto de la angustiada manada. Regresarían en la estación húmeda a enterrar los huesos de sus amigos.

No obstante, para eso habrían de sobrevivir a los tremendos incendios de la sabana, a una sucesión de infiernos que devastó el

África Oriental aquel año como nunca se había visto a lo largo de la última generación.

Los relámpagos cayeron a distancia suficiente para que el mar de demacrados moradores de la llanuras apenas los detectase. Cabía la esperanza de que las nubes trajesen lluvia, pero sólo proporcionaron más calor... y una etérea brisa vespertina. Después el cielo crepitó y estalló y las nubes chisporrotearon cargadas de electricidad. El olor a ozono atestó el aire.

De pronto los elefantes olfatearon aquella mala cosa. Miraron hacia el este, donde una nube mucho más oscura teñía entonces el sol de color rojo sangre.

Después la tierra retembló con la primera oleada de animales huyendo del sector este coronó un altozano dirigiéndose hacia ellos. Poco antes de que la estampida los superase como un vendaval, un muro de insectos barrió la manada y aquellos que volaban a menor altura se estrellaron contra los ojos de los elefantes, cegándolos temporalmente.

Los moradores de las llanuras pasaron llevándose todo consigo como un tsunami, aislando a Ishi de su clan sin darle tiempo a comprender nada.

Varios miembros no llegaron a oír las súplicas de Mami Blue o de las demás hembras, debido al estruendo de pezuñas, y así la manada se dividió dispersada en distintas direcciones por la incontenible fuerza de la estampida.

Me encontré solo en un bosquecillo y dejé que los demás animales me rebasasen. Miraba a mi alrededor pero no veía ninguna señal de mi manada. De hecho, entonces solo vi animales pequeños, serpientes y roedores escabulléndose aterrados, buscando desesperadamente un agujero providencial donde refugiarse. Los tres últimos moradores salieron a toda velocidad y, por una vez, corrieron en silencio para salvar la vida. Incluso los pájaros habían huido.

Volví a llamar a los miembros de mi clan. Nada respondió excepto el polvo asentándose despacio concluido el furor de las masas. Sentí un bien conocido escalofrío subiendo por mi vientre y comprendí su razón: me encontraba completamente solo; ninguna ayuda venía de camino. Pero ya casi había llegado a mi edad adulta e iba a tener que sobrevivir a todo eso solo.

De pronto una pavesa incandescente cayó sobre los árboles a mi alrededor y brotaron las llamas. Llovieron más ascuas y comenzaron a prenderse fuegos allá donde posaba la vista. Me puse a correr y esquivar en busca de un lugar donde esconderme, pero no había ninguno.

Me volví y vi un turbulento muro anaranjado acercándose, quizá a un minuto de distancia; la barrera se extendía a lo ancho de todo el horizonte. Presa del pánico, incluso creí que el fenómeno tenía voz, una pavoroso y airado gemido. Entonces cayó sobre mí una cortina de humo y apenas pude ver.

Corrí tan rápido como me permitieron las patas, ahogándome y dando bocanadas. Poco después me encontraba descendiendo una abrupta colina con el humo ascendiendo por ella.

La sabana extendida frente a mí estaba repleta de agonizantes moradores de las llanuras, caídos y pisoteados. Algunos arrastraban sus cuerpos destrozados con las patas delanteras, espectáculo que acrecentó mi desconsuelo y me hizo correr aún más rápido.

Cuando ya no pude correr más, me detuve para recuperar el aliento y al mirar a mi alrededor, con el corazón martillando en mi pecho, creí ver a un miembro de mi manada en pie, oculto junto a la base de una escarpadura, entre las sombras y los restos de un desprendimiento de rocas de un color oscuro similar al suyo. «Pero ¿por qué no me llama?», me pregunté.

Al acercarme vi que no pertenecía a mi clan; se trataba de un macho grande, viejo, con enormes colmillos y una actitud que rezumaba desdén. Ya lo había visto antes, en las reuniones de las estaciones húmedas, cuando durante unas semanas se permitía la presencia de machos adultos en las manadas; a este lo conocíamos por ser uno de los más díscolos y cascarrabias de nuestra especie.

—Señor Negrote —llamé—, no nos han presentado formalmente, pero su reputación le precede. Si supiera de algún lugar donde refugiarme, se lo agradecería.

Al acercarme vi regueros de fluido saliendo de sus sienes, señal de excitación sexual en los machos adultos. Eso no auguraba buen humor, pero en ese momento no me importaba demasiado. Quería conocer los trucos de un macho viejo para salvarme de una muerte cierta.

—¿Cómo te llamas y de qué clan procedes? —retumbó.

Aquél no era exactamente el mejor momento para establecer una conversación, pero respondí con la esperanza de ganarme su amistad:

—Nací en el clan de Ojo Rojo y, cuando falleció, mi madre se puso al mando. Se llamaba Madre Luna. Los dos patas los mataron a todos y a mí me adoptó el clan de Mami Blue.

Negrote parecía esforzarse por recordar aquellos nombres entre los cientos de clanes con los que se había encontrado a lo largo de su vida; después sacudió su enorme cabeza.

—Has tenido la desgracia de criarte con una de las hembras más miserables que he conocido jamás. Agresora. Desagradable, desagradable de verdad.

Su memoria estaba intacta, pero tuve la impresión de que algo en él no iba bien.

—Si quiere, le cuento alguna historia de ella —propuse—. Para entretenernos mientras esperamos.

—Dime, muchacho, ¿ya te han expulsado? Tienes pinta de abandonado, si no te parece mal que te lo diga. —Arrancó un puñado de hierba, lo golpeó contra la rodilla para limpiarlo de tierra y se lo llevó a la boca.

Miré por encima del hombro y vi un muro de fuego rugiendo a pocos cientos de metros de allí. Después comenzó a golpearnos el calor. Negrote apenas parecía advertirlo.

—No, todavía no me han expulsado, señor, pero de momento he perdido a mi clan y me estoy poniendo bastante nervioso. ¿Va a quedarse aquí o tiene pensado ir a alguna otra parte?

Oí la voz de otro macho llamar petulante desde algún lugar detrás de Negrote.

—¿Con quién habla? ¡Vamos dentro antes de que sea demasiado tarde!

Negrote se volvió y atravesó con la mirada al malhechor, un macho joven un poco mayor que yo.

—¡Tú no te mees encima! Si tienes que irte, vete y métete dentro. Ahora mismo estoy recibiendo a un nuevo miembro de este pequeño clan nuestro. Sus tiítas lo han abandonado. —Dio me media vuelta y me observó con mirada inquisitiva—. No recuerdo... ¿Ya me has dicho cómo te llamas?

—Me temo que olvidé hacerlo, señor. Me llamo Ishi. Eso también se lo explicaré, pero creo que deberíamos "entrar ahí" cuanto antes. —Comenzaban a llover pavesas y una nube de humo ardiente y tóxico avanzaba hacia nosotros.

Negrote suspiró y se metió entre los peñascos arrastrando los pies.

—Ven conmigo, chaval. Con nosotros estarás a salvo.

Lo seguí por un ventoso pasaje abierto entre las rocas que terminaba en la base de la escarpadura. Allí vi a otros cinco machos jóvenes esperando ansiosos, sus edades variaban entre los diez y los veinte años, más o menos. En ese momento todos dieron media vuelta y se metieron en una apertura subterránea; entonces vi que se trataba de una cueva.

Cuando mis ojos se habituaron a la oscuridad, vi a muchos otros moradores de las llanuras dando vueltas por la fresca y cavernosa estancia. Se apartaron al entrar nosotros, dirigiéndonos a la pared más alejada. Allí nos volvimos y encaramos la entrada con aire expectante.

Apenas un instante después la luz del exterior adquirió un brillante tono anaranjado y pudimos oír el silbante rugido de la malevolencia al pasar sobre nuestro escondite. Nadie hizo el menor ruido.

Y así, de un modo tan inesperado, comenzó un nuevo periodo de mi vida. Se pedía a los machos abandonar la manada en cuanto eran capaces de montar a una hembra; lo sabía desde siempre y, desde luego, ya lo había visto alguna vez. Ese es el momento más traumático en la vida de un joven. Por eso no resultaba sorprendente que aquella pequeña manada de solteros fuese una colección de machos perdidos y amargados siguiendo a un viejo chiflado con el fin de tener compañía y protección en un mundo solitario y peligroso.

Decidí quedarme con ellos de momento; podría acompañarlos en su viaje hasta encontrar señales de mi clan.

Caía la noche cuando nos aventuramos a salir. Caminamos por la tierra abrasada, entre la negrura se abrían brillantes parches rojos y el aire apestaba con un olor acre y punzante. Comprendí que habríamos de viajar varios días para encontrar pasto y que para entonces ya habría desaparecido cualquier rastro olfativo de mi clan. Detectaría el olor de sus evacuaciones en cuanto llegásemos a un terreno que no hubiese ardido y, por mi parte, esperaba ser lo bastante inteligente para seguir el sendero tomado por Mami Blue. De otro modo, quizá tardase muchas estaciones en volver a verlos... si es que llegaba a verlos alguna vez. Pensar en esa posibilidad me cortaba el aliento. ¿Me dejarían atrás de nuevo?

Cuando el sol se alzó sobre aquel desolado paisaje, reconocí a uno de los jóvenes machos como un viejo compañero de juegos de mi infancia. Resultaba excitante tener a alguien que me conocía de aquellos tiempos, pero en cierto modo también era un poco extraño... Pertenecía a la familia de Agresora y marchó con su clan cuando la expulsaron. Habíamos sido buenos amigos hasta aquel aciago día, pero admitió que no le cabía duda de que Agresora hubiese perpetrado el delito que se le imputaba, así que no tardamos en superar la distancia abierta entre nosotros. Entonces el joven respondía al nombre de Regato. La razón de su nombre se debía al hecho de que era incapaz de impedir que gotease orina al caminar. Tenía un buen par de colmillos para su edad, aún más grandes que los míos, pero no podía tener celos de alguien con tan noble espíritu.

Su clan familiar tuvo la fortuna de sobrevivir indemne; sus tragedias correspondían a los patrones habituales, como la muerte ocasional de algún ser querido, pero nada que supusiera un cataclismo. Agresora los llevó al territorio extendido bajo la montaña coronada de nieve y allí habían prosperado. Pero ella sólo sobrevivió a una estación húmeda como matriarca; la mató una flecha disparada por un dos patas apenas mayor que un niño; al parecer los días de agonía que padeció hasta su muerte fueron espantosos. Incluso yo me conmoví al saber de sus padecimientos.

Regato tuvo noticias del final de mi clan y se emocionó mucho al saber que había sobrevivido; el resto de los clanes asumió que de los miembros de mi manada no quedaban sino los huesos, pero ahí estaba yo.

Para entonces ya comenzaba a conocer a los demás solteros, aunque ninguno se mostraba aún demasiado amistoso; por su parte, Negrote mantenía una actitud muy reservada mientras nos dirigía hacia la difuminada línea de colinas sanas situadas a pocos días de marcha.

Le conté a Regato cómo había perdido a mi clan adoptivo y le hablé de mi confianza en encontrar su rastro para reunirme con él. Cayó en un extraño silencio. Lo mismo hicieron los otros machos. Todos parecían temerosos del receloso temperamento de Negrote.

—¿Así que vas a buscar a tu clan? —preguntó, dirigiéndose a mí—. ¿Qué clan? ¿El que te abandonó ayer frente a las garras de la muerte? ¿El que, créeme, volverá a abandonarte sin dudarlo en el momento en que seas un poco demasiado maduro para su gusto? ¿Ese clan?

Hubo un coro de asentimientos y los demás solteros agitaron sus trompas, después Negrote retomó la marcha. Me sentí tonto e insignificante.

—Sabes que estabas a una estación o dos de que te expulsaran, ¿verdad? —dijo Regato en voz baja—. Bien lo sé yo. Solo soy una estación mayor que tú y mi madre ya ni me dirigía la palabra. —Se quedó allí con la orina goteando por sus cuartos traseros—. Quizá tuvo que ser así... Dejarte atrás para que nos encontrases. Quizá todo fuese una señal.

—¡No me dejaron atrás! —bramé. Cerré los ojos, angustiado, roto por el amor que sentía hacia mi clan... Y por la sensación no admitida de que a buen seguro ya estaba llegando ese momento. Pero Mami Blue y las demás hembras ni siquiera eran parientes míos. ¿Por qué iban a hacer una excepción conmigo?

He visto a otros machos vagar alrededor de sus clanes durante semanas, merodeando penosamente por los aledaños, ignorados con total frialdad por su madre y sus tías, e incluso por los compañeros de juego que aún no habían cumplido su edad. Y después, una mañana, ya no estaban. No era algo por lo que hubiese querido pasar.

Quizá fuesen ciertas las palabras de Regato. Quizá se tratase de una señal... Y yo había andado como un sonámbulo a través de la realidad que estaba a punto de materializarse. Quizá lo mejor que podía hacer era viajar con este clan, completar mi transición a la edad adulta y evitar el desolador disgusto de tener que rastrear a los míos... Sólo para descubrir que ya no era bienvenido entre ellos.

«Sí, puede que las cosas sean así», pensé. Lamentaría la pérdida de mi clan mientras viajaba con la manada de solteros. Pero iba a lamentar aún más la pérdida de mi juventud, aunque eso aún no lo sabía.

CAPÍTULO XIV
Tanzania, Londres y Manhattan, en la actualidad

Los medios se mostraron entusiasmados con la idea de Brandeis, tal como había predicho. ¿Cómo podían dejar pasar una historia tan interesante? Seguir a un viejo elefante a través de miles de kilómetros de territorio desconocido y peligros sin cuento en su intento por encontrar su camino de regreso al hogar para morir... Era un relato trágico, tenía suspense y se podía extender durante unas cuatro semanas. Material de primera para los programas de telerrealidad. Una vez la historia perdiese interés, Brandeis supuso que podría exportarla al resto del mundo.

Merecería la pena invertir en avanzadillas dedicadas a despejar cualquier obstáculo que el elefante pudiese encontrar en su camino, en exploradores con órdenes de escoltarlo e impedir que alguien le hiciese daño, y en sobornos para los gobiernos de los países cuyos territorios atravesara el circo mediático.

Todo eso iba a suceder a no menos de un kilómetro y medio o dos del protagonista, que se suponía ignorante de estar siendo seguido y guiado con sutileza, y lo retransmitirían a lo largo y ancho del mundo mediante cámaras ocultas en árboles o colocadas en helicópteros a más de seiscientos metros de altura. No sólo rendiría millones de dólares a las organizaciones provida salvaje de todo el mundo, también ayudaría a transformar la percepción del público acerca de los apuros que sufrían los animales salvajes en un mundo cada vez más pequeño.

Toda esta genialidad dependía, por supuesto, de que las cosas evolucionasen según el plan previsto.

«Los últimos cincuenta kilómetros hasta la frontera entre Zambia y Tanzania (y la superación de la propia frontera) van a ser problemáticos», pensó Westbrook dejándose caer sobre la cama de su autocaravana, dispuesto a disfrutar de la primera noche de sueño completa que había tenido en días. Pero a partir de ahí el viaje sería más sencillo: la mayor parte de los casi mil kilómetros a través de Tanzania hasta la frontera con Kenia discurrirían a lo largo de parque nacionales y regiones lacustres, y no zonas pobladas que requiriesen cortes de tráfico y control de las interacciones humanas.

El único problema era que el elefante prefería viajar de noche. Hacia el mediodía encontraba un lugar a la sombra donde tumbarse y volvía a ponerse en marcha al atardecer, lo cual implicaba una gran cantidad de tiempo libre.

Eso los llevaba a plantearse preguntas importantes con la esperanza de encontrar unas respuestas que lo explicasen todo. En primer lugar, además del evidente deseo de regresar a su lugar de nacimiento, ¿buscaba a su clan original? Y, en segundo lugar, si hace cincuenta años se había criado con humanos en el Tsavo, ¿estarían vivas esas personas? Westbrook puso a Rebecca a investigarlo; a la mañana siguiente, ella regresó con varias respuestas.

La familia en cuestión era la de un famoso cazador blanco, compuesta por su esposa y sus dos hijos. Jean Hathaway había abierto uno de los primeros orfanatos en África hacia 1962 y obtuvo su fama por haber sido la primera persona en criar con éxito a una cría de elefante y devolverla a su hábitat natural años después. Si, por alguna asombrosa coincidencia, esa cría era aquel macho, entonces la historia aún sería mucho mejor.

Rebecca encontró a Russell Hathaway, entonces un paisajista de ochenta y siete años asentado a las afueras de Londres, y, gracias a una búsqueda en Google, a uno de sus dos hijos, la chica, que por suerte había recuperado el apellido de soltera tras su divorcio. Amanda Hathaway, de sesenta y tres años, era una célebre periodista y autora también asentada en Inglaterra. Al parecer, Jean y su hijo Terence habían fallecido años atrás. Rebecca prometió regresar con más detalles.

Obviamente, Brandeis quería embarcar a los miembros de la familia en un vuelo a Kenia para que estuviesen presentes a la llegada del elefante. Si el macho los reconocía después de todos esos años, la audiencia estallaría en llanto. «Si conseguimos encajar todas las piezas, va a ser un espectáculo desgarrador», reflexionó Westbrook durante una llamada a Brandeis, en Nueva York. Y estaba bastante seguro de que todo saldría bien, pues entonces ya creía en el viejo dicho: La mujer y el elefante nunca olvidan.

Aquel atardecer, al levantarme, el dolor de mi hombro era lacerante. Ese era el tercer ocaso desde que los dos patas me curasen; pude oler su presencia en mi piel al recobrar el conocimiento y supe que habían intentado ayudarme. Bien conocía sus métodos, tenía sobrada experiencia con ellos; lo cierto es que había vivido con bastante comodidad entre los más amables de su especie. Pero esta herida es profunda, nauseabunda y parece tener vida propia.

Aunque me daba miedo admitirlo, sentí que podría ser el principio del fin. Si esto no mejora pronto, quizá mis noches estuviesen contadas. Pero tuve una visión acerca de mis últimas horas de vida y en ella no vi este paisaje árido y desolado. No, pienso continuar caminando hasta que la visión se materialice delante de mí.

He advertido varias cosas interesantes acerca de esos dos patas que han venido con sus animales de mentira. Reconocí sus olores en el sendero abierto al frente; mantenían la distancia a pesar de saber de mi presencia. Dejaban a su paso hierba fresca y verduras para que las encontrase y consumiese, del mismo modo que me habían dado la comida en todos los lugares en los que había vivido con los dos patas. Por último, en lo más profundo de mis oídos, percibí una vibración reconocible, pero la causa no era visible para mis viejos ojos y nublada visión. Supe que la vibración procedía de un pájaro de mentira que estaba arriba, muy alto. Durante los últimos tres días, había estado allí casi continuamente. Me vigilaba, lo supe entonces.

CAPÍTULO XV
Nueva York, 1974

«En casi todas las vidas llega un momento en el que se toma una elección que lo cambia todo», pensó Amanda muchos años después. El camino no escogido, el valor para hablar o permanecer en silencio frente a un matón, la carrera elegida o abandonada, el amante aceptado o rechazado... la decisión y sus efectos sólo son evidentes tiempo después. Y no hay modo de retroceder y cambiarla. Para bien o para mal, el curso de una vida queda fijado a partir de entonces.

Amanda vivió ese momento al conocer a un joven barbudo y carismático y saber en cuestión de minutos que sería el primer gran amor de su vida. Cursaba su penúltimo año de carrera y cautivada por la ciudad; y ya había florecido la belleza que hasta entonces dormía dentro de ella. Estaba en la lista del decano[5] y, de vez en cuando, colaboraba con las revistas *Esquire*, *Cream* y *Rolling Stone* escribiendo pequeños artículos que esperaba la llevasen a la publicación de otros, más importante, tras su licenciatura.

El chico asistía como oyente a una popular serie de conferencias cuando lo conoció; más tarde sabría que ni siquiera estaba matriculado en Columbia, pero ese detalle casi lo hacía más interesante. Ariel Levine era cinco años mayor que ella y fue el primer

---

5   Literalmente, *Dean's List*; es un importante premio o distinción académica concedido a los estudiantes. *(N. del T.)*

amante que tuvo fuera de su clase. Tenía una belleza morena, de herencia judía, aunque se encontraba muy lejos de ser un creyente.

También fue el amante más experimentado de los que había tenido y le mostró modos de disfrutar la intimidad muy adelantados para su edad. Hacían escapadas de fin de semana en tren al norte del Estado y hacían el amor a menudo y con ansia en bosques, casas de amigos y comunas; experimentaron en muchas ocasiones con los alucinógenos de moda... Psilocibina, LSD y mezcalina (este era el favorito de Amanda, pues no tenía efectos negativos como náuseas o aterradoras y oscuras pérdidas de conexión espaciotemporal). El intenso vínculo obtenido en esos «viajes» los unió tanto que casi asustaba.

Compartía con ella una de las pasiones de su vida: su entusiasmo por los animales era de una proporción casi extrema. Siempre tenía junto a él a su pastor australiano (Max esperaba paciente allá donde fuesen, sin necesidad de correa) y, además, el estilo de vida de Ariel era similar al suyo: vegetariano, nunca vestía prendas elaboradas con pieles (como el cuero) y rechazaba de plano todo tipo de cautividad animal. Difería de Amanda en que pertenecía a un grupo a favor de los derechos de los animales del que era cofundador junto a un puñado de amigos con pareceres similares. Su pasión, basada en los grupos radicales que comenzaban a surgir en Europa, bordeaba lo mesiánico. Ella no tardó en hacerse miembro, manifestándose frente a las tiendas de la Quinta Avenida («Tu visón murió lanzando chillidos de agonía»), en zoos («Habéis venido a apoyar una prisión de máxima seguridad») y después graduándose en lanzamiento de pintura roja sobre las pieles de las mujeres maduras que paseaban por Park Avenue y en infiltrarse en desfiles de moda para saltar a las pasarelas y salpicar a las modelos cubiertas de pieles.

Durante los años posteriores, su modelo de actuación inspiraría a grupos como el Frente de Liberación Animal y, con el paso del tiempo, a PETA, una versión más amable y comercial de sus predecesores. Pero en 1974 no había un modelo del que aprender; todo se reducía a un intuitivo sistema de ensayo y error. Eso unió a los dos amantes en un intenso y apasionado compromiso y hasta pasado un tiempo Amanda no comprendió que ella era la seguidora y él el dirigente. Aquello casi era un culto. Años después se juró no volver a ceder su poder de ese modo, pero antes tuvo que aprender la lección por las malas.

El almacén se encontraba en un callejón sin salida de una mugrienta zona industrial a las afueras de Trenton, Nueva Jersey, que dominaba un pantano. Los cinco miembros del grupo lo habían explorado durante una semana en equipos de dos cubriendo turnos de doce horas hasta aprender las rutinas del lugar con absoluta precisión. Los «científicos», en realidad técnicos con pretensiones, llegaban cada noche a las nueve y salían a las seis dejando en el lugar a un vigilante desarmado para cuidar del laboratorio de investigación y sus habitantes: ratas, monos, gatos y perros utilizados para probar los efectos secundarios de productos elaborados por una multimillonaria empresa de cosméticos.

Ariel le explicó a Amanda qué implicaban las «pruebas»: retener a los animales por la fuerza y después rociarles los ojos con disolventes o hacerles tragar componentes de un perfume para ver qué efectos podrían tener los productos químicos. Grabarían los chillidos, aullidos, retorcijones y convulsiones de los animales. Y luego, después de administrarles una dosis letal de estricnina vía intravenosa, les practicarían la vivisección. Al final los cremaban.

Para Ariel, aquello era la tortura y el asesinato de criaturas sensibles e inocentes para el beneficio la vanidad humana y nada más. Bastante mala era ya la investigación médica, aunque uno podría argumentar que al menos esos animales morían con el fin de hallar curas para ciertas enfermedades. Los laboratorios cosméticos le hacían hervir la sangre y le llenaban los ojos de lágrimas; estaba convencido de que los humanos implicados en el proceso deberían sufrir la misma muerte lenta y dolorosa.

Según el plan trazado, Amanda debía distraer al guardia en la puerta de doble cristal mientras los demás miembros del equipo aguardaban en la entrada de servicio situada en la parte trasera, una puerta metálica enrollable situada a unos sesenta metros de distancia y separada de la entrada frontal por varias paredes. El guardia podría desconfiar de que a las dos de la mañana se presentase una chica bonita pidiendo ayuda para resolver problemas mecánicos en medio de un polígono industrial, pero al menos le haría el favor de llamar por teléfono, eso si no le abría la puerta y la dejaba entrar. En cualquier caso, la treta proporcionaría al resto del equipo tiempo suficiente para entrar y comenzar a liberar animales. Respecto a los monos, el plan consistía en almacenar sus jaulas en una de las dos furgonetas y hacer un viaje en coche de tres días hasta Luisiana, donde Sammy el Cajún, el inconformista de instituto del grupo y esbirro *de facto*, los soltaría en sus lugares favoritos del viejo *bayou*.[6]

Amanda le hizo prometer a Ariel que, pasase lo que pasase, no habría violencia. A veces sus poderosas emociones la preocupaban, pero aún no era lo bastante madura para ver con claridad el efecto hipnótico que ejercía sobre ella... y sobre los demás miembros del grupo.

Al principio todo discurrió según lo previsto, pero en contadas ocasiones un plan se desarrolla sin contratiempos, no importa lo bien que se haya preparado. Hacía un tiempo ideal (una espesa niebla surgió del pantano cubriendo el polígono en silencio) y el guardia, un cincuentón eslavo, bajo y con sobrepeso, se tragó la actuación de Amanda sin dudarlo. En cuestión de segundos, la chica se encontraba con él en la oficina de ingreso, donde llamaron a una gasolinera abierta las veinticuatro horas, pero no tenían a ningún mecánico de servicio. Él, un caballero amable, simplón y presumido, le pidió que lo llevase hasta el coche; le dijo que sabía algo de mecánica y quizá pudiese arrancarlo.

---

6   En este caso, región del sur de Luisiana conformada por los brazos y meandros del Misisipí. *(N. del T.)*

Al salir e internarse en la niebla, consciente de que no había ningún coche al que llevarlo, fingió estar totalmente desorientada y deambuló alejándolo de la parte trasera del edificio. De pronto, el guardia se volvió e iluminó la instalación con su linterna creyendo haber oído algo. Palabras en voz baja. Ruido de animales, estaba seguro. El haz de luz rebotó en la niebla; le susurró a Amanda que se quedase allí mientras iba a investigar. Ella, en pleno ataque de pánico, le habló lo bastante alto para alertar a sus compañeros.

—¡No me deje aquí, por favor! Me da miedo.

Las voces cesaron, pero entonces llegó a ellos el inconfundible chillido de un mono. El guardia se volvió hacia Amanda, que en ese momento comenzaba a retroceder, y comprendió qué estaba pasando.

—¡¿Estás metida en esto?! —exclamó, y regresó a la oficina de recepción corriendo.

Ariel y Sammy el Cajún le cortaron el paso en la puerta. El hombre hizo ademán de sacar su defensa, pero entonces se dio cuenta de que estaba desarmado y profirió un grito.

—¡Por favor, no me hagáis daño! ¡Yo sólo trabajo aquí! No tengo nada que ver con…

Sammy lo sujetó con una llave mataleón y le aplastó la cara contra el suelo de cemento. Ariel avanzó un paso y espetó:

—¿Dónde he oído eso antes? —Y luego, imitando el acento alemán, añadió—: Yo sólo cumplía *órrrdenes*.

Amanda llegó y observó la escena preocupada mientras Sammy le ataba al hombre las manos a la espalda y después lo ponía en pie.

—Vas a tener que quedarte ahí sentado, abuelete —dijo, empujando al guardia hacia el interior y colocándolo sin miramientos en una silla; luego arrancó el cable telefónico de la pared y lo empleó para sujetar al eslavo al asiento, entonces temblando visiblemente. Sangraba por la nariz y tenía una pequeña abrasión en la frente en el lugar donde había hecho contacto con el cemento; por lo demás, parecía encontrarse bien.

Quizá se tratase de una emoción fuera de lugar, pero, mientras acompañaba a Ariel y Sammy hasta la puerta para concluir la liberación de los animales, sintió una oleada de culpabilidad por haber manipulado y traicionado a ese amable y mal pagado guardia. Una radical pura y dura no tendría tales remordimientos, lo sabía, pero allí, en ese momento, se dio cuenta de que no estaba hecha para esa vida.

Apenas un momento después ya fue demasiado tarde para tan frívolas reflexiones. De pronto, un coágulo en la arteria descendente anterior izquierda del asustado, obeso y enfadado hombre de cincuenta y dos años, con una ateroesclerosis no diagnosticada, obstruyó por completo la ramificación y el guardia se inclinó hacia delante agonizando mientras intentaba gritar pidiendo ayuda, pero a través de sus apretadas mandíbulas sólo brotó un gruñido. Su oídos pitaron con un silbido agudo y abrumador que cesó al cabo de unos instantes para ser reemplazado por un suave y cálido suspiro cuando el corazón dejó de enviar sangre al cerebro. Segundos más tarde se encontraba inconsciente y sin pulso.

El grupo concluyó su tarea, le echaron un rápido vistazo a través de las puertas de cristal y supusieron que tenía la cabeza caída porque se había quedado dormido. No fue hasta pasados un par de días cuando uno del equipo, Jeffrey Southcott (un fondo fiduciario era su principal fuente de ingresos), entró con un número el *New York Post* y una mirada de espanto en el apartamento de Ariel situado en el East Village.

La policía de Nueva Jersey y el FBI seguían el rastro de un grupo animalista por el asesinato de un guardia de seguridad perpetrado en las instalaciones de un centro de investigación médica en la ciudad de Trenton, Nueva Jersey. Habían encontrado a Damek Radovan Zornow muerto después de que sus asesinos lo atasen y golpeasen durante el allanamiento del laboratorio y la liberación o robo de todos los animales empleados en las pruebas. Se ofrecía una recompensa de cincuenta mil dólares por cualquier información que llevase a la detención y condena de los cuatro hombres y una mujer vistos abandonando la escena del crimen a bordo de dos furgonetas Ford Econoline. Una cámara de vigilancia del polígono industrial había grabado a los vehículos entrando y saliendo del polígono; a pesar de que los sospechosos habían ocultado las matrículas, las autoridades confiaban en tenerlos bajo custodia en cuestión de días.

El impacto de la noticia golpeó a Amanda con tanta fuerza que se mareó y tuvo que sentarse; de sus ojos brotaron lágrimas de pánico y angustia. Toda su vida, su futuro, estaba en peligro debido al error más estúpido de su vida.

Fuesen cuales fuesen sus sentimientos, Ariel daba la impresión de no estar preocupado; esos payasos no tenían manera de dar con ellos, afirmaba, simplemente debían mantener un perfil bajo. Encontrar un lugar seguro hasta que las cosas se calmasen. Juntos se metieron en esto y juntos saldrían del atolladero. Sammy el Cajún estaría a salvo en cuanto llegase a Luisiana; el heredero Jeffrey iría en coche hasta la casa de verano que su familia tenía en Maine; el experto científico Peter iba a tomar un tren hasta San Francisco y alojarse con su hermano; y Amanda y Ariel pensaban quedarse en Catskills, en la cabaña de unos amigos simpatizantes. Prometió que todo habría pasado en cuestión de semanas.

Pero Amanda sabía que no pasaría y su opinión acerca de Ariel y su plan estaba experimentando un rápido cambio. En la cabaña comenzó a ver por primera vez cómo era de verdad y eso la impresionó. Supo que les quedaba poco tiempo cuando las telediarios nocturnos de los canales locales emitieron la noticia. Las autoridades afirmaban estar al tanto de sus identidades, aunque no harían pública esa información hasta tenerlos bajo custodia. Ariel se mofaba, pero ella sabía que no era un farol. Les estaban dando caza, sólo era cuestión de tiempo.

Las noches de Amanda transcurrían largas y repletas con los sueños más intensos de su vida; sus días consistían en una sucesión de horas que se arrastraban como si la gravedad terrestre se hubiese triplicado. Daba largos paseos con Max por el espeso bosque que rodeaba la cabaña intentando trazar un plan para huir de aquella pesadilla. El mes de octubre tocaba a su fin y apenas se había dado cuenta del asombroso follaje otoñal.

Bien sabía qué hacer, pero antes debía reunir la determinación para justificar sus actos y llevarlos a cabo. Al día siguiente se ofreció a bajar al pueblo para comprar verduras; según dijo, estaba empezando a tener claustrofobia. Ariel, presa de una depresión, aunque lo negase, gruñó su acuerdo.

Condujo los siete kilómetros que la separaban del pueblo. Miró a su alrededor en la solitaria gasolinera para asegurarse de que no la había seguido nadie y se metió en una cabina telefónica. Conocía, a través de un amigo, a un abogado neoyorquino que había defendido a varios radicales en casos graves. Le contó su historia en cuanto lo tuvo en línea y él aceptó encontrarse con ella si regresaba a la ciudad. Le dijo que había una manera de sobrevivir a todo aquello, pero habría de actuar con absoluta normalidad hasta poder escapar de la cabaña. No te despidas ni dejes una nota. Simplemente desaparece.

Aquella noche le hizo el amor a Ariel con una dulzura que no había sentido desde sus primeras noches juntos. Ariel, al darse cuenta de que lloraba mientras yacían en la cama, la estrechó contra sí susurrándole que todo iba a salir bien. Al oírlo, Amanda sollozó aún con más fuerza.

La tarde siguiente salió a dar su paseo diario por el bosque, en esta ocasión sin Max, y continuó caminando hasta llegar al pueblo. Allí hizo autostop para salir de las montañas; aquella noche durmió en un parque. A la mañana siguiente fue a dedo hasta la ciudad.

«Parece un personaje de una novela de Tolkien», pensó al encontrarse con el abogado en un café del centro. Era un hombre de poco más de metro y medio de altura, con cabello y barba plateados que vestía con capa y se ayudaba de un bonito bastón. Meyer Goldman no se parecía a ningún hombre que hubiese conocido antes, pero su evidente genialidad y su frenética energía lograron, de alguna manera, calmarla.

Ya se había puesto en contacto con el fiscal del distrito, y este le había propuesto un trato preliminar; tendría una buena oportunidad de evitar la cárcel si su confesión era sincera y los llevaba hasta el cabecilla. También debía testificar acerca de todo lo acontecido y después habría de abandonar el país. A cambio de su testimonio, se retirarían todos los cargos en su contra, pero la deportarían con discreción y para siempre.

Amanda deambuló por las calles de Manhattan con el corazón roto tras mantener aquella reunión. No sólo iba a traicionar a su amante; jamás volvería a caminar por aquellas palpitantes, sucias y magníficas calles que tanto amaba. «Hay que ver cómo unas cuantas decisiones pueden poner nuestras patas arriba», pensó con amargura.

Regresó al apartamento en el Village, un cuarto piso sin ascensor, y se sentó bajo la mortecina luz hasta reunir suficiente valor para llamarlo. Le confesó a un nerviosísimo Ariel que había huido de la cabaña debido a la depresión, la confusión y el miedo, y que entonces, de nuevo en la ciudad, lo lamentaba terriblemente. Admitía haber realizado un movimiento peligroso, estúpido y arriesgado y deseaba tener una segunda oportunidad. ¿La aceptaba? ¿O quizá le pareciese mejor regresar al Village? Nadie vigilaba el apartamento y todo parecía tranquilo…

Los agentes del FBI que se reunieron con ella a la mañana siguiente en el despacho de Meyer Goldman fueron comprensivos, o al menos eso aparentaron. La autopsia preliminar del guardia de seguridad coincidía con la declaración realizada por Amanda frente a Goldman; es decir, no lo habían golpeado o tratado con saña. La causa probable de muerte fue una apoplejía o un infarto, aunque a pesar de eso aún les podrían acusar de homicidio imprudente.

Basándose en el mapa que dibujó, concretaron el mejor lugar para detener a Ariel, un sitio donde se requiriese la fuerza mínima y no le ofreciese oportunidad de escapar. En realidad, le dijeron, con todo eso bien podría estar salvando la vida de su amigo, pues estaría desarmado y en campo abierto; en cualquier otro escenario, la situación sería muy diferente.

Amanda aceptó el plan, firmó la oferta del fiscal del distrito y volvió en coche a Catskills acompañada por una pequeña escolta.

A cinco kilómetros del pueblo la colocaron en una furgoneta Volkswagen conducida por una agente con aspecto de acabar de salir de Woodstock. La agente dejó a Amanda en la gasolinera y se fue.

Amanda llamó desde la misma cabina y sus anfitriones, una pareja de apenas treinta años, acudieron a recogerla una hora después. Al llegar parecían estar pendientes de todos los coches y rostros que veían por las cercanías. Una vez a bordo de su destartalado Volvo, se mostraron mucho menos amables que antes de su marcha. La dejaron salir al llegar a la cabaña y entraron sin apenas dirigirle la palabra. Comprendió que antes sólo habían fingido amistad; entonces mostraban su verdadera naturaleza. Rezó para que Ariel no hubiese cambiado como ellos y que aún estuviese de su lado.

Se mostró algo indiferente al verla, pero a la hora de la cena ya había recuperado su proverbial seguridad; los cuatro se colocaron fumando hachís y tuvieron un extraño almuerzo. La actitud de los anfitriones hacia ella la ponía nerviosa, pero le proporcionó la excusa perfecta para pedirle salir a dar un paseo juntos. Quería hablar con Ariel a solas.

Salieron de la cabaña con la puesta de sol y Max brincando por el frondoso prado que llevaba al bosque. El corazón de Amanda martillaba tan fuerte que a punto estuvo de desistir, pero al ver a la primera figura salir de entre los árboles supo que era demasiado tarde. Max comenzó a ladrar con ferocidad y en cuestión de segundos aparecieron más agentes tras ellos y a ambos lados. Ariel perdió el aliento con un gruñido al comprender la situación. Se desenfundaron armas y unas voces gritaron, ordenándoles ponerse cuerpo a tierra; en ese momento Max se colocó junto a su amo intentando protegerlo.

—¡No le hagáis daño al perro! ¡Por favor, no le hagáis daño! —chilló Ariel. Una manta cayó sobre el animal y dos agentes lo sujetaron bajo ella. Amanda les había hecho prometer que neutralizarían a Max sin recurrir a la violencia.

Los esposaron, les leyeron sus derechos y unos coches cruzaron el prado a toda velocidad en su dirección. Los colocaron en vehículos distintos; sorprendentemente, Ariel le dedicó una mirada de profundo arrepentimiento antes de que se cerrasen las puertas.

Tardó días en comprender que Amanda lo había entregado. Intentó contactar en varias ocasiones desde la prisión donde se encontraba a la espera de juicio, pero ella no fue capaz de responder. Cinco meses después Amanda casi se desmayó abrumada por la culpa y el remordimiento mientras aguardaba en el abarrotado pasillo del palacio de justicia. Le dijo en voz baja a Meyer que no podía continuar.

Goldman la llevó a una de las salas adjuntas junto con una fiscal, Greta von Helling, a quien Amanda había conocido cuando ensayaron su testimonio. Tomaron asiento en la mesa de reuniones y Meyer habló con tono pausado, pero enérgico.

—Amanda, quizá lo consideres un gesto muy noble, pero si te retractas ahora, destruirás tu vida. La señora Von Helling, aquí presente, se verá obligada a presentar cargos contra ti y cumplirás un mínimo de cinco años de prisión... Pasados los cuales serás deportada. ¿De verdad es eso lo que quieres?

Amanda comenzó a llorar. La señora Von Helling se inclinó hacia ella y le tendió una mano.

—Señorita Hathaway, no quisiera ver cómo arruina su vida por ese tipo. El señor Levine lo ha orquestado todo y usted sólo es una víctima involuntaria. Además, él irá a prisión aunque usted rechace nuestro trato. Por favor, no deje que le haga eso.

Pocos minutos después la acompañaron a la sala el tribunal y Amanda se subió al estrado. Ariel estaba junto a su abogado de oficio lanzándole miradas amenazadoras, pero ella nunca lo miró a los ojos, ni siquiera cuando le pidieron que lo señalase. Abandonó la sala en cuanto concluyó su testimonio y al día siguiente se encontraba en un avión con destino a Londres.

CAPÍTULO XVI
Kenia y más allá, 1974-1977

Aquella Navidad, Kamau regresó a su casa desde Nairobi. Estaba a punto de graduarse y tenía múltiples ofertas para trabajar como veterinario en empresas privadas si así lo deseaba, o desempeñar un cargo en el Departamento de Vida Salvaje. No tenía dudas de qué camino habría de seguir, pues quería trabajar con animales salvajes, además de participar en el nuevo Gobierno, aunque eso implicase un salario menor.

Además, y por primera vez en su vida, se había enamorado; se trataba de una muchacha kikuyu, inteligente y discreta, hacia la que había maniobrado con destreza hasta convertirse en su compañero de estudios en el tercer curso de biología. Era la chica más bonita que había visto en su vida (podría tratarse de limerencia[7], pero en el caso de Makena, era la chica más deseada de la clase) y terminaron comprometiéndose. Fue una situación difícil para los padres de Makena, más instruidos y occidentalizados que los de Kamau, pero al final terminaron aceptándolo al ver a su hija tan feliz y enamorada, y porque Kamau era tan respetuoso, inteligente y amable que sin duda estaba destinado a disfrutar de un excelente futuro.

Durante una suntuosa cena celebrada en Salisbury la noche que llegó Kamau después de visitar a sus padres en la aldea, Jean

---

7   Término empleado en psicología para designar un estado mental involuntario resultado de una atracción romántica por parte de una persona hacia otra (N. del T.)

y Russell le dijeron con mucho tacto que Ishi había desaparecido. Nadie lo había visto en más de un año y les preocupaba que lo hubiesen matado; mostrarse tan amistoso con los humanos podría haber sido su perdición. Se había detectado a su manada adoptiva en Amboseli, pero Ishi no es encontraba en ella. Eso ya era de por sí un dato alarmante, pero aún peor era que tampoco lo hubiera encontrado la media docena de cazadores blancos asentados en Kenia y Tanganika que lo conocían de vista.

Kamau quedó descorazonado al oír las noticias; el vínculo entre ellos era tan fuerte que casi se asemejaba a una relación entre humanos. Disponía de dos semanas antes de su regreso a la universidad y pensaba invertir buena parte de ese tiempo intentando encontrar a su querido amigo o, al menos, sus restos.

Russell pidió un avión y un piloto a Lord & Stanley para que llevase a Kamau (acompañado por Kagwe en calidad de rastreador y protector) a inspeccionar todas las manadas que hubiese en un radio de doscientos cincuenta kilómetros. Una vez hallasen una, realizarían una pasada despacio y, en caso de encontrar a un posible sospechoso, debían aterrizar en algún lugar cercano y aproximarse a la manada a pie. Iba a ser un proceso largo y arduo, pero para un kikuyu criado según los ritmos de la Naturaleza, habituado a pasar días con la manada de Ishi, y noches durmiendo con ella, eso no era nada. Además, se lo debía a Ishi.

* * *

Igual que Kamau soñaba con llegar a ser parte del futuro de su país, también Gichinga Kimathi soñaba con escalar dentro del sistema, aunque de modo ligeramente distinto. Había terminado en Nairobi después de que se complicase combinar sus días de furtivismo en la ciudad de Voi con su trabajo al servicio del Gobierno. A Gichinga le resultaba sencillo cobrar deudas (figuraba como el recaudador más eficaz de la región, sin duda gracias a sus persuasivos métodos), pero era consciente de que no había futuro en intimidar a morosos; quería más. Mucho más.

La corrupción en el régimen de Kenyatta era endémica, como en la mayoría de los regímenes de los países del África poscolonial. Jugar siguiendo las reglas implicaba una carrera de ascensos lentos y graduales que dejaba al ciudadano a merced de jefes corruptos y punitivos. Gichinga sabía que tenía madera para ser uno de esos jefes; veía su futuro en las salas superiores del Gobierno, incluso en el círculo de Kenyatta. Alguien tenía que terminar en ese pequeño grupo. ¿Por qué no él?

Con ese fin trazó, con toda frialdad, un inteligente plan para atajar años de peajes burocráticos. Su éxito en Voi lo había llevado a recibir una buena oferta por parte del Departamento de Cobros de Nairobi y en cuestión de meses ya lo estaban invitando a fiestas y reuniones donde pudo contactar con individuos situados en posiciones elevadas y otros jóvenes tan astutos, despiadados y deseosos de tomar cualquier atajo como él.

Pero el jefe inmediato de Gichinga recelaba. Los rumores de la agencia decían que había sido tan eficaz en la ciudad de Voi porque no tenía escrúpulos para hacerle daño a la gente, hasta el punto de que los únicos deudores a los que no había cobrado terminaron, de una u otra manera, abandonando la zona. Todo un hito. Pero, en realidad, su jefe no tenía razones para temer a Gichinga, pues este tenía sus ojos puestos en objetivos más elevados.

Conoció al jefe del Departamento de Cobros durante un seminario de fin de semana y supo ganárselo con la cantidad justa de halagos y confianza en sí mismo. Mwangi Karanja y su bonita esposa, Maina, mucho más joven que él, parecieron impresionados, aunque un poco preocupados, por la intensidad de sus modales (su risa era tan plena y dramática como sus gruñidos), pero también parecía que les gustaba, como les gustó a los dos hijos adolescentes de Karanja. Gichinga, como muchos sociópatas, era muy aficionado a imitar emociones auténticas, y en ese momento estaba empleando su don para ejecutar la actuación más importante de su vida.

Karanja era un vestigio de la época colonial y obtuvo su ascenso al cargo más elevado con la independencia de Kenia. Estaba educado según los modales y el temple del antiguo régimen y, por tanto, en modo alguno era tan ambicioso como los nuevos miembros del Gobierno, ni tan circunspecto como podría haber sido. Karanja quedó tan impresionado con las dotes de liderazgo de Gichinga que le dio un despacho en el mismo pasillo que el suyo y no tardó en concederle el codiciado empleo de supervisor de todos los agentes de campo.

Con el paso del tiempo, la familia Karanja comenzó a invitarlo a cenar los fines de semana y después a su casa en Mombasa, donde tenía un barco de pesca deportiva de diez metros que a Mwangi le servía para recordar sus días de juventud como pescador. Allí supieron de la trágica historia del viudo Gichinga (cómo su mujer y su hijo habían muerto en un accidente de tráfico en Eldama Ravine unos años atrás) y se sintieron conmovidos por su humanidad y evidente pesar.

Uno meses después Karanja le pidió ser su sucesor en el cargo tras su retiro, es decir, en cuestión de cinco años. Pero más revelador fue que Maina comenzó a mostrar ciertos sentimientos hacia ese viril y tempestuoso hombre de su edad. En más de una ocasión, como al pasar uno junto al otro en el estrecho camarote bajo cubierta, sus cuerpos se rozaban y se disparaba un destello eléctrico. Eso no tardó en llevar a besos apasionados, mientras recorrían sus cuerpos con las manos, pero el actor Gichinga siempre susurraba que la situación no podía continuar, pues ambos querían mucho a Karanja.

Semanas después Karanja desapareció tras salir de casa para ir al trabajo y no se le volvió a ver. Encontraron su coche en un pantano meses después, pero no había pistas acerca de lo sucedido. No tenía enemigos conocidos ni había señales de lucha; y el caso quedó en suspenso al no haber ni cuerpo ni sangre ni una simple nota de despedida.

Maina estaba destrozada por el pesar y probablemente también por el sentimiento de culpa que le causaba haber traicionado a su esposo, en secreto y con un empleado. Los dos hijos de Karanja quedaron devastados, pero pasó el tiempo y hubieron de regresar a su vida estudiantil; entonces un nuevo doliente se presentó en la casa de la familia Karanja. Gichinga estuvo acompañó a Maina en sus momentos más aciagos y, tras la apropiada cantidad de duelo, sus relaciones sexuales, al fin libres, fueron tan feroces que casi resucitaron al difunto.

Al final, Gichinga se hizo con el cargo de Karanja como director del Departamento de Cobros sin apenas oposición y se casó con Maina en una ceremonia privada celebrada en el mar, tras la cual los recién casados vendieron en barco. Albergaba demasiados recuerdos.

* * *

Al echar la vista atrás y recordar la época en la que viajé con Negrote y su clan de solteros, me puedo engañar pensando que no fue un periodo tan difícil. Ahora mismo lo repetiría encantado. Pero entonces no sabía cuánto iba a echarlo de menos.

Tardé algún tiempo en abandonar de una vez por todas la idea de encontrar el olor de Mami Blue y ajustarme a los hábitos y el orden jerárquico de la manada que se desplazaba tras la grupa de su desquiciado jefe. Cada jornada nos apartaba más y más de mi viejo mundo internándome en tierras hasta entonces ignotas. Vi criaturas antes nunca vistas e infinitas extensiones de agua, bosques y montañas. Incluso las hierbas y los árboles eran nuevos para mí.

Aunque me sentía libre vagabundeando por esos nuevos territorios, siempre llevaba una carga conmigo, pues era un animal de costumbres y mis emociones estaban vinculadas a los lugares donde había nacido y me había criado, y estos nunca estuvieron a más de unas cuantas jornadas de marcha entre sí. Era como un recién nacido sin una madre que lo guiase. Había de confiar en mis nuevos amigos para todo. Con el paso del tiempo, nuestros vínculos llegaron a ser bastante fuertes, aunque no tanto como los establecidos por el amor y las enseñanzas de una madre.

Cada día aumentaba en talla y fortaleza, así que los desafíos por parte de los otros adolescentes fueron escasos y, cuando se presentaban (había uno llamado Turras que me odió desde el momento en el que me puso la vista encima) siempre fui capaz de dar todo lo que pude. Negrote animaba esas rivalidades, pero no permitía el derramamiento de sangre. Eso causaría muertes innecesarias y amenazaba con perseguir y matar a quien se pasase de la raya.

Al final, quizá Negrote estuviese loco, pero tenía una vida llena de historias y su gobierno siempre fue justo. No supe cuánto significaba ese viejo macho para mí ni cuánta sabiduría había aportado al clan hasta su fallecimiento. Su muerte, causada por una enfermedad invisible que llevaba en su interior, supuso mi conversión en un macho completamente adulto. A partir de entonces ya podía sobrevivir solo, aunque esperaba no tener que hacerlo.

Nos detuvimos sobre el mayor salto de agua que ninguno de nosotros había visto en su vida. Un ancho río corría hasta un precipicio y derramaba su cauce sobre las rocas, mucho más abajo, produciendo un estruendo ensordecedor y una bruma que danzaba emitiendo colores como esos que se ven después de la lluvia. Negrote había dispuesto terminar allí desde el principio; era su lugar de nacimiento. Fuimos testigos de sus últimos momentos. Ya ni siquiera podía comer los manojos de hierbas y tiernas cortezas que le llevábamos para que mantuviese su vigor.

Narramos nuestros recuerdos mientras yacía con su mirada fija en un lugar que sólo él podía ver. Hicimos guardia hasta verlo exhalar su último suspiro, después lo cubrimos con ramas ligeras y lo recordamos en silencio. Nadie habló durante el resto de la jornada, pues sabíamos que no permaneceríamos mucho tiempo juntos sin tener a Negrote para cohesionar al grupo.

A la mañana siguiente Turras me atacó sin avisar. Regato profirió un grito de alarma y gracias a él pude revolverme justo a tiempo. Peleamos durante todo el día, pero sin las reglas de Negrote; Turras tenía muchas ganas de emplear sus colmillos para intentar herirme. De inmediato supe que era una batalla por la sucesión en la jefatura de la manada yo podría haber dado media vuelta y salir corriendo en cualquier momento, pero algo dentro de mí no cejó. Intercambiamos golpes tan salvajes que nos hacían temblar y, en ocasiones, caer mientras los otros machos miraban, sin la menor intención de intervenir.

Al oscurecer decidimos dejarlo hasta la mañana siguiente, así de agotados y doloridos nos encontrábamos; la manada se ocupó de mantenernos separados para garantizar que ninguno hiciese trampa. Había herido a Turras, lo supe por su modo de respirar y por el movimiento de sus renqueantes patas traseras, pero no sabía la gravedad. Lo descubriría más tarde, por la mañana. Apenas podía mantenerse en pie y anunció con tono dolorido y bastante contrito que abandonaba la pelea. Yo había ganado. Y como vi en el caso de mi madre y Agresora, el grupo se dividió aquella misma mañana; cuatro se quedaron conmigo y tres se fueron con él.

Nos despedimos, conscientes de que probablemente nuestros caminos volverían a cruzarse, y llevé a los míos por donde habíamos venido. Aún no estaba preparado para ser un jefe, pues era muy joven, pero como también era tan fuerte e inteligente como cualquier otro, el cargo recayó en mí de todos modos. Les pedí a mis compañeros que compartiesen conmigo las tareas de dirección, pues ni quería ejercerla ni tenía la menor necesidad de ser elegido, y todos aceptaron. Si se daba un desacuerdo entre nosotros o algún asunto requería una sola opinión, entonces yo asumiría la responsabilidad.

Como consecuencia no buscada, eso hizo de nosotros un clan muy unido que viajaba rápido y sin hacer locuras. Al cruzarnos con otras manadas se me reconocía como el macho dominante y si no había algún otro vagabundo de más edad por los alrededores, podía escoger a las hembras más adecuadas que estuviesen en celo. Este acontecimiento, que las hembras me invitasen a cubrirlas, tuvo lugar al hacerme adulto. Era muy estimulante. Durante los años posteriores, me sentí muy orgulloso por haber engendrado varios retoños. Mi semilla germinaría durante generaciones.

Regresamos a tiempo para asistir a la reunión anual de manadas, un acontecimiento celebrado durante la estación húmeda que atraía a clanes desde muchos horizontes de distancia. Las estrictas reglas matriarcales se relajaban durante un tiempo y los machos eran bienvenidos a sus manadas originales, donde recuperaban vínculos e intentaban forjar «relaciones» con sus primas y las amigas de sus primas.

Mi clan de solteros se disolvió temporalmente para que cada cual pudiese visitar a sus antiguas manadas, dispersas en una gran llanura abierta a los pies de la montaña coronada de nieve; el centro del mundo, para todos nosotros. Acordamos reunirnos para continuar nuestros viajes juntos cuando todo hubiese concluido. Les enviaría un mensaje a su debido tiempo.

Caminé entre incontables manadas mirando rostros y olfateando olores en busca de señales de Mami Blue y mis tías y amigas adoptivas. Confiaba en que se hubiesen reunido después del gran incendio y ver en sus miradas el deleite que les causaría saberme vivo y hecho todo un macho adulto.

En cierta ocasión una hembra muy deseable corrió hacia mí e intentó excitarme. De pronto, un enorme macho apareció ante mi vista con líquido corriendo por su rostro y me apartó a un lado. Su desenfundado impregnador colgaba precario entre sus piernas y la joven hembra echó a correr. No podría evitar los avances de ese macho durante mucho tiempo.

Retrocedí y continué caminando, oí una voz conocida retumbando por los alrededores y mi corazón dio un vuelco. Levanté la mirada y reconocí a unos ojos mustios, llenos de lágrimas, y emití un fuerte chillido. ¡Era Ojos Tristes! Mi antiguo compañero de juegos, de la época del incidente con el gran gato. Entonces una cabeza grande y redonda se alzó mirándome desde un arroyo cercano. ¡Mami Blue! Con ella se encontraban varios miembros de mi antigua manada y también algunos recién llegados. Corrí hacia ellos y mis tías y viejos amigos supervivientes se reunieron a mi alrededor olfateando cada centímetro de mi cuerpo, como yo a ellos. Me sentía tremendamente feliz, y así continuamos hasta que pregunté...

—¿Dónde están los demás? Morro Torcido, Piececitos, Colita... Mami Blue suspiró apenada.

—Ay, querido Ishi, no volvimos a verlos. Esperábamos encontrarlos por aquí, pero creemos que han perecido en el incendio, igual que temíamos que te hubiese sucedido a ti. O que hubiesen tenido que desviarse hasta tierras lejanas sin posibilidad de regresar a nosotros.

Pasé varios días con mi antigua manada; la amabilidad mostrada por Mami Blue y los demás me hizo comprender que habría pasado muchas más estaciones con ellos si el fuego no nos hubiese separado. Eso me causó un gran pesar, pero sin llegar a lamentarlo. En su momento escogí ir con el clan de Negrote y no había lugar para el arrepentimiento. Sencillamente, así habían acontecido las cosas; además, entonces era un macho adulto y ya no necesitaba el socorro de las hembras. No podía regresar.

Mi pequeña manada de machos, con la suma de dos hermanos y otro más que decidieron unirse tras la reunión, regresó siguiendo la ruta recorrida con Negrote dos años antes. Al llegar al territorio quemado donde nos conocimos, ya cubierto con frondosas hierbas y nuevas ramas en los ennegrecidos árboles, comprendí que nos acercábamos al hogar. Sentía cierta ansiedad acerca de qué podía esperarme en mi nueva función como jefe de un clan en mi antiguo territorio.

Recordé la segunda regla más importante de mi vida, pero debería haberle hecho más caso: Disfruta de los días buenos, pues nunca son abundantes. En el horizonte siempre acecha un viento oscuro que puede asolar la llanura en cualquier momento.

Comíamos en un bosquecillo situado entre altos arbustos, aparentemente protegidos de miradas indiscretas, cuando el eco de un palo de trueno rompió el silencio. Me volví y vi una nube de polvo brotar de la cabeza de Regato, que hizo un gesto de dolor y se desplomó pesadamente. Retrocedí y grité a los demás que corriesen. Un instante después retumbó otro palo de trueno y cayó uno de los machos recién llegados. No podía ver dónde se encontraban los dos patas, pues no habíamos detectado su olor, pero tenía que escoger una ruta de escape inmediatamente y sólo esperaba que nos apartase de ellos. Los demás echaron a correr detrás de mí y no nos detuvimos hasta llegar jadeando a una hondonada boscosa situada a los pies de una colina lejana.

Sentí una angustia abrumadora. Había perdido a un querido amigo y le había fallado a mi clan. Mis hermanos, al ver mi pesar, se reunieron a mi alrededor asegurándome que no se podía haber hecho otra cosa. La crueldad de los dos patas era una constante

para nosotros, los moradores de las llanuras, y habíamos de acep-
tarla como parte de la vida. Pero me dolía el alma: quería a Regato
y adoraba su amable conducta, lo lloraría durante muchas estacio-
nes. Además, también era el último vínculo con mi clan de naci-
miento; ya no me quedaba ningún otro a excepción del formado
por mis recuerdos.

* * *

Colin Woodleigh, un cazador blanco de cincuenta y ocho años, barbudo y aficionado a fumar en pipa, observó con sus prismáticos a los jóvenes machos, apenados por la muerte de sus dos compañeros. El macho dominante de la manada, muy joven para esa función, parecía sentirlo más que cualquiera de los otros cuatro. «Si sobreviven, dentro de unos años serán buenos trofeos, pero ahora mismo sólo merecen la pena los colmillos del jefe», pensó.

Sin embargo, el viejo cazador blanco no los observaba por esa razón. Se había alejado del Land Rover por la mañana temprano en compañía de su ojeador para prepararle un escondite a cierto cliente deseoso de cobrar un leopardo y, sin pretenderlo, se habían encontrado con aquella triste escena. Algo roía en la memoria de Woodleigh: por alguna razón, aquel joven macho le resultaba conocido. Recordaba perfectamente a todos los elefantes de Amboseli, pero ese procedía de uno de los parques cercanos, de eso estaba bastante seguro. «De Tsavo», se dijo. Había algo en el desgarrón de su oreja izquierda; siempre se veía algún elemento identificativo en las orejas de los elefantes debido a los avatares de sus vidas.

Un recuerdo destelló en su memoria y decidió observar con cuidado la frente del macho. Estaba seguro de que allí se encontraría: una cicatriz sobre la trompa, discreta, pero visible para quien sabía qué estaba buscando. Se trataba de la primera cría huérfana de sus viejos amigos, Russell y Jean Hathaway, al que se creía muerta hacía dos o tres años. «Bueno, les voy a dar una buena sorpresa», pensó.

Russell se presentó en el lugar aquella misma tarde y encontró a Ishi aún en el escenario de la muerte de sus amigos, manteniendo a hienas y buitres a distancia, persiguiéndolos cada vez que realizaban algún movimiento. Ishi estaba tan preocupado que ni oyó ni olió al Land Rover. Russell salió a campo abierto y permitió que lo viese, después lo llamó. Habían pasado casi tres años y no estaba seguro de que el animal lo conociese. Los otros machos se reunieron alrededor de su jefe y parecían estar pensando si atacar o no.

La voz de Ishi retumbó diciéndoles algo a sus compañeros y se dirigió hacia su viejo amigo. Russell sonrió encantado, aunque sabía que en ese momento el humor el elefante era un tanto sombrío. Acarició la cabeza del animal susurrándole palabras de consuelo mientras Ishi recorría su cuerpo con la trompa, Russell meditó acerca de qué debía hacer. Dispararon a sus compañeros sólo para cobrar sus colmillos y, al parecer, fue cuestión de puro azar que no lo hubiesen matado a él. Sabía que Ishi no duraría mucho, pues el furtivismo había alcanzado proporciones epidémicas en los últimos años.

Russell pasó varios minutos con su viejo amigo y regresó al Land Rover. Comprendió que debía hacer algo sumamente desagradable para varias personas muy cercanas a él, si llegaban a saberlo, así que le hizo jurar a Colin que guardase el secreto; no se había visto a Ishi desde hacía tres años, se suponía que estaba muerto y muerto debería continuar.

CAPÍTULO XVII
Inglaterra y más allá, 1977-1982

El motor zumbaba y vibraba bajo cubierta, cambiando el tono según las olas de la mar gruesa hacían cabecear arriba y abajo al viejo carguero. La bodega entera parecía chirriar.

Para un elefante encerrado en una jaula de metal estibada a popa, aquella era una experiencia absolutamente sobrenatural. A Ishi no se le había ocurrido algo así ni en sus más alocadas imaginaciones. Era una pesadilla de tal magnitud que no podía hacer otra cosa sino fijar su mirada en un pequeño ojo de buey y emplear toda su fuerza para mantener el equilibrio con el cabeceo del barco. Además, ya se había estrellado unas cuantas veces contra los barrotes de la jaula y sangraba por los cortes producidos.

La travesía comenzó bajo un cielo ligeramente encapotado y el mar se mantuvo relativamente tranquilo durante las primeras horas de navegación. Al caer la noche, rayos y truenos anunciaron el desencadenamiento de la galerna. El elefante estaba habituado a vivir a la intemperie, pero en tierra firme. Barritó desesperado, pero no fue capaz de encontrar a su cuidador, un *dos patas* que lo había acompañado durante el largo viaje terrestre a bordo de una larga bestia de mentira.

Lo más confuso de todo era, en primer lugar, cómo había acabado allí. Se estaba revolcando en el barro junto al río con sus amigos solteros cuando olió, y después vio, a su viejo «padre» *dos patas*, con quien había estado unos días antes, y se acercó a él para

171

saludarlo. El *dos patas* tenía a un grupo de amigos esperándolo a lo lejos, en sus bestias de mentira. Ishi percibió algo extraño en la mirada y el tono de voz de su amigo. De pronto sintió un agudo pinchazo en la piel. Se volvió para averiguar la causa, pero no pudo, pues estaba en su grupa. Entonces advirtió que su amigo *dos patas* se situaba a cierta distancia de él y, evidentemente, había algo diferente en su conducta.

Después lo barrió una ola de calor y oscuridad y se sintió tan mareado que tuvo que arrodillarse. Pasaron unos segundos y rodó a un lado; su último recuerdo fue el de su amigo cerca de su cabeza acariciándole el rostro de ese maravilloso modo que siempre le hacía sentirse tan bien. Le susurraba palabras que no entendía, aunque en realidad sólo servían para aliviar al *dos patas*.

—Lo siento mucho, viejo amigo…, pero es que no tenemos otra opción. —Y señaló a los compañeros que lo esperaban junto a sus bestias de mentira—. Van a tratarte bien, te lo prometo. Y voy a ir a visitarte…

Los ojos de Ishi se pusieron en blanco y sintió cómo caía en una impenetrable oscuridad, pero al estirar las patas para amortiguar la caída no tocó fondo.

* * *

Ishi no tenía un concepto que le ayudase a saber cuánto duraría aquella travesía oceánica. Se preguntaba si pasaría así el resto de su vida. En tal caso, si la separación de su mundo iba a ser tan dolorosa, habría de plantearse morir de hambre y acabar con todo. El *dos patas* que lo llevó hasta la costa a través de las junglas centroafricanas, y que entonces lo visitaba un par de veces al día para darle comida, bañarlo y limpiar su jaula, no era un tipo muy amistoso. Era un *dos patas* de piel clara que empleaba un horrible palo largo para abrirse paso cuando le hubiese bastado pronunciar unas palabras amables.

Cierta noche Ishi experimentó una vivencia trascendental para la que nada podía haberlo preparado. Por encima del zumbido del motor oyó una larga y aguda llamada que de alguna manera le comunicó información equivalente a toda una vida. El mensaje no estaba emitido en su idioma, pero era como si lo estuviese. No tardó en comprender que en alguna parte había otra criatura surcando las aguas. Después una segunda criatura respondió a la primera llamada, y luego una tercera.

Se acercó tanto como pudo al ojo de buey, pero su campo de visión se reducía apenas a una pequeña porción de horizonte. De todos modos, miró con la esperanza de poder echar un breve vistazo a una de esas criaturas. Y vio algo que lo dejó atónito. En efecto, una de ellas emergió un instante lanzando una rociada de agua bajo la luz de la luna. Después se sumergió en silencio y desapareció. Los cánticos comenzaron de nuevo y el elefante se quedó embelesado. Pronunció algo en su idioma, aunque sabía que el sonido no iría más allá de los muros de su prisión. Como supuso, no hubo respuesta.

Se dio cuenta de que aquellas criaturas eran tan grandes como él. Incluso mayores. Pero su mundo se encontraba en la inmensidad de las aguas, donde debían de gobernar con tanta magnificencia como los suyos dominaban la tierra. Aquella noche volvió a tener esperanza, volvió a creer que allí había amigos a los que quizá algún día llegase a conocer. La simple idea lo mantuvo vivo, le ayudó a seguir adelante y a hacer de la travesía del océano una experiencia soportable.

El barco atracó en el puerto de Liverpool en una tarde oscura y lluviosa, y después una gigantesca grúa levantó la jaula del elefante sacándola de la bodega; desde allí obtuvo una mareante visión del río Mersey y de los abarrotados muelles extendidos más abajo. Las fuertes luces, los olores y la cacofonía del mundo industrializado asaltaron sus sentidos. Bajaron la jaula hasta un semirremolque donde la aseguraron unos *dos patas* ruidosos y groseros que le recordaban a ciertos clanes de moradores de los árboles que vivían allá lejos, en su hogar. Entonces el camión se puso en movimiento.

Tres horas más tarde el vehículo entró marcha atrás en una plataforma de carga y allí Ishi recibió el saludo de sus nuevos amos, que le mostraron más afecto en los primeros minutos del que había recibido en las últimas semanas. Levantaron la puerta de su jaula y lo dirigieron, con voces tranquilizadoras y suaves empujones, a una rampa para que descendiese a la cavernosa puerta de un viejo edificio anexo hecho de ladrillo. Una vez dentro, la puerta se cerró tras él y se abrió otra al frente.

Se quedó allí un momento intentando recuperar su porte; después de haber estado atrapado en una jaula de doce por doce metros durante tanto tiempo, disponer de cierto espacio fue una bendición. Al explorar los alrededores detectó el olor de otros elefantes en el suelo de tierra, pero no había ninguno a la vista. Allí tenía un abrevadero y montones de vegetales, pero aún no podía comer, no era capaz. Salió por la puerta y miró a su alrededor en medio de una brumosa llovizna. El lugar le recordó a los primeros años con su familia *dos patas*; cierta extensión de terreno con unos árboles estériles y un pozo de agua. Más allá, un abrupto talud de casi cinco metros impedía su fuga. Pasado el «foso» se abría la oscuridad, aunque podía sentir, pero no ver, animales observándolo.

Tendría que esperar hasta la mañana para saberlo con seguridad, pero si ese iba a ser su nuevo hogar, iba a ser un hogar bien frío.

* * *

A poco más de doscientos kilómetros al sur, Terence Hathaway, de veintidós años, estaba sentado detrás del escenario con los demás miembros de la banda después de haber abierto para X-Ray Spex[8] en una abarrotada y vibrante sala de Birmingham. Tocaba el bajo y cantaba los coros en los Zeros, un grupo de música punk for-

---

8   Banda punk londinense formada a mediados de los años setenta y considerada, en la actualidad, un referente clásico del género. *(N. del T.)*

mado por uno de sus amigos. Un año antes, después de comprender que ese nuevo movimiento urbano encajaba perfectamente con los casos perdidos (y su música no requería más que unos conocimientos básicos), aprendió a tocar el bajo como autodidacta y adoptó un aspecto desaliñado: cabello corto y de punta, camisetas, vaqueros ajustados, chupa de cuero y sonrisa sardónica. No estaba tan enfadado ni socialmente alienado como los duros miembros de la banda, pero cara a la galería mostraba la imagen perfecta. Por fin su vida remontaba después de varios comienzos en falso, y aquel era el final de uno de los mejores días de su existencia: acababan de firmar para una pequeña compañía independiente. Sólo era un presupuesto de quinientas libras, pero les parecía como si fuese un millón.

Últimamente, su amante era Christopher Leitch, un exitoso fotógrafo editorial de treinta y cuatro años que parecía sentir afecto genuino y una auténtica atracción por Terence. Pero ni el amor ni la amistad llegaron nunca a satisfacer sus anhelos más profundos, pues en su interior había un oscuro vacío que ninguna cantidad de alcohol, marihuana o LSD podía llenar. Como era habitual entre los de su generación, aquella situación fue resultado de una combinación de varios factores: los errores involuntarios de sus padres; la crueldad de sus compañeros durante la pubertad; las inclinaciones naturales de una personalidad singular y la predisposición genética a las sustancias adictivas. Como la heroína volvía a estar de moda, liberada del estigma que tuvo en los años cincuenta por artistas como los Velvet Underground o los Rolling Stones, Terence no tardó mucho en reunir el valor para probarla. Su primer viaje lo había puesto como nunca nada antes lo había hecho, llenando aquel atormentado vacío y aún más. Terence la recibió como quien recibe a un viejo amigo después de mucho tiempo.

Pero no era un amigo; siempre desaparecía y lo devolvía al mundo del que pretendía huir. Aquella noche, durante la fiesta posterior al concierto, Terence, sintiéndose inmortal (desquiciado quizá sería un término más apropiado) terminó metiéndose una sobredosis. Christopher y dos compañeros de su banda lo llevaron a toda prisa al hospital de la zona, donde lograron reanimarlo tras una hora de aterradora espera.

Si eso fue un toque de atención, su efecto duró poco. Las advertencias de los médicos, y después las de sus amigos, quedaron en el olvido al cabo de semanas y volvió a consumirla en secreto pensando entonces que ya sabía cómo controlarla. Todo fue, trágica y predeciblemente, una cuestión de tiempo.

Amanda había vuelto a su vida pocos meses después de regresar de América y al enterarse de lo que estaba haciendo se preocupó aún más que sus amigos. Lo siguiente que supo Terence fue que su madre también estaba allí y que lo llevaron a un centro de rehabilitación situado a las afueras de Londres, donde lo sometieron a una terapia de metadona. Jean alquiló una casa de campo cerca del lugar y lo visitó todos los días, lo acompañó a las sesiones de terapia y, además, se dedicó a rogarle y engatusarlo para que lo dejase. Pero una madre desesperada y llena de amor no es rival para el efecto de una droga como la heroína en un hijo predispuesto genéticamente a las adicciones. Después de abandonar el centro y despedirse de Jean en el aeropuerto, le compró una papelina a un camello de camino a su apartamento. Evitó a sus compañeros de piso, cerró la puerta, se tumbó y la cama y se chutó. Por desgracia, no vio ninguna luz blanca para recibirlo al final de un túnel oscuro ni recuerdos o sueños que aliviasen sus últimos instantes de vida. Sólo una completa oscuridad cuando de pronto el corazón dejó de bombear sangre a su cerebro. Fue como si se hubiese sacado un enchufe.

Amanda se presentó a la mañana siguiente para ir a tomar con él su acostumbrado desayuno dominical y al no recibir respuesta (los compañeros de piso habían salido) le pidió al administrador del edificio que le permitiese entrar en el dormitorio. Allí lo encontraron, con la jeringuilla aún clavada en el brazo y una débil sonrisa en el rostro. Amanda cayó de rodillas junto a la cama y comenzó a darle palmadas en la cara y golpes en el pecho. El administrador corrió escaleras abajo para llamar a una ambulancia, pero en esta ocasión no hubo médico ni hospital que pudiese reanimar a Terence.

Las noticias informaron de varios casos fatales de sobredosis ocurridos ese mismo fin de semana debido a cierta cantidad de heroína que circulaba por las calles sin apenas cortar. A Terence le había tocado la china.

La llamada telefónica a su madre, que había regresado a Salisbury al día siguiente, fue la más difícil que Amanda tuvo que hacer en su vida. Para entonces, sus emociones habían pasado de la histeria a la ira y, después, a la nada, a un vacío que hacía que sus palabras sonasen como pronunciadas por boca de una desconocida.

—Perdón, ¿quién es? —preguntó Jean cuando Amanda no pudo continuar—. Amanda, ¿eres tú?

—Mamá... Lo siento, tengo... Tengo la peor noticia que te puedo dar.

—¿Qué ha pasado? —logró decir Jean, aunque ya sabía qué le iba a decir su hija—. Es Terence, ¿verdad? ¿Qué ha hecho?

Amanda comenzó a llorar de nuevo y no hizo falta añadir nada más. Jean chilló y lloró hasta que Russell llegó corriendo desde las dependencias del orfanato.

—¿Qué pasa? ¿Qué ocurre? —quiso saber, pero la desolación de su esposa ya le había hecho saber lo sucedido y salió de la casa tambaleándose, tropezando con todo como si estuviese ciego, hasta caer de rodillas y llorar por primera vez en muchos años.

El pesar sumergió a Jean en un estado de enajenación mental transitoria, pero de una profundidad que ni su hija ni su esposo pudieron imaginar. El sentimiento de culpa por haberle fallado a su hijo, la brutal agonía de una madre al perder un hijo la destrozó. Acudió al aeropuerto de Nairobi con Russell y Kamau para recibir al féretro y a Amanda. Después de enterrar a Terence en una colina por encima de Salisbury, se dedicó al cuidado de su segunda familia, los huérfanos.

Aunque compartía la cama con su esposo, Russell era consciente de que la había perdido. Hubo otras razones que llevaron a su divorcio, pero ambos sabían que perder a Terence fue el golpe definitivo.

* * *

En virtud del acuerdo pactado entre su abogado y el Departamento de Justicia estadounidense, la deportación de Amanda se mantuvo en secreto incluso para el Gobierno británico y ella, por su parte, jamás volvió a hablar acerca del asunto. Regresó del funeral de su hermano y tras unas cuantas semanas de fiestas anestesiantes por fin logró reunir los medios necesarios para salir en busca de empleo. Lo cierto es que después de todo lo sucedido no le importaba si la rechazaban, pero precisamente esa actitud (dado el momento y el lugar) obró maravillas. Fue capaz de aprovechar sus trabajos en *Esquire* y *Rolling Stone* para trabajar a tiempo parcial en el *Daily Mail*, cuyos editores estaban buscando a una joven reportera que les pudiese facilitar acceso a «la movida», y así se puso en marcha.

No tardó en hacerse un nombre como entrevistadora de estrellas de rock, cine y televisión, y un año después de trabajar en el entretenimiento *beat* escribió un artículo serio, muy parecido a las historias sensacionalistas que había escrito en el internado, y lo dejó en la mesa del editor de la primera plana después de que su secretaria hubiese salido tras concluir la jornada. El periodista quedó impresionado y la citó para mantener una entrevista. Cinco minutos después de oír su inteligente y apasionado discurso, le concedió un escritorio (a pesar de las objeciones de otros articulistas de más edad que no toleraron demasiado bien la inclusión en su círculo de una bonita «yogurina» pelirroja) y con el paso del tiempo consiguió un empleo a tiempo completo como periodista de investigación.

Si su gusto por los hombres hubiese sido tan acertado como su labor periodística habría disfrutado de una buena oportunidad para ser feliz. Pero escogía hombres fuertes, viriles (reflejos de su padre), que la dominasen y, aunque siempre hubo una intensa pasión, su estrategia de permitir quedar eclipsada, de no presentarles sus propios sentimientos, llevaba a la putrefacción de los fundamentos de la relación y a su inevitable fracaso.

Al principio, el hombre escogido como esposo pareció ser el adecuado. Geoffrey Walling, de treinta y dos años, no se parecía al típico macho alfa encantador que solía atraerla; era un director de anuncios publicitarios londinense de tez pálida y voz suave cuyo carisma residía en su inteligencia. Se casaron cuando Amanda cumplió veintiocho años y a los treinta ya era madre de gemelas. Esa nueva función satisfacía su necesidad de crear un ambiente seguro y cariñoso que pudiese controlar al menos durante unos años. Estar al cargo de su pequeño clan le proporcionaba, al contrario que los amantes que había conocido o los azares de su trabajo, la mejor sensación que había tenido nunca.

Por desgracia, resultó que Geoffrey también era un imán para otras mujeres. Después de pasar un fin de semana juntos mientras él dirigía su primer rodaje en Aberdeen, Escocia, Amanda detectó algo en las interacciones entre su esposo y la protagonista que, a pesar de su sutileza, disparó todas las alarmas. A fin de cuentas, era periodista y, como tal, había desarrollado una extraordinaria capacidad para interpretar el comportamiento de la gente. Un ayudante de producción la llevó en coche hasta la estación de ferrocarril para regresar a Londres, pero sólo estuvo un instante en el compartimento antes de salir a toda prisa del tren justo cuando las puertas estaban a punto de cerrar; a continuación, tomó un taxi de regreso al hotel. Había guardado la llave de la habitación, y al abrir la puerta encontró a su esposo en la cama con la actriz.

Amanda, demasiado petrificada para llorar, montar en cólera e incluso hablar, salió por la puerta y se dirigió de regreso a la estación. Pasó llorando todo el viaje de vuelta a Londres.

Por mucho que Geoffrey aseveró arrepentirse de su error, por mucho que lamentaba perder a Amanda, ella sabía que había tomado la decisión correcta al poner fin a su matrimonio en vez de tener que soportar de nuevo la humillación y la traición. Con el paso del tiempo, Geoffrey llegó a ser un buen amigo, un respetado director cinematográfico (con fama de llevarse a la cama a mujeres hermosas) y un padre devoto de sus hijas.

Al menos, Amanda siempre tendría a su prole. Y su trabajo.

* * *

A su manera, Russell lloró a su hijo con tanto pesar como Jean, pero a medida que los meses de angustia se amontonaban en Salisbury y los previsibles reproches de culpabilidad se desbocaban en sus cabezas, su dolor se tiñó de resentimiento. En un intento por evadir la tormenta, aceptó un empleo para un antiguo cliente que volaba a la reserva del Masái Mara. Russell omitió mencionar que se trataba de un safari de caza.

Sabía que ese acto acabaría mortificándolo, pero acudió de todos modos; más tarde comprendió que fue un intento inconsciente por terminar con su matrimonio. El cliente, un acaudalado vizconde, traía consigo una corte de amigos (acompañados por sus esposas) aficionados al alcohol y la cocaína que iban de caza por primera vez. Russell hizo cumplir las normas de seguridad concernientes a las armas con mano de hierro, pero cuando uno se encuentra en campo abierto con neófitos, rifles cargados y caza mayor peligrosa, es fácil que se tuerzan las cosas.

Uno de los amigos terminó disparando a bocajarro a un rinoceronte negro (antes de que Russell estuviese en su puesto para dar permiso), pero no lo abatió. Cuando el animal se revolvió y embistió, Russell no disponía de una línea de disparo sin correr el riesgo de matar al cliente, así que se apresuró a colocarse frente a la enfurecida bestia para distraer su atención. El plan funcionó demasiado bien.

Cuando Russell intentó alejarse corriendo, el rinoceronte lo enganchó por el cinturón con su cuerno y lo lanzó por los aires. Russell se estrelló contra el suelo y rodó adoptando una posición defensiva, consciente de lo que se avecinaba. El rinoceronte bajó la cabeza y cargó contra él. Por fortuna, el cuerno rebotó contra el hombro de Russell, pero después le atravesó la mejilla bajo el ojo izquierdo. Lo hubiera matado con la siguiente embestida, pero Kagwe ya había cogido el rifle del cliente y le disparó al animal un tiro en el corazón a menos de cuatro metros de distancia, abatiéndolo al instante.

Llevaron a Russell hasta Nairobi a bordo de un avión, pero la operación de urgencia sólo pudo tratar la herida facial, no el ojo. Llevaría un parche el resto de su vida, y cuando la cicatriz se suavizase con el tiempo, a la gente le parecería uno de esos viejos y atractivos espadachines de las películas de Hollywood.

Jean estuvo junto a su cama durante el periodo de convalecencia, pero Russell sabía que había traicionado su confianza por última vez. Al regresar al hogar ella ya se había mudado a la casa de invitados y cuando se encontró lo suficientemente bien, le informó de que se quedaba en Salisbury con los huérfanos… Y que, por favor, él se fuera de allí. Todo había terminado.

* * *

Durante los años posteriores a sus estudios de veterinaria, Kamau se encontró con una serie de puertas abiertas que, una tras otra, lo ascendieron hasta los cuadros directivos del Ministerio de Vida Silvestre. Había desarrollado un humor seco e irónico para ridiculizar a los ignorantes, como los antiguos burócratas gubernamentales, y que sólo sus amigos entendían. Adquirió muy mala fama entre los demás jóvenes keniatas mientras se abría paso en la jerarquía del Gobierno.

Makena y él, y pronto sus hijos, recibieron invitaciones para acudir a las fiestas de todo el mundo los fines de semana. A sus treinta y dos años ya trabajaba en un despacho situado frente al del propio ministro, pero como sus instintos carecían de cierta psicopatía, se conformaba con servir en todo aquello para lo que estuviese capacitado, pues su primer amor eran los animales. Había pasado la mitad de su vida en campo abierto al servicio de la vida salvaje que intentaba proteger, cultivando sus relaciones con las aldeas tribales, los municipios, y todos los cazadores, ganaderos y granjeros. La otra mitad del trabajo consistía en mitigar el daño que el régimen de Kenyatta hacía a los animales. El Gobierno afirmaba, de puertas afuera, estar en contra del furtivismo, pero en secreto amasaba una fortuna vendiendo marfil en el mercado negro.

El profundo amor de Kamau por los elefantes no había sino crecido con la edad; los seguía siempre que estaba en el campo; siempre en busca de Ishi. Kamau nunca pudo aceptar el hecho de que Ishi estuviese muerto, y lo seguiría buscando hasta el día en que, de alguna manera, se reuniesen de nuevo, ya fuese en este mundo o en el venidero.

CAPÍTULO XVIII
Inglaterra y Kenia, 1983-1985

Resulta difícil calcular cuánto tiempo llevo en este lugar, pues todos los días son iguales; el mismo cielo, la misma comida y los mismos paseos trazando círculos sin fin hasta que me vence el sueño. Siento que el tiempo pasado aquí se acerca a la cantidad vivida antes, aunque no puedo estar seguro. No tengo ningún deseo de continuar así, pero si rechazo la comida los cuidadores me obligan a entrar en un túnel donde nadie puede ver qué sucede. Después me meten una manguera por la garganta y echan líquidos dentro; luego, tras unos días de tortura, cedo y comienzo a comer de nuevo. Toda resistencia es vana, así que sigo la corriente.

Mis vecinos no son de ayuda, pues la mayoría aún están más desalentados que yo. Tienen la mirada perdida, como si sus vidas se hubiesen detenido cuando los sacaron de sus mundos. Por extraño que parezca, hay un pequeño grupo que afirma disfrutar de una vida mejor que la que tenían en sus lugares de origen, pues aquí no hay depredadores, riadas, incendios o hambrunas. Pero, en cualquier caso, son débiles y siempre caminan por ahí como sonámbulos. Los más fuertes e inteligentes somos los que más sufrimos la situación de estar encerrados en parcelas que, se supone, nos recuerdan a nuestros hogares mientras los dos patas *pasan por aquí y se quedan mirándonos.*

No siempre fue así. Cuando llegué ya había dos hermanas en mi recinto. Tenían la mitad de tamaño que yo, a pesar de ser adultas. Las historias que contaban de sus vidas antes de llegar a este lugar eran horrorosas. Los dos patas *de su mundo encadenaban a* los elefantes y los obligaban a arrastrar árboles a través de junglas y ríos hasta caer agotados. Los trataban igual que a sus animales domésticos con los que de vez en cuando me había encontrado en mi mundo... ¡Pero es que son elefantes!

Sus buenos modales hicieron que durante el poco tiempo que pasé con ellas las llegase a respetar tanto como a cualquier otro elefante que hubiese conocido. Pero un día las sacaron por la puerta y no las volví a ver. Las visito en sueños todas las noches, igual que visito a todos los amigos que he conocido.

Mis cuidadores son una curiosa mezcla de dos patas (la mayoría amables, como los amigos que me criaron), pero hay uno malo, de mirada huidiza, que espera a que no haya nadie vigilando para castigarme por cualquier transgresión que él considerase que he cometido. Intento complacerlo, pero nada parece ablandar su corazón. Y contratacar sería un gran error, de eso estaba seguro. Ya había visto descargar su furor sobre uno de mis amigos.

Pasé una temporada solo después de que apartasen de mí a las maravillosas hermanas, caminando en círculos bajo aquel cielo helado mientras, en mi imaginación, regresaba a tiempos mejores. Entonces, un día volvieron a abrir la puerta e introdujeron a una hembra que por su aspecto bien podría haber pertenecido a mi clan. Me sentí entusiasmado... hasta que vi la expresión en su mirada. Allá donde hubiese estado sucedió algo que le dejó cicatrices por dentro y por fuera. Esperé y la observé a escondidas durante días; no estaba preparada para hablar o hacer nada que no fuese obedecer en silencio las órdenes de los cuidadores. Parecía conocer su lengua, así que ya debía de haber pasado cierto tiempo con ellos.

Pero al final me habló una noche, tarde, mientras oíamos a nuestros vecinos dormir. Tenía la voz frágil, como si la hubiese desgastado. Se llamaba Tatiana, un nombre puesto por los dos patas muchas estaciones atrás, cuando la sacaron de su lugar de nacimiento para enviarla a otra tierra más allá de las grandes aguas. Allí la subieron a una larga bestia de mentira, parecida a una serpiente, para llevarla a través de ríos y montañas. Al final la dejaron con un clan de hembras muy parecidas a ella, todas encerradas en los recintos con barrotes de otra bestia también parecida a una serpiente. Esas hembras estaban ajadas como los cantos de un río y Tatiana, al verlas, tuvo el pavoroso presentimiento de que aquél también iba a ser su destino.

Observó a las demás hembras entrar en un cavernoso recinto e ir a trabajar. Los dos patas *no tardaron en enseñarle qué querían* y si su ritmo no era lo bastante rápido la castigaban con gritos, pinchazos o dolorosos golpes. Y todo eso, descubrió muy pronto, sólo para complacer a multitudes de dos patas *que las vitoreaban* y aplaudían en un gigantesco recinto. Las rutinas no eran difíciles y la mayoría de los dos patas *que actuaban entre ellas, montando* en sus espaldas o colgándose de sus trompas, eran amables, pero los entrenadores eran brutales. No tardaron en lograr que Tatiana hiciese lo que querían; luego la dejaban en paz.

Cada pocos días viajaban a bordo de la serpiente de mentira hasta llegar a otro nido de dos patas, *donde realizarían los mismos* trucos una y otra vez. Esa vida continuó durante muchas estaciones y Tatiana creó fuertes vínculos con sus hermanas mientras también ella se ajaba como un canto del río.

Pero un día todo aquello cambió. Advirtieron que cada vez había menos y menos cuidadores, su ración de comida se redujo hasta la mitad de la cantidad habitual y los animales comenzaron a desaparecer. Poco después los entrenadores desempeñaron las funciones de los dos patas *más amables, pues todos se habían ido.* Oyeron a otros animales quejándose con amargura dentro de sus celdas mientras la larga serpiente permanecía detenida en un bosque, en medio de un frío terrible... Y entonces sucedió.

Uno de los entrenadores estaba limpiando la jaula de un gran gato *cuando se escuchó un fuerte rugido, un grito y los otros* dos patas *llegaron corriendo.* Tatiana escuchó al palo de trueno retumbar varias veces y poco después ella y sus hermanas vieron cómo se llevaban a su más odiado entrenador sangrando por unas cuantas heridas graves. Las elefantas supieron que no iba a sobrevivir a aquella jornada y comprendieron que también ellas iban a concluir sus vidas allí. La cuestión era si tendrían una mejor... o una aún peor.

Llegado ese punto, Tatiana estaba abrumada por la emoción y la acompañé mientras lloraba. Aquella noche no se compartieron más recuerdos, pero me sentí afligido por un extraño y poderoso

sentimiento hacia ella. Fue la primera vez en mi vida que sentí algo
así por una hembra. Y, por desgracia, la última.

* * *

A pesar de los avatares padecidos durante aquellos últimos años, Jean nunca consideró que su vida fuese una tragedia. Incluso después de haber perdido a Terence (el disgusto más asolador que jamás había sufrido) se sintió bendecida por estar viva y afortunada por haber encontrado tan poderosa vocación por su orfanato. Podía caer dormida con el corazón roto al llegar la noche, pero contenta por saber que había hecho todo lo que estuvo en su mano, así que no había razón para sensiblerías. También sabía que esa era una actitud muy británica, pero más que británica esa era la actitud de su generación. Habían sobrevivido a la Gran Depresión y a una guerra mundial que cambió el mundo sin pensar dos veces cuál era su función en todo aquello; eran luchadores dispuestos a defender aquello que considerasen justo y cualquier resultado que Dios dispusiera (aunque, no cabía duda, Él los había oído hablar al respecto). Todo eso les ayudaba a entender la vida con bastante facilidad dentro de un mundo oscuro y difícil.

Al oír la noticia por boca de sus médicos, en diciembre de 1983, la mantuvo en secreto. Kamau y Makena, que visitaban Salisbury casi todos los fines de semana, no pudieron evitar advertirlo: perdía peso y había comenzado a llevar una gorra de punto para ocultar su cabello cada vez más fino. La melena que otrora fuese castaña se había encanecido con los años (nunca se tiñó), pero entonces se estaba convirtiendo en un puñado de matas ralas. Así, una mañana le tendió las tijeras a Makena y le pidió que le rapase la cabeza.

Russell vivía en Londres, donde había ido a pensar acerca de qué hacer el resto de su vida (desde luego, ya no podía dirigir más safaris), y por consiguiente no estaba al tanto del problema. Y Amanda no había regresado a África desde el funeral de Terence, así que tampoco ella había visto los destrozos que la radiación y la quimioterapia habían hecho en su madre. Además, Jean les había hecho jurar a Kamau y Makena guardar el secreto: no quería ser una carga para nadie.

Pasados seis meses, Jean se había cansado tanto de los tratamientos, pues no le causaban más que náuseas, una fatiga abrumadora y tremendos dolores óseos, que al recibir la prognosis de que probablemente le quedaba menos de un año, abandonó todo tipo de medicina occidental y probó terapias alternativas. Cuando les pidió a Kamau y a Makena que la pusieran en contacto con un conocido curandero, el primero llamó a Amanda implorándole que regresase a casa, aunque no reveló el secreto que había jurado guardar.

Amanda intentó ocultar su impresión al ver la situación de su madre, pero su autocontrol no fue más allá de la cena. Jean le dijo con mucha calma a qué se enfrentaba y ella quedó devastada. Entonces, cuando faltaba poco para perderla, se sintió aún peor por no haberla visitado más a menudo.

—¡Tiene cincuenta y ocho años! —exclamó paseando por las colinas en compañía de Kamau después de cenar—. ¿Cómo puede alguien tan joven y vital como mamá enfermar de cáncer cerebral?

—No tengo ni idea —respondió Kamau—. Nos hemos devanado los sesos desde que lo supimos. Nos alegramos de que estés aquí para compartirlo con nosotros, al menos...

—¿Has llamado a mi padre?

—Justo después de llamarte a ti. Dijo que llegaría dentro de unos días.

Aquella noche, mientras Amanda yacía junto a su madre en su oscurecida habitación, les golpeó la dura realidad. Ninguna razón, aparte de una serie de emociones irracionales, justificaba que Amanda pidiese una licencia, desarraigase a sus hijos, se mudase a África y viviese una situación que podía extenderse durante meses e incluso años.

—Tienes una vida en Inglaterra —musitó Jean—. Una familia que cuidar. Una carrera. No puedo permitir que te quedes mirando cómo me desintegro. No sería bueno para ti... ni para mí.

Si Amanda había esperado ser el consuelo de una madre despidiéndose, tuvo la agradable sorpresa de ver que Jean aún era una mujer fuerte.

—Hablaremos todas las noches —aseveró Amanda acariciando le las manos. Jean le sonrió con tristeza.

—Te aburrirás de oír lo mismo todas las noches.

—Para.

Jean cerró los ojos y suspiró.

—Ya te diré cuando las cosas se pongan peor.

—¿Me lo prometes? Nada de mártires, ¿vale?

Jean asintió.

—Te lo prometo.

—Tomaré el primer vuelo a Inglaterra.

Entonces sucedió lo más inesperado. Russell subalquiló su apartamento londinense y regresó a Salisbury sin otra expectativa sino cuidar a su esposa durante el tiempo que le quedase. Y eso a pesar de que ella lo había echado varios años antes. Dejó pasmado a todo el mundo; para un macho sin complejos como siempre había sido Russell, que nunca en su vida cambió un pañal, aquél era un comportamiento novedoso a sus cincuenta y ocho años y ella volvió a enamorarse locamente de él. Russell se convirtió en el cuidador principal de Jean, la llevó en coche a las consultas en Nairobi, limpió las consecuencias de los inevitables accidentes, la bañó, la vistió e intentó que el ánimo de la mujer no se hundiese demasiado.

Una noche, cuando el fin ya estaba próximo, mantuvieron una conversación que conmovió el alma de Jean. Russell le habló de las muchas noches que había pasado bajo las estrellas meditando acerca del lugar del Hombre en el Universo, de nuestra solitaria existencia en la Tierra, con tanta elocuencia que ella comprendió que en realidad no conocía a su esposo o, en cualquier caso, no sabía en quién se había convertido. Habían pasado dormidos la mayor parte de su relación y ella sintió la desesperada necesidad de tener más tiempo para volver a descubrir a aquel hombre sorprendente e impredecible.

Él la cogió de la mano, la enfermera del hospital de cuidados paliativos le había quitado los catéteres para que estuviese más cómoda, y susurró:

—Tengo que confesarte algo…

Lo observó a través de la bruma que nublaba su vista y le dedicó una débil sonrisa.

—Tienes novia.

No estaba preparado para aquella muestra de humor. Sonrió con ironía.

—Varias. A cada cual más joven y bonita.

En realidad Russell había pasado a un nuevo territorio vital al regresar a Londres. Las miradas femeninas que habría esperado en sus buenos tiempos se habían desvanecido. Se dio cuenta, gracias a los años pasados observando animales en libertad, de que ya no era un miembro deseado en el acervo genético. Por descorazonador que resultase al principio, terminó aceptando la etapa.

—Hablo en serio. Quiero que me escuches.

Ella asintió. Y él continuó hablando.

—Ishi está vivo.

Los ojos de la mujer se desorbitaron y un apenado suspiro vació de aire sus pulmones.

—Lo encontré en Amboseli hace unos veinte años… y lo envié a un lugar seguro.

Ella se quedó sin habla. Por un lado, Russell advirtió su alivio (pues Jean mantenía un vínculo con Ishi más fuerte que con cualquier otro animal que había criado) a pesar de, evidentemente, sentirse traicionada.

—¿A dónde… lo enviaste?

—Al Zoo de Sheffield. Tienen un recinto para elefantes bastante decente y cuidan bien de él —vaciló, consciente de la militancia de Jean en contra de los zoológicos—. He querido decírtelo

189

en mil ocasiones… Pero sabía que te pondrías en contra. Y no podía dejar que lo matasen para cobrar su marfil.

Observó cómo una miríada de emociones cruzaba el rostro de ella. Al final, exhalando un suspiro, murmuró:

—Te perdono.

Y después, con los ojos arrasados de lágrimas, añadió:

—Por todo.

Cuando al día siguiente Amanda llegó procedente de Londres, no se mencionó la traición de Russell; Jean sabía que su muerte se acercaba y no había razón para envenenar los sentimientos de su hija hacia su padre. Comprendió la prudencia de la decisión hecha por él, aunque no hubiese estado de acuerdo con ella.

Tres noches después, mientras miraba a sus seres queridos aún con vida reunidos alrededor de la cama (su exesposo, su hija y su hijo adoptivo), se deslizó en un profundo sueño inducido por la morfina del que jamás despertaría.

Ya se habían hecho a la idea de perderla, pero nadie pudo dejar de llorar durante días. Y al otro lado del océano, a más de ocho mil kilómetros de distancia, Ishi sintió cómo lo bañaba una inexplicable oleada de tristeza. Miró a su alrededor para ver qué iba mal.

No parecía faltar nada, pero algo se había perdido, lo podía sentir en sus entrañas.

CAPÍTULO XIX
Zambia y Tanzania, en la actualidad

Jeremy Westbrook quería a Trevor Blackmon tan alejado de su elefante como fuese posible, pero lo necesitaba para supervisar los confines de los parques zambianos hasta que, dos jornadas más tarde, se internasen en Tanzania. Cuando Westbrook se enfrentó a él mostrándole la bala deformada dentro de una bolsa de plástico sellada, Blackmon mostró una inesperada honestidad.

—Supongo que tiene una explicación para esto —dijo Westbrook levantando la bolsa. Blackmon estuvo a punto de mentir... pero cambió de idea.

—Sí, señor. Fui yo —admitió tranquilamente—. Disparé desde el helicóptero para obligarlo a moverse. Fue un momento de locura, amigo mío.

Westbrook lo observó con fijeza mientras se confirmaban sus peores sospechas.

—Supe que fue un error apenas lo hice —continuó Blackmon—. Pero ya está hecho y ahora lo único que quiero es intentar arreglarlo.

—¿Y cómo pretende hacerlo? —preguntó Westbrook—. Conoce las normas tan bien como cualquiera... Su trabajo es "proteger" la vida de los animales, no matarlos.

—Me di cuenta después. Puede parecer absurdo, pero he cambiado, señor. Le doy mi palabra.

Westbrook miró a las nubes iluminadas por la luz de la luna amontonándose en la frontera.

—Bueno, ha dicho la verdad y eso es prueba de cambio. Lo reconozco.

—Gracias, señor. —Blackmon siguió su mirada hacia las nubes—. Creo que no volveré a verle hasta que crucemos, dentro de un par de días... Así que me gustaría pedirle algo. ¿Podría no comentar este incidente con nadie?

Westbrook sabía que denunciarlo acabaría con su carrera en los parques nacionales. Lo que no lograba comprender, en primer lugar, era cómo pudo obtener el empleo; Rebecca había descubierto que Blackmon fue un soldado del Gobierno rodesiano, un Estado segregacionista hasta su transición a Zimbabue, así que sin duda sus manos estaban manchadas de sangre. De alguna manera consiguió desaparecer emigrando a Zambia, donde ingresó en el servicio de parques nacionales ocultándose a plena vista.

—Tendré que pensarlo. Deme tiempo hasta mañana.

Blackmon lo aceptó con entereza, tendió la mano y Westbrook la estrechó.

«De ninguna manera este hijo de puta va a estar cerca de los animales», pensó. Iba a presentar su informe en cuanto llegase a Tanzania; suponía que Blackmon encontraría empleo en alguna parte como operador turístico o quizá como asesor de seguridad para los compradores chinos de marfil que visitaban la zona. Eran tal para cual.

Esa noche Westbrook, al revisar la grabación diaria en su caravana, advirtió cuánto le dolía la herida en el hombro (evidentemente no había curado bien y estaba infectándose con bacterias) y decidió comenzar a incluir un fuerte tratamiento de antibióticos en la comida del elefante. Con un poco de suerte acabaría con la infección y el dolor causado por ella sin fatigar demasiado al animal.

Era una criatura tan noble, con una voluntad tan descomunal que a la conclusión de la primera semana (antes incluso de lo previsto por Westbrook) el programa ya era un éxito. La narración, llevada a cabo por Morgan Freeman, imbuía al viejo macho de un gran patetismo y una fuerte nota de encanto y emoción. Rellenar el resto de la hora era una tarea sencilla; vídeos de la infancia de Ishi en Salisbury y sus años pasados en el Zoo de Sheffield se mezclaban con entrevistas a expertos en animales e imágenes de archivo de la vida de los elefantes, que no eran caras y sí muy dramáticas. Pero, sobre todo, el suspense por saber si iba a lograr ver a sus viejos amigos y llegar a su lugar de nacimiento antes de morir hizo de la emisión un programa irresistible para la mayoría del público.

El paso de la frontera se preparó de modo que hubiese la menor interacción humana posible. Los dos países destacaron a sus representantes poniéndolos a la espera (el zambiano Trevor Blackmon debía delegar sus funciones a un guardia de parques tanzano que llevaba gafas, llamado Abasi Thuku); llegado el ocaso, el elefante desaparecía entre la espesura del primero de los tres parques nacionales que iban a proporcionarle un pasaje seguro hasta su hogar, o al menos alejado de coches y ciudades.

CAPÍTULO XX
Inglaterra, Kenia y más allá, 1986-1998

Por fin Kamau había conseguido su puesto en el Ministerio de Vida Silvestre, donde trabajó con los negligentes y corruptos burócratas al servicio del nuevo presidente, Daniel Arap Moi, cuyo régimen era incluso más brutal y despótico que el de Kenyatta. Arap Moi no era kikuyu, así que los cargos más elevados de los distintos ministerios acabaron ocupados por sus amigos tribales y Kamau no tardó en comprender que su carrera pronto se vería truncada. Y con ella el sino de la vida silvestre por cuya protección tanto había luchado.

Así, cuando al día siguiente del funeral de Jean, Russell y Amanda se sentaron con él y le hicieron una oferta, fue como si se hubiesen escuchado todas sus plegarias. Iban a continuar viviendo en Inglaterra, le dijeron, y se preguntaban si Makena y él estarían dispuestos a hacerse cargo del orfanato.

—Quizá esto te sorprenda —añadió Russell con voz tranquila—. Pero cuando te conocimos, Jean dijo que pensaba que algún día dirigirías el orfanato. ¿Tenía razón?

Kamau se quedó sin habla; de hecho, se sentía tan abrumado que las lágrimas brotaron de sus ojos. Eso hizo que Amanda también se echase a llorar y, mientras lloraba, abrazó a su hermano africano.

—Estoy encantado de deciros que sí —consiguió responder—. Para mí sois como mi familia; sois tan cercanos como mis padres.

Para Kamau supuso el regreso a su segundo hogar, donde podía llevar a cabo su trabajo además de proseguir con la tarea de su querida segunda madre. La suma de las donaciones era modesta y ni Makena ni él iban a disfrutar de la vida social que se le supone a un funcionario gubernamental en alza, pero Salisbury les ofrecía sus propias satisfacciones. En vez de despertarse en un angosto apartamento situado en una ciudad ruidosa y contaminada, se levantarían en la paz de una casa amplia que dominaba un paisaje cuya hermosura podía competir con la de cualquier lugar del mundo. Además, los animales huérfanos henchían sus corazones todas y cada una de las jornadas. Si alguna vez Kamau lamentó no haber llegado a ser el ministro que alguna vez pretendió ser, la frustración no duró mucho, pues comprendía que aquél era su lugar de pertenencia para el siguiente periodo de su vida. Supo entonces que así funcionaba el destino en ocasiones.

Russell regresó a Inglaterra y reconectó con su antiguo ambiente por primera vez en cuarenta años. No había querido hacerlo mientras aún existía la oportunidad de arreglar las cosas con Jean, pero entonces el futuro le presentaba una amplia y desconcertante apertura. Se convirtió en un invitado muy apreciado en fiestas y reuniones; a la mayoría de los hombres le parecía encantador y procaz y las mujeres de su edad lo encontraban irresistible. Así, no resultó sorprendente que se mudase a vivir con una viuda atractiva y rica que había conocido mucho tiempo atrás. Leslie Woodhead-Spikings tenía una propiedad decimonónica a las afueras de Londres, compartida con sus hijos ya mayores y una colección de animales, donde llevaba un estilo de vida bohemio y generoso que encajaba perfectamente con Russell. Ella fue quien lo animó a dedicarse a su primer amor cuando lo conoció siendo joven (la pintura) y la propuesta surtió efecto. Comenzó a pintar paisajes plenairistas y, como siempre tuvo talento, su obra llegó a llamar la atención de un amigo propietario de una galería de arte; así comenzó su carrera. Quizá tuviese razones para regresar a África pasado un tiempo, pero de momento estaba bastante satisfecho con volver a tener una relación, invertir los días pintando al aire libre y vivir a veinte minutos de Amanda y sus nietas gemelas.

Visitaba a Ishi una vez al año y sin faltar a una sola cita (le permitían ingresar en el recinto cuando el zoo cerraba sus puertas por la noche), pero la decisión que había tomado siempre le causaba una gran desazón cuando estaban juntos y se tocaban: ¿Aquella vida era mejor que la muerte casi segura que habría afrontado viviendo libre? ¿La mirada que le dedicaba Ishi cada vez que se encontraban era una especie de perdón o es que le rogaba que lo alejase de aquel lugar y lo llevase allí donde debería haber pasado los mejores años de su vida, viajando por las llanuras del África Oriental con los suyos? El elefante no tenía modo de saber el riesgo que habría corrido; eso sólo lo sabía Russell. O de eso se convenció.

* * *

Ishi tuvo algo por lo que vivir con la llegada de Tatiana y poco a poco salió de su depresión. Por su parte, ella empezó a confiar de nuevo en otro ser después de lo que había visto al final de su etapa en el circo ruso (fue uno de los pocos supervivientes que no vendieron a recintos privados dedicados a la «caza deportiva») y pronto se hicieron inseparables, animándose el uno a la otra mientras paseaban por el recinto y chapoteaban en el nuevo estanque como dos crías demasiado grandes. Cuidadores y visitantes estaban encantados.

Dos años después Tatiana se colocó en medio del terreno, su útero chorreó fluido y dio a luz a una hembra. Aquello pilló a sus cuidadores por sorpresa y terriblemente desprevenidos. Nunca había nacido un elefante en un zoológico británico y la plantilla observó pasmada cómo la madre barritaba con fuerza y apartaba después la placenta con la trompa para empujar con suavidad a la pequeña hasta que esta logró ponerse en pie. Mientras, Ishi hacía guardia oscilando la trompa de un lado para otro como señal de advertencia.

Aquella Navidad se publicó una fotografía en la primera plana del *Daily Telegraph* con la recién nacida y sus padres posando sobre una fina capa de nieve; después de ese acontecimiento, se formaron filas de tres en fondo frente al recinto. Pero las vidas de los padres no se hicieron particularmente agradables y el siguiente capítulo de su existencia no encerró ninguna sorpresa respecto a la situación general.

La recién nacida estaba jugueteando por el recinto, para deleite de los visitantes, cuando resbaló, cayó en el foso de protección y quedó atrapada cuatro metros y medio por debajo del nivel del suelo. Ninguno de los testigos de los acontecimientos desarrollados a continuación pudo olvidar los angustiados chillidos de la madre mientras estiraba la trompa intentando sacar a su cría sin conseguirlo, pues el foso era demasiado profundo. La gente llamó a gritos a los cuidadores, que llegaron a la carrera. Uno de ellos descendió hasta el fondo y ató una soga alrededor del tobillo de la cría, después se acercó un camión y la subió con un cabestrante y, al final, el cuidador salió el foso.

La cría andaba con una pronunciada cojera y se tomó la decisión de separar a Tatiana de la pequeña para tratar su lesión, pues la primera regla con los elefantes es que nadie está seguro cerca de una madre inquieta. La cuidadora preferida de Tatiana se presentó voluntaria para llevar a la cría al edificio anexo; estaba esperando por tener la oportunidad de llamarla cuando el jefe de los cuidadores (uno de los enemigos que Ishi y Tatiana tenían entre la plantilla) entró en el recinto por el otro lado con el propósito evidente de distraer a los padres si fuese necesario.

Tatiana, distraída atendiendo a su cría, de pronto se dio cuenta de la presencia de un *dos patas* a su espalda. Dio media vuelta y vio quién era, pero también vio el *ankus*[9] que empuñaba y sus

---

9   Herramienta empleada por el cornaca para dominar y dirigir al elefante. *(N. del T.)*

orejas se agitaron como señal de advertencia. La herramienta era idéntica a las empleadas contra ella y sus hermanas en el circo; siempre infligían dolor.

Ishi también conocía los modos de ese cuidador con el *ankus* y sabía que enfrentarse a él en ese momento llevaría al desastre. Por tanto, se colocó frente a Tatiana y barritó al cuidador para que saliese.

Casi todos los testigos que prestaron declaración durante los días siguientes juraron que el macho intentó impedir que se produjesen más daños al advertirle al cuidador que se alejase caminando decidido hacia él mientras mantenía a la hembra a raya. Pero cuando este alzó la herramienta, Tatiana decidió que ya había tenido bastante. Evitó a Ishi y cargó atravesando el recinto.

Ishi cubrió la distancia con tres rápidos pasos y desvió a Tatiana con un empujón, haciendo que la hembra se estrellase contra la barrera. Después agarró al cuidador con la trompa, lo alzó en el aire y el *ankus* salió volando mientras Tatiana intentaba atacarlo de nuevo. Ishi podría haberlo matado con facilidad, pero en vez de hacer eso, rodeó a Tatiana y lo dejó en el foso, donde la hembra intentó en vano alcanzarlo y acabar con él de una vez por todas.

La única grabación del suceso se había realizado con una temblorosa videocámara Sony, encendida mediado el acontecimiento, y el sonido solo recogía chillidos horrorizados. El jefe de los cuidadores fue meridianamente claro respecto al hecho de que los elefantes habían intentado matarlo; esos animales suponían un peligro y debían sacrificarlos. Pero la grabación, junto al testimonio de los demás testigos, fue suficiente para refutar su versión de los hechos más allá de cualquier duda y se tomó la decisión de separar a los elefantes hasta que los pudiesen trasladar a otras instalaciones. La madre y la cría eran muy solicitadas en otro zoológico, pero colocar a un macho de siete toneladas y potencialmente peligroso iba a ser complicado.

Durante las cuatro semanas que tardaron en adquirir a Tatiana y su pequeña y trasladarlas al Zoo de Berlín, los dos elefantes estuvieron juntos a cada lado de la valla que separaba sus recintos.

Ambos sabían que aquellos iban a ser sus últimos días juntos y la emoción dejó sin palabras a los cuidadores, con la excepción del irredento jefe.

Así fue cómo en aquel invierno inglés Ishi regresó a su solitaria travesía, con el bien conocido pesar, tantas veces padecido, arrancándole otro pedazo de corazón. Los cuidadores sabían por qué había vuelto a dejar de comer, pero tenían que mantenerlo vivo; las órdenes eran claras al respecto. Durante los veinte años que estuvo allí, todos llegaron a quererlo y respetarlo, e incluso perdieron el miedo a entrar en su recinto.

Los padres susurraban a sus hijos mientras señalaban al «peligroso» elefante que habían visto en televisión; los adolescentes le gritaban puyas; la gente mayor miraba al animal a los ojos... y se retiraba confusa. Desde su punto de vista parecía, simplemente, que tenía el corazón roto.

Dos semanas después del traslado de Tatiana y su cría, Ishi se situó, muy bajo de ánimo, junto al abrevadero rememorando un lejano recuerdo cuando el olor de algo conocido le causó cierto pesar. Su hipocampo bulló de información y en cuestión de segundos lo identificó y comenzó a observar a los *dos patas* que pasaban por allí.

Amanda había visto el incidente del Zoo de Sheffield en las noticias locales, pero estaba tan absolutamente en contra de mantener a los animales en cautividad que evitaba prestar atención a ese tipo de historias; la alteraban demasiado. Pero en esta ocasión algo despertó su interés; los testigos, e incluso los cuidadores, llamaban héroe al elefante y, además, la tragedia de perder a su compañera hacía de la historia un asunto extremadamente intrigante. Después de un gran debate interno, decidió meter a sus dos hijas de ocho años en el coche y levarlas al zoo por primera y, con un poco de suerte, última vez en sus vidas.

Y una vez allí, en pie junto a la valla y levantando a sus hijas para que pudiesen ver con claridad al poderoso macho, se dio cuenta de que el elefante se dirigía hacia ellas. El animal se detuvo al borde del foso, aproximadamente a unos seis metros de distancia, alzó la trompa y emitió un chillido largo y lastimero que asombró a sus dos hijas. Amanda comprendió que los gestos del elefante estaban dirigidos a ella y vio cómo buscaba sus ojos con la mirada… Entonces supo quién era ese elefante. La cicatriz apenas visible que ascendía por su frente, las formas de las orejas y la amabilidad de su mirada no dejaban lugar a dudas.

—¡¿Ishi?! —gritó, y todos los presentes, sus hijas y los demás visitantes la miraron atónitos.

El elefante estiró su trompa, agitó las orejas encantado y luego corrió por el recinto para regresar después al mismo lugar moviendo la cabeza de un lado a otro mientras su orina humeaba al salpicar el frío suelo. Amanda se sintió tan abrumada, tan impresionada, que algunos de los presentes tuvieron que contenerla para evitar que saltase la valla y se reuniese con él.

—¡Pero, Ishi, ¿qué estás… haciendo aquí?! —exclamó, después dirigiéndose a los espectadores que la sujetaban, añadió—: ¡Conozco a ese elefante! ¡Ayudé a criarlo!

Sus hijas no sabían qué pensar. ¿Su madre se había vuelto loca?

Instantes después se presentó uno de los guardias del zoológico y, tras verificar que aquella mujer y el elefante habían mantenido una relación anterior, llamó a la central para que enviasen a alguien con autoridad. Pero antes de que llegase el jefe, el guardia, un escocés de treinta y siete años llamado Curtice Horsely, realizó una diestra deducción.

—Señora, ¿no conocerá, por casualidad, a Russell Hathaway, el viejo cazador blanco?

Amanda lo miró incrédula. ¿Ese hombre conocía a su padre? ¿Qué estaba pasando? Al final encontró las palabras.

—Sí, es mi padre…

—Pues entonces venga conmigo, traiga a sus hijas, vayamos a un lugar donde podamos hablar.

Las llevó a la parte posterior del complejo, abrió una puerta corrediza de acero y después las guio a lo largo de un túnel hasta llegar a un antiguo edificio de ladrillo. Amanda tuvo dificultades para entender su fuerte acento escocés dentro el túnel.

—… Viene por aquí una vez al año o algo así, diría yo; el personal le permite entrar en el recinto después del cierre. Es algo bastante especial, y la verdad es que merece ser visto. —Sonrió y en ese momento el jefe de la plantilla llegó a bordo de un carro eléctrico.

—Señor, le presento a Amanda Hathaway, hija del señor Hathaway. Amanda, este es Sean McCaffrey, responsable del mantenimiento de animales.

Se observaron mutuamente mientras estrechaban sus manos; y la primera impresión de Amanda fue la de estar frente a un hombre necesitado de cuidados. Lo había visto brevemente en las noticias, pero a corta distancia advirtió en su rostro las marcas de alguien que llevaba décadas siendo alcohólico y en sus ojos una gran cantidad de ira. Tuvo una horrible intuición, ¿ese hombre había maltratado a Ishi alguna vez?

Horsey continuaba hablando.

—… y también conoce a nuestro Ishi. Pensé que podría considerar permitirle visitarlo a través de la valla protectora.

McCaffrey gruñó y negó con la cabeza.

—Lo siento, señora, pero no puedo permitir que se acerque a ese elefante. Sólo nuestros cuidadores especializados pueden interactuar con él.

—Entiendo perfectamente su preocupación, señor McCaffrey. —Detectó la expresión en el rostro de Horsely… No estaba de acuerdo, pero tenía que mantener la boca cerrada. Amanda tomó las manos de sus hijas y añadió—: Gracias por su tiempo. —Y comenzó a marchar con ellas. Se volvió hacia McCaffrey al llegar a la entrada del túnel. Había recurrido a esa táctica en numerosas ocasiones a lo largo de los años.

—Tengo entendido que está intentando trasladarlo a otro lugar. Puede que tenga una solución. Ya que a mi padre se le permite visitarlo, tengo una propuesta para usted. Llamaré a mi periódico, escribo en *The Guardian*, para que envíen a un equipo con mi padre y fotografíen a Ishi. Estoy segura de que podría colocarlo en alguna reserva estadounidense en cuestión de días después de la publicación del artículo. Así se lo podría quitar de encima, ¿qué me dice?

McCaffrey reflexionó un momento, preguntándose si sólo sería una farsante. La oferta no llegaba a través de los cauces habituales, pero sin duda le resolvería uno de sus mayores problemas… No le gustaba el elefante y no le gustaba al elefante.

—Siempre hemos agradecido el regalo de su padre, así que agradeceremos cualquier ayuda que nos permita colocarlo en otro lugar.

«El regalo de su padre». Ahí estaba, esa era la confirmación que había temido obtener: si su padre había sacado a Ishi de África para enviarlo allí sin decírselo a nadie de su familia. Esa era una traición tan mayúscula que necesitaría cierto tiempo para procesarla antes de contactar con él. Pero, de momento, tenía que disparar su último cartucho con el jefe de los cuidadores.

—Señor McCaffrey, cuidé de Ishi cuando era una cría, hace años que lo conozco. Quizá incluso mejor que mi padre. Firmaré cualquier dispensa que necesite, pero quisiera pasar un rato con él antes de regresar a Londres. Aunque sea desde el otro lado de la valla, si tal es su condición.

Como si fuese una señal, Ishi emitió un ruido sordo, grave y lastimero desde su recinto; resultaba claro que intentaba comunicarse con Amanda, incluso McCaffrey pudo oírlo. Lo pensó un momento, suspiró y asintió hacia Horsely.

—Espere aquí con su familia. Abriré el recinto a ver si se acerca a la valla.

—Gracias, señor McCaffrey —respondió Amanda—, me ha alegrado el día. Y probablemente también el suyo.

Sus hijas no cabían en sí por la emoción al ver a su madre siguiendo a McCaffrey a través de la puerta trasera. Incluso el corazón de Amanda se aceleró ante la expectativa; habían pasado veintitrés años desde la última vez que vio a Ishi. Pero entonces iba a encontrarse con un macho adulto y no un dulce y cándido adolescente. ¿Sería bueno con ella? ¿Podría mostrarse agresivo? Básicamente, había pasado preso los últimos veinte años; ¿cómo había afectado todo eso a su comportamiento?

Ishi se presentó en el otro lado de la valla de más de tres metros de altura y apretó su cabeza contra ella en cuanto Amanda entró en el recinto. Entre los barrotes apenas había el espacio justo para que pudiese pasar la trompa.

—Tenga mucho cuidado, señora —advirtió McCaffrey a su espalda—, puede herirla de gravedad si logra atraparla.

No dedicó otra respuesta a McCaffrey más allá de un breve asentimiento al aproximarse a la valla.

Ishi se estiró y la tocó con suavidad. Ella le frotó la trompa con las manos, de arriba abajo, le acarició el rostro y le susurró mientras el elefante olía a su vieja amiga con la corona naranja. Aunque la corona ya no era naranja. Como él ella ya no era joven y vivaz.

—Ay, Ishi, cuánto lo siento… Lo siento mucho —murmuró mirando su ojo derecho, que había presionado contra la valla colocándolo a la altura de la mujer de modo que pudiese acercarse a ella tanto como fuese posible. Su «voz» retumbó desde lo más profundo de su garganta. Amanda apenas podía ver a través de las lágrimas que inundaban sus ojos, pero no dejó de sostenerle la mirada.

—Voy a sacarte de aquí, te lo prometo. Tendrás una casa nueva fantástica, sin jaulas ni enemigos. Podrás pasar el resto de tu vida en paz. Te lo prometo, viejo amigo…

Sus hijas observaban asombradas cómo el elefante y su madre se agarraban a través de los barrotes. Horsely mostraba una amplia sonrisa, pero también él tenía lágrimas en los ojos.

* * *

—¿Pensabas decírmelo alguna vez? —preguntó Amanda con voz suave en cuanto su padre respondió a la llamada telefónica la noche siguiente. Había aceptado la idea de que él actuó con la mejor intención, aunque quizá la vida de Ishi durante aquellos últimos veinte años no mereciese la pena ser vivida. Sólo quedaban ellos dos y, probablemente, no debería chillar y juzgar al único miembro de su familia. El daño que le podía causar quizá fuese irreversible. No, tenía que perdonarlo.

—He pensado decírtelo en mil ocasiones —dijo su padre tras un largo silencio—. Siento que hayas tenido que enterarte así.

—Al menos me enteré. ¿Se lo dijiste a mamá?

—Poco antes de fallecer.

—¿Cómo se lo tomó?

—Como tú. No estaba de acuerdo con la decisión, pero la comprendió. —Amanda no respondió—. No había una elección buena, ¿sabes? Al menos está vivo y podemos enviarlo a algún lugar más adecuado para pasar el tiempo que le quede.

—Lo sé. Ya estoy en ello.

—Esa es la actitud. —Intentaba ocultar la emoción al hablar, pero su hija la detectó igualmente—. Eres la mejor, como siempre, cariño.

CAPÍTULO XXI
Zambia y Kenia, 1999-2002

Kamau se sentó junto a la única ventana de la sección de cola del gigantesco avión de carga en cuanto se inició el agitado descenso a través de las nubes de lluvia para realizar la maniobra de aproximación al Aeropuerto Internacional de Lusaka. Ishi dormitaba en un contenedor tras él, pero comenzaba a dar señales de estar saliendo de la sedación. No iba a recordar muchas cosas del viaje desde Inglaterra, desde luego no tantas como de la travesía oceánica realizada veinte años antes, y eso estaba bien. Este viaje apenas duró treinta horas... frente a las seis largas y devastadoras semanas del otro.

Tras el incidente en el Zoo de Sheffield, Kamau le presentó a Amanda a los dueños de una reserva privada en Florida donde Ishi encajaría a la perfección. Los propietarios siempre se alegraban por acoger a cualquier animal de Salisbury que, por alguna razón, no pudiese ser devuelto a su hábitat natural.

Los arreglos para el traslado de Ishi a Florida ya se encontraban en la última fase cuando una noche Russell y Amanda recibieron un mensaje por fax de parte del representante de un acaudalado benefactor.

Se había informado a los dueños del Zoo de Sheffield de que una reserva privada situada en Zambia le ofrecería a Ishi el entorno ideal para un macho anciano. La reserva ocupaba una superficie de más de doscientos treinta kilómetros cuadrados de bosques y sabanas donde se había dado refugio a cientos de animales en peligro de extinción y una alta valla electrificada, además de una plantilla de guardias armados, la protegían de los furtivos. El argumento más convincente fue la existencia de una manada de solteros que acababa de perder a su jefe, un viejo macho muerto por causas naturales. Necesitaban a otro macho maduro para mantener intacto el orden jerárquico y enseñarle a la manada cómo funcionaba su mundo. Y, además, había algo mucho mejor: docenas de hembras entre las que podía escoger. Amanda y Russell no podían imaginar una vida mejor para él. Amanda realizó la investigación necesaria acerca de Werner Brandeis y su organización benéfica a favor de los animales y tanto ella como el zoo británico no tardaron en aceptar la oferta. El África Oriental, con su clima, su flora y el hecho de ser un territorio conocido, además de su ubicación geográfica, era aún mejor que un parque en Florida. Ishi regresaría a su continente de origen.

Es evidente que estoy soñando. Estoy mirando a unos cuantos machos jóvenes que me devuelven la mirada y el sol ha vuelto a ser cálido y brillante como lo era antes del lugar frío. Y no hay barreras a mi alrededor... Sólo una sabana abierta, repleta de hierba y árboles que parece extenderse hasta el infinito.

En mi sueño, tengo a mi viejo amigo dos patas junto a mí. Ya lleva cierto tiempo a mi lado, igual que tantas veces lo estuvo en mis años de juventud. Tengo la impresión de que se dispone a marchar de nuevo, pero así es como tiene que ser; aquí fuera no puedo vigilarlo por siempre. Espero que se haya ido cuando despierte.

Kamau regresó al camión de trasporte con el guarda forestal de la reserva, un guardabosques retirado del Parque Nacional Zambezi, y observó a Ishi caminar sin prisa hacia la línea de árboles y después volverse para comprobar si los jóvenes machos lo seguían. Y así era. Emitió un ruido sordo de baja frecuencia que sólo ellos pudieron oír y la pequeña manada de solteros apretó el paso hasta alcanzarlo mientras desaparecía entre los árboles. Kamau esbozó una radiante sonrisa y el guardia asintió.

—Esto debería salir de maravilla —dijo mientras ponía en marcha el camión, después indicó con un silbido a los dos guardias a sus órdenes que subiesen a la parte trasera y maniobró dirigiéndose a casa. Para Kamau, aquel fue uno de los viajes más felices de su vida. Al oír que Ishi se encontraba sano y salvo en un zoológico inglés, y que lo acompañaría de regreso a África, tuvo que soltar el teléfono del pasillo y tomar asiento. Las punzadas de dolor que sentía al imaginar a su viejo amigo reducido a un montón de huesos desaparecieron para ser sustituidas por una euforia como no había sentido en años.

Estos días pienso muy a menudo en Negrote e intento con toda mi fuerza ser tan buen custodio con mis jóvenes amigos como él lo fue conmigo. Sin su terrible temperamento, espero, pero eso hay que preguntárselo a ellos.

Llevo unos cuantos días caminando por este nuevo lugar, he probado y olido cada árbol y abrevadero como si hubiese vuelto a mi juventud. Echo mucho de menos a Tatiana, pero ella es lo único que extraño del lugar frío. Incluso he mostrado afecto a los moradores de árboles y llanuras con los que me he encontrado y puedo asegurar que lo agradecen. Aún no tengo rival, así que soy la criatura más temida y respetada de los alrededores... A excepción de los dos patas, por supuesto.

Hoy me he encontrado por primera vez con una barrera que se extendía tan lejos como yo pudiese caminar. Les he preguntado a mis jóvenes amigos acerca de ella y me dijeron que ya estaba allí cuando llegaron. Continúa a lo largo de jornadas y jornadas de marcha, y no sólo eso: es peligrosa; da unos pinchazos terribles si uno la toca y la herida que deja duele como la de las garras de un gran gato. Es algo que se debe evitar.

Por mucho que agradeciese estar en este nuevo lugar, me faltaba algo. La sensación de soledad que siempre me acompañaba en el lugar frío y el vacío que me dejó en el estómago, y que me hacían sentir apático y adusto casi todo el tiempo que pasaba despierto, estaban desapareciendo, pero no se habían desvanecido por completo. Sí, había regresado a mi viejo mundo, pero nada era igual y me preguntaba por qué.

Ahora comprendo que mi antigua vida aún está ahí fuera... Mis amigos, mis tías, mis clanes; todos los puntos de referencia conocidos, la sensación de haber crecido en alguna parte, de pertenecer a un lugar que contenía mis recuerdos. Al contrario del cielo nocturno en el lugar frío, las estrellas se encontraban en los lugares que acostumbraban, así que me parece que estoy cerca de mi hogar. Al menos bastante cerca. Viviré lo mejor que pueda mientras esté aquí, pero el dolor de mis huesos me dice que pronto llegará el día de marchar.

* * *

Los mismos cambios imprevistos que terminaron con la carrera de Kamau en el Ministerio de Vida Silvestre también afectaron a otros. Gichinga Kimathi era kikuyu, así que cuando Karenji, el nuevo jefe de gabinete del presidente, y su equipo de transición lo convocaron para someterlo a evaluación, levantó la vista de su archivo personal emitiendo un suave silbido que terminó en una triste sonrisa.

—Mi... Mi señor Kamathi... Estamos impresionados en extremo por sus ratios de recaudación. Nadie, ninguno de nosotros ha conseguido nunca esas cifras. ¿Le importará que le preguntemos cómo ha logrado semejante éxito?

Ya antes de contestar Gichinga sabía que se le había acabado el cuento. Al parecer, unos días antes habían entrevistado a algunos miembros de su plantilla y supo entonces que sus declaraciones no fueron muy positivas respecto a su dirección o a sus métodos. Nunca lo habían ascendido al puesto que creía merecer y esos idiotas recién llegados iban a degradarlo o despedirlo, así que tomó una decisión rápida y audaz. Se levantó sin pronunciar palabra, esbozó una gélida sonrisa y abandonó la sala. «Tengo mejores modos de ganarme la vida», se dijo mientras avanzaba por el pasillo, e iba a recurrir a ellos de inmediato.

Mutegi Kimathi, su hijo, ya tenía veintitrés años y era el vivo retrato de su padre, tanto en aspecto como en temperamento. Cuando a una persona lo cría un padre frío y exigente al que ha visto abusar de su amable y devota madre, o se alinea con él... o sucumbe. O se revela contra él por primera vez a los diez años, recibe una paliza y después sucumbe, como fue el caso de Mutegi. A medida que crecía, su ira se hizo aún más profunda que la de su padre; lo expulsaron de dos colegios por peleas. Entonces trabajaba con su padre dedicándose a una profesión que no necesitaba títulos, sólo los contactos adecuados y algo de práctica laboral. Y un equipo.

Gichinga lo había llevado a varias expediciones de furtivismo y presentado a sus compradores; Mutegi llegó a ser bastante eficiente en su labor, sobre todo desde que los furtivos comenzasen a preferir el empleo de rifles automáticos. Sus presas no tenían ni una sola oportunidad; exterminaban manadas enteras en cuestión de segundos.

Tiempo después, Mutegi cayó en una emboscada tendida por la Fuerza de Campo justo a las afueras del límite de Tsavo, fue arrestado y pasó tres semanas en una cárcel fétida y abarrotada junto a dos miembros de su equipo. Un personaje anónimo pagó su multa y después se reunió con su padre, que lo esperaba en la bulliciosa calle abierta frente al presidio.

Gichinga había concluido definitivamente su relación con el Gobierno, según le contó a su hijo mientras celebraban el encuentro bebiendo una botella de ron en su bar ilegal preferido, y quería restablecer su «negocio» como socios.

—Tengo un plan que multiplicará mucho nuestros ingresos.

—¿Y eso?

—Vamos a vender directamente a los chinos. Prescindiremos de los intermediarios del Gobierno.

Mutegi se quedó mirando a su padre mientras meditaba las ramificaciones de la propuesta.

—Va a ser arriesgado... No tendremos protección si nos atrapan.

—¿Para qué te sirvió nuestra «protección» la última vez?

Mutegi miró más allá de su padre, hacia las bailarinas que ofrecían sus encantos en el escenario, y se encogió de hombros. No tenía respuesta.

—Volveré a salir contigo —continuó—. Trabajaremos juntos. Padre e hijo. Como en los viejos tiempos. Vamos a ser más ricos de lo que jamás hubiésemos imaginado.

Mutegi comprendió entonces que su padre se tomaba el plan muy en serio. Al final, asintió con un gesto.

—Vale. Vamos a intentarlo.

Gichinga pasó un brazo alrededor de los hombros de su hijo y esbozó una amplia sonrisa.

—Bien. Comenzamos mañana.

Tal como había predicho su padre, pronto fueron más ricos de lo que jamás habían imaginado. Pero no importa cuánto dinero tenga uno, a veces las cosas no salen según el plan previsto.

CAPÍTULO XXII
Tanzania, en la actualidad

Dos jornadas después, una vez el elefante rebasó el lago Tanganika e ingresó en territorios tribales, los festejantes humanos se fueron y dejaron que Westbrook y su director, un famoso realizador de documentales del *National Geographic*, siguiesen a Ishi en paz. Empleaban una serie de pequeños drones donados por una empresa llamada GoPro cuando salió al mercado el primer VANT de uso civil.[10] Así podían seguirlo a distancia y desde una altura no intrusiva con aparatos a los que la mayor parte de la vida salvaje no prestaba atención, aunque de vez en cuando algún pájaro grande y, por alguna razón, airado atacaba a uno y los dejaba ciegos hasta que lograban poner otro en el aire. El equipo pudo entonces prescindir del helicóptero y las cámaras de suelo, lo cual les facilitó la vida a todos.

Ishi pronto comprendió que la presencia todas las mañanas de aquél «pájaro» de extraño aspecto no era una simple casualidad, pues se acercaba y volaba por encima de él emitiendo un leve zumbido mientras lo seguía durante toda la jornada hasta el anochecer y luego se iba; aunque no sabía si era siempre el mismo o lo relevaba alguno de sus hermanos. En cualquier caso, se movía y planeaba de un modo que nunca había visto en otras aves. El viejo

---

10   Vehículo Aéreo No Tripulado. *(N. del T.)*

macho no era tonto: sabía que sus amigos *dos patas* aún estaban ahí fuera, observándolo.

Entonces sucedió algo inesperado. Un atardecer, Ishi apenas había comenzado su jornada de marcha nocturna cuando se encontró con una manada reunida en las riberas de un río, compuesta por dos grandes familias (una docena de hembras de distintas edades con sus jóvenes crías y machos preadolescentes). Se dispuso a mantener una distancia prudencial, conocedor de que probablemente no iba a ser bienvenido entre ellas, cuando la matriarca se acercó a él sin temor y lo olfateó de arriba abajo con su trompa. Después lo miró a los ojos y lo saludó con un suave murmullo.

—Parece que estás haciendo un largo viaje, extranjero. ¿Tu destino está lejos de aquí?

La pregunta tomó a Ishi por sorpresa, no tanto por ser tan directa o mostrar tan notable clarividencia, sino por la ternura de su voz. Ninguna hembra, a excepción de Tatiana, había sido tan solícita desde que se convirtiese en un macho adulto… Y aquella no fue una relación natural, sino forzada. Trató a la matriarca con la misma amabilidad.

—Regreso a mi lugar de nacimiento, mi querida señora, y, sí, está lejos de aquí. ¿Conoces la montaña gigante con nieve en su corona?

—He oído hablar de ella, pero nunca la he visto. Dicen que está a muchos horizontes de distancia. —Le colocó la trompa cerca de la boca—. Tu aliento tiene el olor de una herida. ¿Estás lo bastante fuerte para hacer ese viaje?

—Lograré llegar.

Para entonces ya se habían acercado otros miembros de la manada al observar en las reacciones de su matriarca que Ishi no representaba ningún peligro. Los machos lo miraban con asombro; era el individuo más grande que habían visto en su vida. Dos hermanas de cierta edad olfatearon su herida y lo miraron preocupadas.

—Esto te lo hicieron los *dos patas*, ¿verdad? —preguntó una de ellas.

Ishi comenzó a explicar la situación a regañadientes, pero eso sólo sirvió para que le planteasen más preguntas y no tardó en encontrarse contándoles la historia entera de su viaje hasta el momento. La manada estaba fascinada y al oscurecer ya se había hecho amigo de todos sus miembros. Al final la matriarca, llamada Aguas Profundas, indicó al clan que guardase silencio con una seña.

—Quiero preguntarle a nuestro nuevo amigo si le gustaría viajar con nosotros durante una temporada —dijo al clan y después, dirigiéndose a Ishi, añadió—: Vamos en la misma dirección que tú y conocemos las mejores rutas. Nosotros te proporcionaremos compañía y tú nos darás protección frente a cualquier peligro imprevisto hasta que nos separemos. ¿Qué te parece?

Ishi sabía que no necesitaban su protección... La matriarca se lo ofrecía por pura bondad. Y entonces brotó de él una oleada de fuertes emociones contenidas. Sus sentimientos fueron tan evidentes que las hembras hicieron turnos para consolarlo. Era una clase de macho que sólo encontraban en raras ocasiones y se comprometieron a ir con él tan lejos como pudiesen.

Jeremy Westbrook, acomodado en su caravana, observó la transmisión del dron con gran interés. Mientras la manada acompañaba a su nuevo amigo en la oscuridad, y el dron regresaba al campamento base con la caída de la noche, envió un mensaje de texto a Rebecca y a su director compartiendo las últimas noticias. Todos comprendieron que aquello podía ser una nueva vuelta de tuerca... Y no necesariamente mala.

CAPÍTULO XXIII
Inglaterra, Nueva York, Kenia y Zambia, 2003-2011

Como sucede en cualquier familia que haya perdido un hijo a edad temprana, el pesar supone un auténtico cataclismo emocional. Se suaviza con el paso del tiempo, pero no desaparece; los padres han de aprender a vivir con el corazón roto durante el resto de sus vidas.

El dolor que siente un hermano también es descomunal, pero diferente. Amanda sentía que llevaba a Terence a su lado como un espíritu que residía en ella mientras vivía su vida. Si veía algo extraordinario (una lluvia de estrellas en las montañas de Kandahar, por ejemplo, o el momento cumbre de un concierto de U2 entre bambalinas) podía compartirlo como si se encontrase allí con ella, incluso le hablaba en voz alta. Nunca le pareció extraño vivir por los dos. A pesar de que era escéptica respecto a la vida en el más allá, lo llevó con ella como un compañero de viaje durante el resto de sus días.

Amada al final se agotó de viajar por los requerimientos de los trabajos de investigación y, como madre soltera, rebajó sus obligaciones para poder criar a sus hijas de un modo más adecuado. Nunca se planteó enviarlas a un internado (esa lección la tenía bien aprendida) y en las escasas ocasiones en las que debía salir en busca de una historia, podía dejarlas con Russell y Leslie, donde se quedaban encantadas y solían rogar que las dejase más tiempo cuando volvía a recogerlas. Russell, la verdad sea dicha, era mejor abuelo que padre. Por fin había aprendido la lección.

Amanda, por otro lado, había comenzado a escribir libros de no ficción bien entrada la treintena y para entonces recibía modestos adelantos de parte de un editor especializado. Su historial con los hombres la había curtido lo suficiente para no querer nada de ellos aparte de su amistad y al final de su cuarentena ya tenía una vida lo bastante completa (con su familia, trabajo y amigos) para mantenerla ocupada y relativamente feliz. Tuvo algún amante ocasional cuando sus hijas fueron a la universidad, pero siempre acababan recordándole por qué estaba sola.

Cuando los acontecimientos del 11 de septiembre acabaron con el breve y pacífico sueño que había entumecido a Occidente tras el fin de la Guerra Fría, Amanda se debatió entre retomar, con cincuenta y un años, su trabajo como periodista a tiempo completo o quedarse al margen y contribuir de alguna otra manera. Ya había entrado en la menopausia, así que decidió que eso era asunto para mujeres jóvenes, pero mientras buscaba oportunidades supo que su prohibición de entrar a Estados Unidos ya no tenía efecto; las leyes se habían modificado desde entonces y tenía derecho a solicitar un visado en cualquier momento.

Tres semanas después paseaba por las calles del Bajo Manhattan y, a pesar de que Nueva York había experimentado grandes cambios, fue como recuperar una amistad de toda la vida en el momento donde la había dejado. Después de pasear varios días por las ruinas de la Zona Cero se le ocurrió una idea para un libro, una incendiaria serie de ensayos y entrevistas (con especialistas, políticos, generales y clérigos musulmanes) acerca de cómo abordar la inminente guerra entre civilizaciones que, probablemente, iba a extenderse a lo largo de varias generaciones. Un año después, y a las cinco semanas de su publicación, *Guerra a las puertas — Un choque de siglos* se colocó en la lista de los libros de no ficción más vendidos según el *New York Times*.

Concedió cientos de entrevistas durante la gira de promoción, pero nunca mencionó las razones por las que no había regresado a Estados Unidos hasta entonces. Esa parte de su pasado no era un secreto que desease desvelar. Una mañana, mientras descansaba sentada en una habitación de lujo del hotel Hilton Midtown durante la pausa del almuerzo, un hombre se presentó en la entrada sin la habitual agente de relaciones públicas encargada de hacer las presentaciones.

—Perdone, ¿la señora Hathaway? No tengo cita para verla, pero creo que quizá esté interesada en hablar conmigo…

La sangre se heló en sus venas al darse cuenta de quién estaba frente a ella. Los treinta años pasados también habían operado profundos cambios en Ariel Levine. Parecía una copia descolorida de la imagen que guardaba de él en la memoria. La ira de sus años jóvenes había desaparecido, sustituida por una calma casi inquietante. Tomó asiento en una silla frente a ella, mirando a sus asombrados ojos, y le dedicó una sonrisa encantadora.

—No te preocupes. Dejé de odiarte hace años. La verdad es que he venido a pedirte disculpas.

Amanda lo miró con fijeza. Sus palabras, y sentimientos, atravesaron treinta años de armadura con tanta limpieza que le pareció estar de nuevo en aquel prado boscoso, en la sala del tribunal, traicionándolo.

—¿Por qué… tendrías que pedirme perdón? En justicia, yo debería pedírtelo a ti.

Él negó con la cabeza, despacio.

—No, eso que hiciste me salvó. No me di cuenta en el momento… Pero me salvó. Aunque no fuera tu intención. —Bajó la mirada—. Cumplir una condena puede hacer que cambies si te lo permites. Si no dejas que la amargura te domine.

—Sí, desde luego parece haberte cambiado… ¿Y qué hay de los demás? ¿Por dónde andan Geoffrey… Sammy el Cajún…?

—A decir verdad, no he seguido la vida de ninguno tan de cerca. Excepto el de Max. —Esbozó una triste sonrisa—. Y el tuyo. Primero en los periódicos y después en Internet. Lo has hecho muy bien. Me alegro por ti.

Amanda estaba petrificada.

—Gracias. —Advirtió su alianza matrimonial—. Veo que estás casado… Bueno, supongo, ¿no? ¿Tienes hijos?

—Sí. Como tú. Pero estoy separado.

—Vaya, lo siento. Sé cuánto duele.

Él contempló por la ventana el horizonte urbano de Manhattan y ella se fijó en su perfil. Estaba en buena forma para ser un estadounidense de unos cincuenta y cinco años, su cuerpo sólo parecía un poco más grueso y aún tenía el cabello espeso y oscuro. Él le devolvió la mirada.

—Encontré algo en prisión que me salvó. Me convertí al budismo, ¿qué te parece?

Ariel era la última persona que ella hubiese esperado que encontrase consuelo en la espiritualidad. Estaba a punto de decirlo cuando su agente de relaciones públicas se presentó acompañada por una nueva entrevistadora.

—Señora Hathaway, le presento a Alice Marsden, del *Detroit Free*… —Pero interrumpió las presentaciones en cuanto vio que en la sala se encontraba otro visitante—. Lo siento, no había advertido…

Ariel se apresuró a levantarse de la silla.

—Por favor, yo estaba a punto de irme —dijo, dirigiéndose a la relaciones públicas, aunque sus ojos no se apartaron en ningún momento de los de Amanda—. Gracias por su tiempo, señora Hathaway. Ha sido un placer.

Sonrió a las dos recién llegadas mientras las rodeaba. Amanda lo miró mientras se encaminaba hacia la puerta… Entonces, presa de un fuerte impulso, se levantó de un salto.

—Perdone, señora Marsden —dijo a la entrevistadora—, no pretendo ser grosera, pero, ¿le importaría esperarme aquí un instante? Tengo que hablar con ese caballero un poco más.

Le dedicó una sonrisa cortés y se escabulló hacia la entrada. Llegó a él cuando ya se aproximaba a los ascensores del pasillo contiguo.

—Espera —le dijo—. No creerás que puedes salir así, caminando tranquilamente por la puerta, después de treinta años, ¿no?

La miró sorprendido, la vio sonreír y le devolvió la sonrisa.

—Vaya. Pues… no… Ha sido un poco cutre, ¿verdad?

—Puede. Pero hace falta valor para salir a buscarme y presentarse aquí. No te menosprecies.

Ambos rieron y sintieron que el pasado se desvanecía. O, más bien, regresaba de puntillas.

—Tienes razón —dijo—. Me hizo falta un poco de… monólogo interior.

—A estas alturas ya he conseguido tener un poco más de confianza en mí misma. Si de verdad quieres algo, tienes que pedirlo.

Él sacudió la cabeza, sorprendido.

—Me alegro de que te hayas convertido en un ser humano tan evolucionado. Aunque no puedo decir que me sorprenda.

—Tengo un millón de preguntas. ¿Algún plan para cenar? —soltó de repente, sorprendiéndose a sí misma tanto como a Ariel—. Hay un buen restaurante a la vuelta de la esquina, dame tu número y te llamaré en cuanto termine aquí.

No podían apartar la mirada el uno de la otra. Ambos sabían exactamente qué estaba pasando.

Amanda, al despertarse a la mañana siguiente cuando un rayo de luz se coló entre las cortinas de la habitación del hotel, miró a un lado y vio a Ariel dormido junto a ella, con su cuerpo bien cuidado sobresaliendo entre las sábanas revueltas, y sonrió al recordar su noche de sexo. Pensó que muy pocas cosas habían cambiado durante aquellos años, a no ser que él ya no podía hacerlo varias veces a lo largo de una noche; los apetitos de ambos se suavizaron tras el primer orgasmo. Pero teniendo en cuenta el kilometraje de ambos, les había ido bastante bien. Después de todo ese tiempo, él continuaba siendo el mejor amante que había tenido.

Trabajaba como adiestrador de caballos en el norte el Estado de Nueva York, y con todas las de la ley; había asistido a una escuela después de cumplir ocho años de condena en el correccional de Hudson, se reunió con la comisión estatal de titulaciones y consiguió trabajar en un equipo de caballos pura sangre de Saratoga gracias a un amigo budista. No se cobraba mucho dinero, pero lo cierto es que uno no puede acceder a demasiadas profesiones bien pagadas después de haber cumplido una condena seria. Amanda sintió que se le rompía el corazón: habría sido un gran veterinario si las cosas se hubiesen desarrollado de otro modo, pero aceptaba su sino sin quejarse y en ningún momento su dignidad sufrió menoscabo.

Lo acarició con suavidad bajando una mano hasta sus caderas y él se revolvió. Después se estiró y acarició su bajo vientre... Y gimió. Instantes después él estaba dentro de ella y comenzaron el día con un lento y dulce clímax.

Ambos sabían que no tenían futuro juntos (todo aquello era para sanar las heridas del pasado), así que las cosas se desarrollaron con sencillez y sinceridad. Para Amanda, el mejor regalo fue que al final pudo perdonarse a sí misma y dejar de pagar por su mayor transgresión, por aquello que más lamentaba. Vio que él estaba bien; sus destinos se habían enderezado y ambos pudieron guardar en exclusiva el secreto de su pasado.

Caminaron las pocas manzanas que los separaban de la Terminal Grand Central después de desayunar. Se prometieron mantener el contacto y, tras un beso, Ariel se subió al tren.

Aunque recuperaron el contacto unos años después, con la creación de Facebook, y estuvieron al tanto de sus vidas desde la distancia, jamás se volvieron a ver.

* * *

Para un hombre caucásico, es raro llegar a los setenta y cinco años sin ningún problema importante de salud. Russell, como la mayoría de su generación, había fumado, seguido una dieta rica en grasas, bebido una buena cantidad de alcohol y, además, su madre tenía un historial de enfermedades coronarias. Por consiguiente, no debería haber sorprendido a nadie que un día, mientras pintaba solo en el páramo abierto a unos cuantos kilómetros al norte de la propiedad de Leslie, sintiese un ligero mareo, al que no prestó atención... Poco después un paralizante dolor de cabeza lo golpeó tan fuerte que sintió deseos de chillar, pero no emitió sonido alguno. Observó desde un lugar aventajado fuera de su cuerpo cómo su pincel se congelaba sobre el lienzo y después resbalaba entre sus dedos. Se inclinó para recogerlo... y se desplomó sobre el caballete. Rodó y quedó mirando al cielo mientras los síntomas se desbocaban; entonces tuvo la terrible certeza de saber qué estaba sucediendo. Había atendido a clientes que sufrieron infartos en la sabana y, por tanto, sabía que necesitaba medicación de inmediato o quedaría parapléjico, confinado para siempre en una silla de ruedas... Sin poder volver a pintar, sin poder volver a ser el amante de Leslie, sin poder volver a jugar con sus nietas. No podía permitirse sufrir ese sino.

Así, recurrió a su entrenamiento y a toda su fuerza para avanzar, trastabillando primero y reptando después, hasta llegar al Land Rover aparcado en un camino de tierra situado a unos cien metros de distancia. A duras penas pudo hacer girar la llave de contacto, ni siquiera era capaz de alzar su brazo izquierdo, y comprendió que de ninguna manera podría conducir hasta la carretera general. Por consiguiente hizo lo único que se le ocurrió hacer... Tocó el claxon sin cesar siguiendo una cadencia que incitase a cualquiera que pudiese escucharla a buscar su origen. Si la oía un militar o un explorador, reconocería la señal de auxilio transmitida en código Morse: SOS.

No sabía cuánto tiempo había pasado cuando oyó a lo lejos el ruido del motor de un tractor acercándose. Había comenzado a lloviznar, Russell yacía sobre el asiento delantero con su mano derecha tocando débilmente el claxon cada pocos segundos. El lado izquierdo de su rostro estaba paralizado y su brazo colgaba inerte o inútil. Se estaba preparando para rendirse a un largo y pacífico sueño cuando alguien lo levantó sin miramientos y gritó cerca de su rostro.

El granjero, un antiguo paracaidista, había oído la bocina al pasar por la carretera general. Saltó del tractor y, al cerciorarse de que Russell no podía moverse ni hablar, lo colocó en el asiento del copiloto del Land Rover y lo sujetó con el cinturón de seguridad.

Condujo tan rápido como era posible en una carretera comarcal mojada por la lluvia y logró llegar al hospital de la zona en menos de cinco minutos.

Como si así lo hubiese dispuesto el destino, aquella tarde estaba de servicio un médico residente hindú enormemente brillante cuyo diagnóstico fue que Russell estaba sufriendo un accidente isquémico y se apresuró a administrarle una inyección intravenosa de alteplasa y una dosis de aspirina. Leslie, afligida, salió al encuentro de la ambulancia pocos minutos después y la siguió hasta el hospital Royal Brompton de Londres, donde estabilizaron a Russell en la UCI.

Por la mañana, el neurólogo jefe del hospital informó a Amanda y a Leslie de que Russell fue extremadamente afortunado; había recibido el tratamiento justo a tiempo y probablemente no sufriría secuelas mentales. Con unas sesiones de rehabilitación podría recuperar incluso la funcionalidad completa de su mano izquierda.

Leslie proclamó que los ángeles habían puesto al granjero y al médico en aquel momento y lugar, y semanas después, durante una cena que preparó para ambos, donó diez mil libras esterlinas para una beca universitaria a favor de cada uno de sus hijos. Decir que Russell había encontrado a otra gran mujer con quien compartir su vida sería decir demasiado poco.

* * *

La verdad es que debería estar tan contento como cualquier otra criatura viva. El sol vuelve a brillar sobre mi espalda y tengo la barriga llena. También tengo muchos amigos y varias hembras que de vez en cuando desean mi compañía. Incluso los dos patas son amables y respetuosos.

Pero, de alguna manera, este lugar me resulta una versión extraña, contenida, de un mundo más grande; he vagado por él durante días seguidos y no importa qué distancia cubra, siempre encuentro los mismos referentes y, al final, termino en el mismo lugar en el que empecé. Hasta la ausencia de peligro se antoja antinatural;

los grandes gatos *parecen cautos y derrotados, como los animales que había visto en el lugar frío. Comencé a cansarme de este sitio después de pasar unas cuantas estaciones, y ahora el impulso por escapar se ha hecho demasiado poderoso para obviarlo. Los jóvenes machos ya casi están preparados para vivir solos, así que me he dedicado a planear mi huida. No tardaré en marchar.*

* * *

El furtivismo en Kenia había alcanzado proporciones epidémicas durante la última década, alentado por bandas de soldados somalíes en busca de un modo para financiar la guerra librada en el norte mediante los beneficios obtenidos a partir del marfil de sangre. Kamau vio los resultados de su maldad muy de cerca: a Salisbury llegaba una cantidad de elefantes huérfanos horrorosamente elevada y sus viejos amigos de la Vida Silvestre le hablaban de historias de grandes matanzas e inenarrable crueldad. Todas las noches, después de visitar a los cuidadores y las crías a su cargo, Kamau se dedicaba a deambular por el recinto de Salisbury como un fantasma; las consoladoras palabras de Makena apenas servían para aliviar su carga un instante. El asesinato de «sus» criaturas lo mantenía en un estado de aflicción tan grande que incluso su famoso sentido del humor había desaparecido.

Un hombre muy distinto estaba experimentando una emoción diferente a casi doscientos kilómetros de distancia. Gichinga Kimathi también observaba de cerca la carnicería, pero desde otro punto de vista; él, su hijo y el resto del equipo mantenían una competición directa con los somalíes y tenían que vigilar con cuidado o podían verse envueltos en un tiroteo. Gichinga estaba tan en forma a sus sesenta años como muchos hombres de cuarenta, pero no había contado con tener que evitar a la Fuerza de Campo y competir con despiadados guerrilleros. Todas las mañanas, al dejar el calor de su manta y disponerse a prender la hoguera para el desayuno en vez de disfrutar de las comodidades de su apartamento en Nairobi, sentía que se estaba haciendo demasiado viejo para todo aquello. Ya no le importaba cuánto estuviesen sacando, decidió volver a dejar el negocio en manos de su hijo, y esta vez para siempre.

CAPÍTULO XXIV
Zambia, en la actualidad (nueve semanas antes), Inglaterra y Kenia

He tomado la decisión de llevar a cabo mi plan. Acaba de comenzar la estación húmeda, que supongo el mejor momento para comenzar mi viaje. Tendré abundante agua y comida y menos probabilidades de encontrarme con los dos patas, *pues suelen ponerse a cubierto cuando llueve. Las noches serán mías.*

Mis jóvenes amigos me han seguido hasta un apartado rincón de este mundo, escogido como el lugar ideal. Han aceptado ayudarme a escapar y luego volver a sus habituales zonas de pasto con la esperanza de que los dos patas *no detecten mi falta.*

Los más fuertes se turnan para desarraigar un árbol grande, que a buen seguro caerá directamente sobre la valla, aplastándola. Y exactamente eso hizo tras un estruendoso golpe. Ahora me acerco a la aplastada barrera para comprobar si su aura aún emana de ella.

¡No! ¡Está muerta y lo único que tengo que hacer es salir andando!

El viejo elefante se volvió hacia los jóvenes machos que observaban tras él, pero ninguno habló. Ishi comprendió que eso le correspondía a él y comenzó adoptando el tono de macho más grave y sabio posible.

—Lamento que no podáis venir conmigo, mis jóvenes amigos, pero marcharéis de aquí cuando llegue vuestro momento. —Ninguno dijo una palabra; algunos no podían ni mirarlo—. Hemos pasado juntos muchas y buenas estaciones y guardaré el recuerdo de nuestro tiempo entre los mejores de mi vida. Todos vosotros vais a ser buenos machos y vais a prosperar muy bien sin mí. Así que dejadme ir antes de que cambie de idea.

Se arremolinaron a su alrededor formando un torbellino de trompas y choque de colmillos, dándole topetazos y empujándolo mientras entonaban sus despedidas. Ishi hizo todo lo que pudo para no mostrar su pesar; al final se alegró de que lloviznase y nadie pudiese ver sus lágrimas.

Dio media vuelta, buscó con cuidado por dónde pasar para salvar la valla caída y comenzó a trotar al internarse entre los árboles que a partir de entonces emplearía como cubierta. No volvió la vista atrás en un intento por mostrar a sus jóvenes amigos la fuerza emocional de un macho poderoso. Probablemente eso hubiese hecho Negrote.

Tres semanas más tarde, después de viajar casi exclusivamente de noche y evitar los lugares habitados por humanos, el gran macho cruzaba un terreno duro y resbaladizo a causa de la lluvia, una franja por donde corrían las bestias de mentira, cuando un descuido lo llevó a cometer un error. No era capaz de mantener su ingesta de alimento (los bultos en sus encías le dolían demasiado al mascar) y el constante sentimiento de hambre hacía que perdiese capacidad de concentración. Así, tenía la mente en otra parte cuando las luces de unos focos delanteros aparecieron entre la lluvia lanzándose directamente hacia él. Se quedó helado, aunque después comenzó a retroceder cuando la bestia de mentira realizó un violento giro. Se detuvo muy cerca de él, quedándose muy quieta, y pudo ver el rostro del *dos patas* que iba dentro. Sus ojos eran tan grandes como los de un lémur. El elefante sostuvo un instante la mirada del *dos patas*, se aseguró de que estaba bien y continuó su viaje cruzando la mediana.

Un pensamiento pasó por su mente mientras desaparecía en la oscuridad. Era el primer *dos patas* que encontraba desde que salió de la reserva... ¿Podía decirles a sus amigos lo que acababa de ver?

Seis semanas más tarde, varios invitados estaban concluyendo una bulliciosa cena dominical en el comedor principal de Leslie cuando sonó el teléfono en una sala apartada. Instantes después avisaron a Russell para que atendiese la llamada. Era Amanda y tenía noticias.

—Quieren que volemos y vayamos a Salisbury de inmediato. Esperan que llegue a la zona en cuestión de una semana.

Russell se sintió emocionado durante un instante, y después perplejo. A sus ochenta y siete años aún mantenía suficiente agudeza mental la mayor parte del tiempo, pero hubo algo en aquella información que lo molestó.

—Van a pagar todo el espectáculo, ¿no?

Amanda sonrió para sí.

—Papá, yo no sé nada de eso. He cargado los billetes en tu tarjeta. —Escuchó la dolorida exclamación en su terminal y se sintió horrible—. Papá, estoy de guasa. Por supuesto que lo pagan, eres la estrella del espectáculo, ¿recuerdas?

—Bueno, con permiso de Ishi. Y el tuyo, claro. Y no nos olvidemos de Kamau.

—No, no nos olvidaremos. Ahora mismo nos está preparando nuestras antiguas habitaciones.

Russell emitió un gruñido de aprobación. Todavía pintaba, pero sólo en los terrenos de la propiedad. No le importaba, pues de todos modos lo hacía de memoria. Las regiones más claras de sus recuerdos eran... los paisajes africanos.

Se dio cuenta de que Amanda hablaba de nuevo.

—Ay, y no te he contado lo mejor de todo. Mañana por la mañana nos reuniremos con el señor Brandeis en Heathrow. Volará con nosotros en su avión privado.

—Bueno, voy a fli... —Se detuvo, dubitativo—. Esto no será una broma, ¿verdad?

—No, papá, está pasando. Y siento haberte tomado el pelo. —Entonces ya hablaba como una hija de verdad más preocupada por él—. Van a enviar un coche para recogernos, así que te iré a buscar a las nueve y media, ¿vale? Dile a Leslie que te meta ropa para la lluvia en la maleta, aún es la estación húmeda.

En ese momento, a unos noventa kilómetros al sur del gigantesco volcán coronado de nieve que había destacado a lo lejos durante las últimas tres jornadas, Ishi, Aguas Profundas y su clan se disponían a pernoctar en un bosquecillo de mangos. Habían viajado sin prisa, rodeando el lago Eyasi y después el cráter del Ngorongoro, pues Ishi sólo podía cubrir unos quince kilómetros diarios. A las hembras no les importaba; se turnaron para contarle las historias de sus vidas, aunque todas sabían que la vida más interesante, con diferencia, era la de Ishi. Había estado en lugares y visto cosas que ninguna de ellas hubiera podido concebir.

Exceptuando las lluvias que de vez en cuando machacaban los drones, Westbrook y el equipo de filmación habían pasado unas jornadas relativamente tranquilas siguiendo al elefante y su nueva compañía. Hubo algún que otro roce con otros machos, pero Ishi era bastante grande y aún era capaz de adoptar una actitud lo bastante amenazadora para que no lo desafiasen. Cuando un adolescente calenturiento intentó montar a una hembra del clan, Aguas Profundas decidió que no era un pretendiente adecuado y, con la necesaria dosis de persuasión proporcionada por Ishi, lo expulsaron. Pagaron a granjas y aldeas por los daños ocasionados en las cosechas, de modo que no hubo ningún enfrentamiento serio con humanos airados.

A pesar de que el territorio extendido frente a la frontera keniata mostraba un aspecto apacible desde el aire, en realidad era imposible saber cómo podía cambiar la situación de un día para otro. Durante las dos últimas semanas se habían dado casos de furtivismo en un radio de varios kilómetros alrededor del desfile, así que los exploradores contratados por el equipo de filmación redoblaron su vigilancia. La simple amenaza de los furtivos bastaba para que el público se pusiera nervioso ante las expectativas; las cuotas de pantalla crecían a ritmo constante y casi cada plataforma que emitía el programa registraba récords de audiencia, además del enorme seguimiento en línea. Ishi jamás lo sabría, pero es probable que en ese momento fuese el animal más querido del mundo.

A la mañana siguiente, mientras la manada se preparaba para la jornada y el dron se acercaba discreto, Aguas Profundas se acercó a Ishi y le acarició el rostro con la trompa.

—Amigo mío —dijo un instante después—, lamento mucho lo que te voy a decir... Mis hermanas creen que ya han ido bastante lejos. Hemos visto la gran montaña, te hemos acompañado tan cerca de tu lugar de nacimiento como hemos podido. Ha llegado el día de regresar a casa.

Ishi ya llevaba un tiempo esperando ese momento, pero también sabía que, por mucho que apreciase el tesoro de su compañía, habría de realizar el resto de su viaje solo.

—No tienes de qué preocuparte. Habéis sido tan buenas conmigo como cualquier grupo de amigos que haya conocido.

Las demás hembras se acercaron, seguidas por las crías y los jóvenes. La voz de Aguas Profundas se quebró por la emoción.

—Eres un tipo único, Ishi. Nunca te olvidaremos. —Ishi apretó su cabeza contra la de ella mientras continuaba hablando—. Tienes un gran corazón, amigo mío. Lo dudé cuando nos encontramos... pero estoy segura de que acabarás tu viaje, no importa lo lejos que tengas que ir.

La manada se acercó más y todos sus miembros tocaron a Ishi, la mayoría demasiado emocionados para poder hablar. También en esta ocasión fue Ishi quien tuvo que encontrar fuerza para continuar, para dejar atrás a otro grupo de amigos.

Comenzó a subir por una colina salpicada de rocas. Después las hembras dieron media vuelta y emprendieron la caminata de regreso a su lejano hogar. El dron siguió a Ishi, y justo cuando este coronaba la cresta, maniobró e hizo una toma de la manada al volverse, alzar sus trompas y emitir un largo y quejumbroso coro de lamentos.

A Westbrook no se le escapó lo sucedido al revisar la grabación de la jornada. Aquellos animales eran tan profundamente sensibles que incluso los humanos tendrían problemas para igualar la intensidad de sus sentimientos. El director y él decidieron reservar esa toma para el momento cumbre de la retransmisión del día siguiente. Supusieron, con acierto, que los televidentes quedarían pasmados.

Dos tardes después Ishi ya había dejado atrás la majestuosa montaña que se alzaba sobre las nubes bañadas por la mortecina luz del sol y caminaba solo a través de un bosque de árboles dispersos cuando un ligero olor llegó desde algún lugar alejado. Desapareció durante un instante y luego regresó con la brisa mostrando una clara y fuerte presencia. Lo asustó, por alguna razón desconocida, y se quedó completamente inmóvil con la trompa levantada en un intento por averiguar de dónde lo conocía.

El sistema olfativo de los humanos puede recuperar recuerdos de lo más profundo del subconsciente, en ocasiones con más potencia que otros sentidos. En algunos mamíferos, como los elefantes, su fuerza es aún más irresistible, pues una rápida discriminación de olores puede ser asunto de vida o muerte. Era el olor de los *dos patas* mezclado con el humo de una hoguera y el aroma de carne de animal quemada. ¿Pero qué era ese olor predominante? ¿Por qué lo inquietaba de ese modo?

De pronto lo supo y sintió que casi se le para el corazón. Un recuerdo comenzó a surgir de su subconsciente; era tan vívido que lo transportó a la herbosa pradera en compañía de su madre, con su manada de nacimiento pastando en los alrededores. Pudo verlo y oírlo todo; a su madre levantando la mirada con intensa concentración, presintiendo el peligro, a sus tías rodeándolo, a él y a las demás crías; posteriores explosiones de los palos de trueno por todos lados, el horror de ver a su madre caer, a sus hermanas caer, de oír sus voces llamando presas de la agonía y la conmoción. Y después la soledad y el abrumador hedor de la sangre.

Regresó un instante al presente y permaneció inmóvil en la creciente oscuridad mientras sus emociones se debatían en un violento torbellino. Se dio cuenta de que hacía años que había olvidado aquel suceso; era la pieza que faltaba y, de alguna manera, desaparecido de su memoria... hasta que la recobró el aroma traído por la brisa.

Cerró los ojos y regresó al pasado para revivir aquellos últimos instantes por si acaso la memoria los ocultase de nuevo. Se quedó mirando al *dos patas* que se había ocupado de carnear el rostro de su madre. Tocó al asesino, que se volvió para encararlo, y en ese momento Ishi soltó un chorro de orina (no sabría decir si entonces o en el pasado, cincuenta años atrás) porque mirarlo a los ojos era como mirar a la muerte. Y eso quería Ishi... morir junto a su madre. Así que sin temer a las consecuencias, cargó contra el *dos patas* y de pronto ahí cesó su recuerdo.

Ishi se quedó en el presente con el corazón martillando en su pecho. Entonces reconoció el olor y al *dos patas* que lo poseía. No cabía duda. Allí estaba él, todos esos años después, en alguna parte, en algún lugar a barlovento.

Mutegi, hijo de Gichinga, y su equipo ya habían mantenido demasiados altercados con los somalíes para que quisieran volver a trabajar en el Tsavo. Se había partido un tobillo mientras huía de un pelotón de somalíes de gatillo fácil tres semanas antes y, como de momento había quedado fuera de servicio, Gichinga ocupó su puesto para rastrear una nutrida manada que se dirigía al sur a lo largo de la frontera entre Kenia y Tanzania. Sin guerrilleros ni patrullas de la Fuerza de Campo con los que lidiar en la zona, Gichinga y su equipo se sentían relajados mientras bebían ron y se preparaban para pernoctar. Con un poco de suerte, al día siguiente por la mañana tendrían su marfil y estarían de regreso a casa hacia la hora de comer.

Por naturaleza, Gichinga era de sueño ligero (esta característica le había ayudado a conservar la vida en numerosas ocasiones), así que sus ojos se abrieron de par en par al detectar el peculiar olor que lo rodeaba. Vio, bajo la luz de la luna, una figura oscura que ocultaba las estrellas sobre él y comprendió qué era aquel olor.

Un elefante.

Comenzó a apartar la manta y a estirarse en busca de su arma cuando una fuerza poderosa lo sujetó contra el suelo ahogando cualquier grito. La verdad, de hecho, era que sus pulmones no podían coger aire y sus ojos comenzaban a desorbitarse de modo alarmante. Levantó la mirada hacia la bestia mientras su cerebro intentaba a toda prisa encontrar sentido a la situación. Pero sus ojos no vieron a un enfurecido elefante solitario, sino una presencia solemne y calmada que lo dominaba. Se podría describir incluso como parsimoniosa… Gichinga comprendió la razón al ver por el rabillo del ojo los cuerpos de sus compinches furtivos yaciendo inertes junto a sus mantas dispuestas alrededor de los rescoldos de la hoguera. Su cerebro se las arregló para pensar que nada de eso estaba sucediendo y rogó desesperadamente que todo eso no fuera sino un mal sueño.

Pero estaba despierto y de pronto fue levantado y lanzado con violencia por los aires. Mientras giraba como un muñeco de trapo advirtió que subía más alto que los árboles a su alrededor… y supo que iba a ser una dura caída. Se estrelló desmadejado contra el suelo de lava, partiéndose varios huesos de sus brazos, piernas y cavidad torácica. Intentó levantarse y escapar de alguna manera, pero todo lo que pudo hacer fue jadear.

La trompa de la bestia volvió a levantarlo, meciéndolo adelante y atrás mientras caminaba hasta soltarlo junto al fuego. Gichinga gimió cuando el efecto insensibilizador del traumatismo remitió y el dolor de las heridas comenzó a manifestarse. Escupió sangre y su instinto le indicó que allí era donde todo iba a terminar.

—¿Qué he hecho para merecer esto? —dijo con voz ronca y quejumbrosa—. ¿Nos… nos conocemos?

Ishi se limitaba a mirarlo con fijeza, pero Gichinga tuvo la extraña sensación de que el elefante entendía la pregunta. Pareció contestarle… presionando su abdomen con un colmillo hasta hacerlo aullar de dolor.

—¡Ay! ¡Ay!

El elefante redujo la presión y Gichinga vomitó sangre y la agonía lo dejó tan petrificado que no pudo ni emitir un sonido. Cayó hacia atrás, tomó una última y trabajosa respiración y escupió al elefante.

La bestia le propinó un violento golpe en la cabeza con la trompa. Después se echó hacia atrás y descargó todo su peso sobre él como un camión y las entrañas de Gichinga estallaron saliendo por cada uno de los orificios de su cuerpo.

El elefante se quedó mirando a su antigua némesis que, resultaba evidente, ya no volvería a respirar. Ishi había dañado a muy pocas criaturas a lo largo de su vida (y sólo después de sufrir una provocación) y nunca había matado a nadie; desde luego nunca a un *dos patas*. Por consiguiente, lo que acababa de hacer le dejó una sensación extraña y desconocida. Algo oscuro brotó de su corazón. No era culpa o arrepentimiento, pues esos son constructos humanos, sino algo más básico. Se había cumplido su sino; su deber era acabar con las vidas de ese *dos patas* y sus amigos. Sus víctimas jamás volverían a causar daño a los suyos; y así tenía que ser. Decidió no pensar más en el asunto. Dio media vuelta y se alejó de la mortecina hoguera caminando tranquilamente, dirigiéndose de regreso a la ruta prescrita.

Se encontró con una manada al amanecer y saludó cauteloso a sus miembros a medida que se cruzaba con ellos. Ninguno sabía que su manada era el objetivo que los furtivos pensaban exterminar. En efecto, se había hecho justicia.

Uno de los drones localizó a Ishi pocas horas más tarde (lo habían estado buscando frenéticos desde su desvío nocturno) y todos los miembros del equipo soltaron un suspiro de alivio cuando lo vieron reaparecer en su «sendero». No sabrían del fatal incidente acaecido en la zona fronteriza hasta pasados unos días. Al parecer, según dedujeron tras reconstruir la escena a partir de los huesos roídos por los carroñeros, un elefante solitario había machacado a cuatro furtivos mientras dormían. A ningún miembro del equipo de filmación se le ocurrió pensar que el perpetrador podría haber sido aquel viejo y afable macho… cobrando venganza por el exterminio de su familia perpetrado unos cincuenta años antes.

CAPÍTULO XXV
Kenia, en la actualidad

«Si mamá viese Salisbury ahora mismo, creería que está a punto de salir un safari como en los viejos tiempos», reflexionó Amanda con pena mientras observaba a los cuidadores dándoles la ración de comida vespertina a los huérfanos. Además del caos habitual en el orfanato, las estancias residenciales bullían de actividad. Westbrook y el equipo de filmación ya estaban adecuando el garaje de cuatro plazas, donde los drones volaban entrando y saliendo cada pocas horas. Los recién llegados, es decir, Russell, Leslie, Amanda y también Westbrook y Rebecca (quienes, a pesar de sus quince años de diferencia, se habían emparejado gracias a la proximidad y la pasión que ambos compartían por la vida salvaje) ocuparon las habitaciones de la plantilla. El orfanato asombró a Werner Brandeis de tal modo que quiso financiarlo en el momento en el que posó sus ojos en él; les había pedido a Kamau y Makena que permaneciesen en el dormitorio principal, pero estos se mudaron a la casa de invitados sin dejarle otra opción sino la de alojarse en su alcoba.

Aunque Kamau bebía alcohol en contadas ocasiones, y Amanda apenas lo consumió una vez desde que entró en la cincuentena, encontraron una botella de oporto añejo en la licorera y después de la cena salieron al patio con ella. Hablaron durante horas, riendo y llorando mientras se ponían al día de sus respectivas vidas. Sus hijos, unos a mediados de la adolescencia y otros ya veinteañeros e intentando abrirse paso en un mundo nuevo y extraño, eran un gran motivo de orgullo para ambos; y de gran nostalgia.

—¿Recuerdas a Ndegwa, mi viejo amigo de la aldea? —preguntó Kamau con un guiño. Últimamente estaba comenzando a recuperar su antiguo sentido del humor.

—Por supuesto. Tu camarada de correrías. ¿Cómo le va?

—Pues lo nombraron jefe de nuestra tribu hace ya unos años, después del fallecimiento de su padre. Me visita todos los años sin fallar uno.

—Tenéis una bonita amistad. Sobre todo dada la diferencia cultural. Eres afortunado.

—Precisamente de eso quería hablarte. Es de risa... aunque desolador. —Sirvió otra copa de oporto—. Cada vez que lo veo siento que tenemos menos cosas en común. Es como hablar con el representante de una civilización antigua. Intenta explicarle eso de Internet a alguien que jamás ha conducido un coche.

—Ya... Es una pena —dijo Amanda sin poder disimular una sonrisa—. Al menos así te mantienes en contacto con tus raíces.

—¿Estás de guasa, hermanita? —La golpeó en un hombro, juguetón. El afecto que se profesaban en la cincuentena no era distinto al de su juventud—. Atiende, que ahora viene lo mejor de todo... Me preguntó si a mi chico de catorce años le gustaría celebrar el rito de paso a la edad adulta con ellos, como hacíamos en los viejos tiempos.

—¿Quieres decir cuando te conocimos?

—Exacto. Es tan bueno e ingenuo que piensa que Nzala debe ser circuncidado por un anciano de la aldea y pasar después pasar solo en la sabana tres días con sus tres noches.

—¿No estás siendo un poco cruel? Después de todo, es el mundo que conoce.

—¿Tú crees? —Kamau lo meditó un instante—. Sólo las condiciones higiénicas bastarían para ponerlo en peligro. Y, además, estaría totalmente perdido sin su portátil.

Ambos rieron ante la idea de cómo los chicos de una generación se horrorizaran ante las condiciones vividas por los de otra.

Ellos crecieron en silencio, contemplando el cielo de las noches africanas plagado estrellas. Al final, Kamau alzó su copa.

—Por nuestra querida mamá, en paz descanse. Y por nuestro querido Ishi, que, con un poco de suerte, no tardará en reunirse con nosotros.

El viejo macho había entrado en el Tsavo el día anterior, según informaron los exploradores, y se encontraba a unas cuatro o cinco jornadas de Salisbury... si todo iba bien.

He pasado la mayor parte de mi vida fuera de este lugar y aquí está esperándome, inmutable a pesar de todo. Los paisajes, los sonidos, los olores, todo me trae recuerdos de mi juventud mientras camino por estos valles, que tan bien conozco, y me baño en mis ríos preferidos. Me encuentro con rostros nuevos, y jóvenes; por desgracia, mis averiguaciones me indican que todos mis viejos amigos han muerto. Pero, igual que sabía que iba a llegar aquí, y he llegado, no me cabe duda de que alguno aún estará caminando por las llanuras cuando me presente.

Una bonita garceta blanca se había hecho amiga de Ishi la semana anterior y cabalgaba subida a su espalda mientras picoteaba los alimentos contenidos en el barro acumulado en sus costados. Ishi ni siquiera había advertido su presencia hasta que una tarde ella le habló.

—Mi querido anfitrión, tenemos que encontrar un bucare, esta una herida de aquí desprende un fuerte olor a podrido. He estado comiendo todas las cosas que viven en ella, pero tu situación no mejora.

Ishi se alarmó tanto por entender los pensamientos del ave como por la información que le facilitaba. Había viajado con muchas garcetas en el pasado, pero ninguna le dirigió la palabra antes.

—¿Puedes hablar con...? ¿Sabes mi idioma?

—Bueno, me temo que en realidad eso plantea otra pregunta. O bien tengo un don especial… o tu estado mental ya no es el que era.

Eso lo alarmó aún más. Había advertido cómo su concentración, y su memoria, se habían deteriorado durante las últimas semanas (¿o desde hacía más tiempo?) y comenzaba a ver cosas que, tras una observación más atenta, en realidad no estaban allí. Los delirios causados por la fiebre de la podían ser la explicación, pero en sus momentos lúcidos sabía que se estaba engañando a sí mismo. Todo se debía a la edad: estaba viejo. Había visto cómo muchos elefantes decaían en sus últimos días. Y ahora le pasaba a él. Prueba de ello era que el pájaro le hablaba.

No obstante, decidió continuar, pues disfrutaba de la conversación aun en el caso de estar hablando solo en realidad.

—Busco a otros como yo, pero mi vista ya no es la que era. ¿Serías tan amable de adelantarte volando de vez en cuando y decirme si ves alguno? Me ayudaría en mi viaje y, además, me ahorraría un montón de búsquedas innecesarias.

La garceta no encontró a ningún miembro de su especie durante los dos días que progresaron hacia el norte a través de las colinas meridionales del Tsavo. Al día siguiente, comenzada la tarde, llegaron a una sabana llena de moradores de las planicies paciendo entre la hierba al tiempo que vigilaban con atención a un grupo de felinos tumbados a la sombra de una acacia solitaria. La garceta emprendió vuelo y poco después regresó planeando sostenida por una corriente de aire cálido hasta posarse con suavidad sobre los hombros de Ishi.

—Bueno, hemos tenido suerte. Hay unos cuantos como tú allá en el horizonte. Te guiaré hasta ellos si quieres.

La estación húmeda había comenzado su declive apenas unas semanas antes, pero aún quedaban uno o dos chaparrones antes de la llegada del calor abrasador de la estación seca. El cielo septentrional, la dirección de Ishi y su nueva amiga, comenzó a oscurecerse y chisporrotear con relámpagos. Apenas habían llegado al horizonte cuando comenzaron a caer finas gotas de lluvia; poco después una manada de cinco solteros se dejó ver algo más abajo, en las riberas de un río de aguas barrosas.

—Ahí están —dijo el pájaro—, ¿Los ves, amable anfitrión?

—Por supuesto que los veo. No estoy ciego.

Ishi se apuró a cubrir la distancia entre ellos, pues había detectado olores conocidos desde hacía mucho tiempo. Los miembros de la manada lo observaron cautelosos mientras se aproximaba y alzaron sus trompas indagando en su olor. Dos de ellos corrieron hacia él barritando. La garceta hubo de revolotear de un lado a otro para evitar que la aplastasen al saludarse.

Toda una casualidad pues, de entre todos los elefantes, fue a encontrar a dos hermanos integrantes del último clan al que perteneciese antes de su salida forzosa de África. Se habían unido a él y a Regato durante la reunión anual de manadas, tras el fallecimiento de Negrote, y pasaron la mayor parte de la estación viajando juntos. Habían transcurrido treinta años, pero de alguna manera se las apañaron para sobrevivir. Ay, menudas historias tendrían para contar.

Buscaron refugio bajo un bosquecillo de eucaliptos cuando comenzó a llover y los truenos retumbaron por encima de sus cabezas, sobre los picos de las colinas. Los hermanos, Patudo y Susurros, permanecieron juntos e inseparables desde que dejasen su clan de nacimiento; Patudo se había convertido en su protector e intérprete mientras crecían, pues el tal Susurros era prácticamente mudo. De vez en cuando se unían a alguna manada de solteros, siguiendo la vieja máxima: «Viajar en grupo aumenta las posibilidades de supervivencia». Desde luego, en su caso se había cumplido.

Se quedaron de piedra al saber de la desaparición de Ishi; lo buscaron durante unas cuantas estaciones hasta que al final lo dejaron. Pero entonces lo miraban atónitos mientras les hablaba del lejano mundo de los *dos patas*; de hecho, como Ishi había comprendido muchos años atrás, estaba tan alejado de la capacidad de comprensión de un elefante que prefería hablar de ese periodo sin entrar en demasiados detalles.

Los hermanos también afrontaban sus últimos años y tanto comprendían el viaje del viejo macho que se ofrecieron a acompañarlo durante el resto del camino. Por los viejos tiempos. Ishi se sintió profundamente conmovido y aceptó la oferta de inmediato.

Westbrook y el director observaban las grabación recién entregada con Werner Brandeis en pie tras ellos. Confirmaron que aquellas criaturas habían pasado décadas sin verse y ahí estaban, a pesar de todo, recuperando el contacto como si no hubiese pasado más de una jornada. Le explicaron al benefactor que, con el relato adecuado, la audiencia iba a sentirse sobrecogida. De nuevo.

Poco después los truenos y relámpagos fueron demasiado intensos para que el dron pudiese sobrevolar la zona y lo hicieron regresar a la base. Se perdieron a la garceta batiendo las alas furiosa tras él, siseando y traqueteando hasta que decidió que había logrado ahuyentar a aquella cosa y regresó orgullosa a su anfitrión.

Aquella noche se contaron innumerables historias durante la cena. La plantilla de Salisbury tenía tantas anécdotas para compartir con Brandeis, Westbrook y el director que continuaron hablando hasta bien pasada la medianoche. Para Brandeis, habituado a impartir órdenes y recibir un trato deferencial, la compañía de la que disfrutaba aquella noche era tan diferente y colorida que, por una vez, durante un rato llegó a olvidarse de sí mismo. Westbrook jamás había contemplado esa faceta del magnate y, a decir verdad, comenzó a gustarle.

Brandeis se sintió impresionado por Russell y Amanda durante el vuelo a África, pero entonces, tras unas cuantas botellas de vino y en compañía de Kamau, brindaron a los presentes unas historias que lo dejaron mudo de asombro. Al retirarse para dormir le dijo a Westbrook que debían ponerlos ante las cámaras. Eran unos personajes inolvidables… y una parte de la historia del elefante tan importante como cualquier otra.

Llegó la mañana y, como no cesaba la lluvia, las cabezas pensantes de Salisbury comprendieron que podrían tener un problema. Los exploradores lo confirmaron por radio; sí, tenían un problema: el río que fluía desde las colinas meridionales el Tsavo ya no era un arroyo fácil de vadear. Era un embravecido torrente.

CAPÍTULO XXVI
Kenia, cruce de frontera

El clan de solteros se quedó en la ribera observando el furor del río. Había llovido durante los tres días, con sus tres noches, pasados desde que emprendieron el viaje juntos y el cielo estaba tan oscuro a mediodía como al ocaso. Ninguna bestia, ni siquiera un elefante, podría vadear un río con tan fuerte escorrentía. Pasaron dos jornadas explorando las riberas en busca de un lugar mejor por donde cruzar, pero no encontraron un vado adecuado. Esa circunstancia implicaba el fin del viaje, al menos hasta que disminuyese el cauce. Y eso podía tardar semanas.

Los cuatro machos miraron a Ishi, conscientes de que no disponía de semejante cantidad de tiempo. ¿Había recorrido todo ese camino… para quedar a un río de casa? Ishi miró con fijeza a la feroz y atronadora corriente y supo que habría de intentarlo. Hasta entonces, de alguna manera, todo había salido bien; así que asumió que continuaría su buena fortuna.

Encontró el único vado posible a poco menos de dos kilómetros río abajo; era la sección más ancha y, por tanto, menos profunda; además, tenía un pequeña islote boscosa a medio camino de la orilla opuesta. Si lo cruzaba yendo un poco contracorriente, el cauce lo empujaría lo bastante cerca del islote para poder llegar a él y allí reunir fuerza suficiente para vadear el último tramo. Iría solo…, no quería que los demás se arriesgasen a sufrir una calamidad, pues ellos no tenían ninguna cita con el destino como la tenía él.

A los hermanos no les gustó nada la idea. Argumentaron que Ishi no estaba en la plenitud de su fuerza, ¿y si no lograba alcanzar el islote? Terminaría siendo un cadáver flotante atrapado kilómetros río abajo entre troncos y peñascos. ¿Qué clase de final era ese para él? O para ellos, pues en la próxima reunión anual de clanes habrían de narrar la historia de cómo se despidieron de su amigo.

Pero Ishi no se dejó disuadir y cuando el aguacero amainó hasta convertirse en simple llovizna fue río arriba hasta llegar a una estrecha playa fluvial. Se despidió de los hermanos, a quienes esperaba encontrar más tarde, cuando cruzasen... Y se metió en el río.

Aquella noche, la grabación realizada por el dron, donde se veía al héroe realizar el valeroso intento de vadear el torrente de casi cien metros de anchura, dejó al público repartido a lo largo y ancho del mundo clavado frente a la pantalla. No tardaron en comprender que Ishi luchaba por sobrevivir cuando por primera vez desapareció bajo la corriente y no emergió hasta pasados algo más de cuarenta metros. No hizo falta ni narración ni música: casi todos los espectadores contemplaron la escena en pie, rogando para que el animal lo consiguiese. No se dieron cuenta de cuánto habían invertido en aquel viejo macho hasta entonces, cuando su posible final se presentó ante sus ojos sin nadie que pudiese evitarlo.

El equipo de filmación se sentía aún más angustiado. Aquello podía poner un repentino punto final a la vida de su amado héroe, además del programa. Brandeis había elegido dejar que realizase el viaje por su cuenta, pero en ese momento su propia decisión lo atormentaba. Comprendieron que debían intervenir de algún modo... Si era posible. O si no era ya demasiado tarde.

Los demás machos corrían a lo largo de la ribera lanzando gritos de ánimo mientras Ishi sacudía sus patas en la rápida y traicionera corriente. Estaba progresando a buen ritmo hacia el centro cuando en ese momento vio al islote acercándose muy rápido y pensó que quizá no lograse alcanzarlo. Comprendió que se trataba de un asunto de vida o muerte, así que tanteó y encontró un modo de salvar la distancia. Nunca había nadado en aguas tan profundas, aunque dadas las circunstancias quizá su esfuerzo no fuese suficiente. Movió sus patas desplazándose hacia adelante con todo su brío. De pronto, volvió a tocar el fondo. Sujetó con la trompa una raíz que sobresalía justo bajo la superficie y tiró hasta subir a tierra.

Oyó a sus amigos barritando desde la orilla y vio a su compañera garceta revolotear entusiasmada sobre él. Se desplomó en la arena y vomitó agua, después sintió las fuertes protestas de sus temblorosas piernas, de su corazón, que martillaba desbocado, y de sus doloridos pulmones. Aquello había sido demasiado, mucho más de lo estimado al principio, y supo que habría de descansar toda la noche antes de intentar vadear el segundo tramo. Dos jornadas atrás había visto una serie de fuertes rápidos un par de kilómetros río abajo (los humanos los clasificarían como rápidos de clase V) y sabía que probablemente ese rabión supondría el fin de todo si no conseguía cruzar a tiempo,.

Esa noche un viejo amigo lo visitó mientras dormía, hablándole con voz tranquilizadora y cargada de afecto. Regato. Ishi, en sus sueños, creyó que de verdad estaba con él, pero dormía tan profundamente que no podía responderle. Regato le aseguraba que aún no había llegado su hora, pues iba a sobrevivir hasta la conclusión de su viaje. Ishi sintió un amor y una ternura abrumadores; y comprendió, con una punzada de tristeza, que muy pronto se reuniría con él.

A la mañana siguiente sintió una presencia a su lado y al abrir los ojos se encontró con la más inesperada de las sorpresas. Había salido el sol y allí estaba su viejo amigo sentado junto a él. El *dos patas* que conoció cuando era pequeño… El mismo *dos patas* que lo había encontrado huérfano y visitado durante toda su vida. Qué demonios… ¿Aún estaba soñando?

Comprendió que no era un sueño cuando Kamau le habló con la voz que recordaba. Se levantó, olfateó a su amigo, agradecido, y ambos se abrazaron.

—Ay, viejo amigo, ¿te has vuelto loco? —preguntó Kamau—. ¿Tienes idea de dónde te has metido?

Ishi estaba hambriento y cansado, pero la inesperada visita de Kamau fue como un tónico. Miró más allá y vio a un par de *dos patas* de piel oscura esperando junto a un esquife provisto de motor fuera borda varado en la playa del islote. Reconoció su olor... Eran sus invisibles compañeros de viaje, los que le dejaban las hierbas; se comportaban como los cuidadores del orfanato. Eran sus amigos.

Entonces Kamau señaló a la otra orilla e Ishi se volvió. Allí estaban los *dos patas* que, junto con Kamau, eran la principal razón de su viaje. Russell y Amanda no debían saludarlo ni gritar su nombre, pues acrecentarían su ansiedad. El animal detectó su gran preocupación y sintió que se encontraban allí para brindarle apoyo. Lo creyó adecuado; habían estado para él al principio y estaban para él entonces, cuando se acercaba su posible final.

—¿Estás preparado, *tembo*? —preguntó Kamau mientras le acariciaba la cabeza. Ishi lo miró a los ojos y Kamau le dio una palmada en los colmillos mientras le dedicaba una sonrisa de ánimo—. Pues, entonces, vamos allá.

Dicho eso, Kamau se dirigió al esquife, lo pusieron a flote y saltó a bordo junto con los dos exploradores. Uno de ellos se ocupó del motor de fuera borda, rodearon el islote y esperaron a que el elefante se metiese en el agua. La grabación del dron se había hecho viral y entonces casi todos los canales y plataformas emitían el programa en directo.

Ishi reunió fuerzas y caminó hasta el borde del agua. Miró al otro lado del río y escogió un bosquecillo de árboles fantasma como punto de referencia. Después entró con paso firme en la corriente y se rodeó de los espíritus de sus seres queridos. No perecería si recordaba lo dicho por Regato. Sobreviviría al lance.

La corriente lo golpeó en cuanto salió de la gradual pendiente del islote y hubo de hacer fuerza contra ella. Sus hombros se hundieron y fijó la mirada en los árboles fantasma. Kamau lo llamaba animándolo mientras el esquife abría el vadeo.

Entonces hundió la cabeza. Continuó moviendo las patas hacia delante con la trompa alzada por encima de la superficie para coger aire. Cuando sus orejas se sumergieron, oyó un inquietante sonido por encima del rugido del fuera borda: grandes rocas chocando unas con otras al ser arrastradas por el fondo.

Después la corriente se hizo tan fuerte que ya no pudo mantener las pezuñas en contacto con el fondo. Emergió dando una patada y nadó agitando las patas con toda su fuerza.

Kamau gritaba desde el esquife.

—¡Vamos, Ishi! ¡Tú puedes! ¡Ven hasta aquí!

Ishi levantó la mirada hacia la orilla y descubrió que el bosquecillo de árboles fantasma ya no estaba a la vista. Tampoco lo estaba la playa donde aguardaban sus amigos *dos patas*. La corriente lo había arrastrado río abajo… No sabía decir cuánto, pero la distancia hasta el rabión tenía que estar reduciéndose. Pateó con más fuerza y entonces vio a Amanda en la orilla siguiéndolo en paralelo, gritándole sin dejar de correr.

Le ardían los pulmones; ya apenas podía oír las palabras de Kamau y el corazón martillaba en sus oídos ahogando las voces que resonaban en su cabeza. De pronto chocó contra algo duro que lo detuvo mientras el agua corría a su alrededor. Echó un rápido vistazo y vio un enorme peñasco; era el primero del grupo que componía la entrada al rabión. Su corazón dio un vuelco… Y entonces vio a Kamau a su lado inclinándose sobre la borda del esquife.

—¡Nada hacia mí, *tembo*! ¡Puedes hacerlo! ¡Tú puedes!

Ishi nunca había detectado pánico en la voz de Kamau y hacerlo tuvo el efecto de un golpe de *ankus*. Se encontraba en ese momento que siempre vio plasmado en los ojos de otros animales cuando se rendían, se lo decía su instinto. Pero él jamás había dejado de luchar; debía perseverar o todo habría terminado.

Tomó una profunda respiración y se lanzó hacia el siguiente peñasco. Se hundió un instante, emergió y pateó con furia acercándose a la siguiente roca. Se estrelló contra ella y dejó que la propia corriente lo sujetase. Apenas podía ver algo sobre la revuelta superficie, pero sabía de otro peñasco situado no muy lejos y también que no se encontraba muy apartado de la orilla y de la fiable tierra firme. Uno más. Sólo uno más.

Tomó una profunda respiración y se lanzó.

El público estaba tan implicado en el drama que muchos transeúntes oyeron gritos y voces de ánimo saliendo por las ventanas de calles situadas en diferentes partes del mundo; todos se preguntaron cuál sería la competición deportiva que se celebraba.

Los drones (uno cerca de Ishi y el otro más alejado para proporcionar un plano amplio) facilitaban a los espectadores una buena perspectiva. El plano general se tomaba contracorriente desde el rabión (aunque sería más preciso describirlo como una atronadora cascada escalonada); los espectadores podían ver lo cerca que estaba Ishi de ser arrastrado. El dron más próximo atrapaba la intensidad plasmada en los ojos del elefante mientras luchaba por ganar la orilla y la voz de Kamau imponiéndose al estruendo de los rápidos.

Nadie había visto jamás una retransmisión semejante. Se habían hecho incontables sagas acerca de la vida y la muerte de los animales, desde luego, pero nunca en tiempo real y ninguna había logrado un seguimiento tan entusiasta por parte del público a pesar de su incierto y absolutamente impredecible final. La visión de tan enorme criatura convirtiéndose en un ser pequeño e indefenso en ese peligroso entorno fue más de lo que muchos espectadores pudieron soportar y algunos hubieron de apartar la mirada o taparse los ojos.

Los pies de Ishi resbalaron en las pulidas rocas alineadas en el fondo y luego un gran ramal lo golpeó, hundiéndolo bajo él. Al emerger vio que estaba a punto de rebasar el último peñasco y se estiró desesperado intentando alcanzarlo. A duras penas logró posar un pie y se impulsó para alzarse.

—¡Ya casi estás! —chilló Kamau mientras el esquife aguardaba justo por encima del animal con el motor de fuera borda funcionando a plena potencia sólo para mantener su posición—. ¡Sólo un poco más!

Ishi alzó la mirada y vio cuán cerca estaba el borde del remolino y cuán abajo se encontraba el siguiente tramo del río. Advertirlo lo animó y volvió a mirar a la orilla con renovado empeño. Se lanzó hacia ella y, justo en el momento en que la corriente comenzaba a arrastrarlo, sintió que hacía pie y la playa apareció ante su vista. Escaló la abrupta orilla y obligó a sus agotadas piernas a cubrir los pocos metros restantes, jadeando y tambaleándose hasta caer en la arena.

Kamau saltó del esquife y se arrodilló a su lado.

—¡Lo has conseguido, *tembo*! ¡Sabía que podrías! —gritó Amanda colocándose junto a él para rodear con sus brazos la empapada y poderosa cabeza del elefante.

Brandeis y Westbrook llegaron a la cresta alzada sobre ellos y supieron entonces que formaban parte de la más dramática y emocionante filmación del mundo animal jamás vista. Aquella fenomenal criatura y esa amabilísima gente reunida a su alrededor en una pequeña playa fluvial eran parte de un momento inolvidable de la historia; poco importaba qué sucediese después. Contra todo pronóstico, Brandeis había hecho la apuesta correcta.

La última parte del viaje fue, afortunadamente, la más sencilla. Salisbury se encontraba a media jornada de marcha e Ishi, después de comer y dormir unas cuantas horas, levantó su agotado y dolorido cuerpo. Kamau y Amanda cubrieron el tramo con él; Russell iba en un Jeep tras ellos. Los drones capturaron la llegada a su «lugar de nacimiento» justo en el momento en el que el sol se hundía tras unas lejanas colinas cuya línea de horizonte Ishi tenía grabada para siempre en su memoria.

CAPÍTULO XXVII
Kenia, los últimos días

Ishi pasó poco tiempo en Salisbury. Ya no encajaba en el lugar, ni literalmente ni en sentido figurado. Aquello era un orfanato para los más jóvenes y él era demasiado grande para acomodarse en sus dependencias, no digamos para dormir en su antiguo recinto. Por tanto, durmió frente a la entrada principal con Kamau, que apenas se apartaba de su lado. Ishi estaba completamente exhausto y había dejado de comer. El río le había arrebatado toda la resistencia que pudiera quedarle y no la iba a recuperar en los próximos días.

Después de que Russell le dedicase una larga y emotiva despedida a su viejo amigo, Brandeis dispuso que este y Leslie volasen de regreso a Londres a bordo de su avión privado. Brandeis, Westbrook y el director de filmación atendieron con todo respeto la petición de Amanda cuando les pidió que no siguieran a Ishi si se alejaba para ir a morir. Aceptaron sin poner la menor objeción; tenían material suficiente para montar un final épico y no había necesidad de invadir su espacio con drones mientras el animal vivía sus últimos momentos. En cualquier caso, hacerlo sería un acto indecoroso.

Aquella noche, durante la cena, Rebecca contó una historia que había leído acerca de la fuerza adquirida por los vínculos establecidos con esas criaturas a lo largo de una vida. Un conservacionista llamado Lawrence Anthony se había dedicado a visitar a una manada salvaje con la que llegó a entablar una profunda amistad a lo largo de los años. Tiempo después, al morir, la manada recorrió el trecho de ochenta kilómetros que separaba la sabana de su reserva para llegar tres días más tarde y presentar sus respetos. Nadie supo responder a la pregunta de cómo supieron de su fallecimiento. El simple hecho de que acudiesen, no hablemos de recorrer los ochenta kilómetros, ya era asombroso.

Así, nadie se sorprendió cuando varios elefantes comenzaron a presentarse a las afueras de Salisbury para despedirse de su viejo amigo. Las crías observaban desde el otro lado de la valla el espectáculo de aquellos gigantes reuniéndose fuera para intercambiar historias y entrelazar sus trompas, tocándose y apoyándose unos a otros.

Mami Blue fue la primera en llegar, junto con el compañero de Ishi en su clan, Ojos Tristes. Aparte de la verdadera madre de Ishi, Mami Blue había sido el personaje más importante de su vida y en vano intentó contener sus emociones. A fin de cuentas, ella fue una de las principales razones para emprender su viaje y al final no pudo reprimir las lágrimas.

Los dos sabían que se aproximaban a su fin, de modo que se pusieron al corriente de los últimos treinta años de sus vidas. Mami Blue poseía la mayor cantidad de conocimiento que Ishi hubiese visto jamás, pero incluso ella se quedó sin habla al oír la historia de su vida. Se quedaron juntos durante horas, apoyándose el uno en la otra, alimentándose mutuamente de su fuerza vital.

Para gran sorpresa de Ishi, aquella tarde se presentó una pareja de ancianas y compartieron con él sus recuerdos. Cierta noche, unos cincuenta años atrás, habían llegado a Salisbury después de que su clan oyese su llanto y le dijeron saber el sino de su familia. Como entonces él era demasiado joven, y se sentía demasiado desconsolado, para viajar con ellas, le propusieron acudir después de cada estación húmeda hasta que estuviese preparado. Pero poco después él se fue con el clan de Mami Blue y nunca se volvieron a encontrar. Y allí estaban las dos, concluida la estación húmeda, realizando la misma ruta ancestral, maravillándose por lo grande y querido que había llegado a ser aquel pequeño macho.

Al día siguiente se presentaron Susurros y Patudo, después de haber viajado durante tres jornadas río abajo hasta encontrar una arcada construida por los *dos patas* y apresurarse a cruzar la gran sabana preguntando a cualquier elefante que encontraban si sabía algo de Ishi. Les dijeron que había sobrevivido, lo cual les hizo sentirse inmensamente felices, pero esa felicidad se trocó en inquietud al saber que lo escoltaban los *dos patas*. Entonces, al llegar a Salisbury y ver a los *dos patas* pululando por todas partes, se preocuparon un poco, por decirlo de alguna manera. Pero Ishi alivió sus temores y poco después se dedicaron a comer las mejores hierbas que un elefante podía imaginar.

La procesión de elefantes fue adecuadamente filmada y transmitida al mundo como prueba de su inteligencia y de la profundidad de sus emociones. Gracias a la magistral narración de Morgan Freeman, nadie dudó (a excepción de los chinos y otros habitantes del sueste asiático) del lugar de los elefantes entre los miembros del reino animal dotados de sensibilidad: justo al lado de delfines y ballenas.

Era la tercera noche que Ishi pasaba en su hogar y sus viejos amigos partieron como si se hubiese dado una señal. Kamau comprobó su estado varias veces aquella noche, mientras dormía, pero todo parecía normal. Poco antes del alba, al despertar, Ishi se había ido.

Fue a la habitación de Amanda con el corazón roto, la despertó y hablaron en voz baja mientras tomaban un café en la cocina. No era que no confiasen en Brandeis o Westbrook, pero la historia con Ishi era suya. Ambos sabían que probablemente aquellas fuesen sus últimas horas de vida. Por tanto, realizarían sus movimientos con absoluta discreción.

Kamau le dijo que tenía una idea bastante aproximada del lugar a donde se podría haber dirigido.

Mi amigo el pájaro se ha reunido esta noche conmigo mientras caminaba hacia ese lugar que me había estado llamando. Mis pasos son más ligeros y no siento dolor. Estoy cansado, muy cansado, pero aún tengo fuerza suficiente para llegar hasta allí.

He concluido el viaje que me prometí hacer. He visto a los amigos que tenía que ver y estoy contento. Sólo me lamento de haber dejado atrás a mis dos queridos dos patas y no haberlos despertado para despedirme, pero sé que lo entenderán. Daría mi vida defendiéndolos, pues ellos darían la suya por proteger la mía; lo sé. Para mí, esa es la marca de la verdadera amistad.

Los primeros tonos del alba comenzaban a delinear el paisaje a su alrededor y los sonidos diurnos sustituían a los nocturnos mientras se aproximaba a su destino. Su vista se había nublado tanto últimamente que sintió, más que vio, la presencia de otro macho cerca de él. Lo sobresaltó una voz.

—Veo que has regresado, mi joven amigo —retumbó Negrote caminando furtivo a su lado. Ishi se maravilló de tener su mismo tamaño.

—¿Cómo supiste dónde encontrarme? —preguntó.

—No fue complicado para un viejo macho. —La piel de Negrote estaba mojada de pies a cabeza y una bruma fresca lo envolvía como una nube. A Ishi, en el estado en el que se encontraba, eso le pareció normal, así que no hizo preguntas.

—Por cierto, ¿cómo te ha ido con las damas? —continuó Negrote, mordaz—. ¿Te admitieron entre ellas?

Ishi no quería ofenderlo, ni siquiera entonces, así que se limitó a sonreír.

—Tenías razón, por supuesto. Al final encontré mi camino. No me hicieron falta las damas.

Ishi no alteró el paso mientras se dirigían a los árboles alineados en un prado ribereño. Los mopanes eran mucho más altos que la última vez que había estado allí, pero el lugar aún era reconocible. Era un prado exuberante y tranquilo, igual que cincuenta años atrás.

Negrote había desaparecido de su lado, pero eso no lo preocupó. El pájaro aún estaba con él, posado sobre sus hombros.

—¿Has visto a los tuyos ahí delante? —preguntó la garceta. Evidentemente, su vista era mucho mejor que la de Ishi; este avanzó con prudencia, temeroso por asustar al clan que acababa de vislumbrar.

—Sí, los veo —susurró, y allí estaba su clan de hacía tanto tiempo pastando tranquilamente en la hierba que crecía junto al río de aguas lentas y perezosas. Avistó la silueta de su madre y caminó hacia ella.

No hubo necesidad de decir nada al apoyar la cabeza contra la suya, pues sus pensamientos convergieron como si perteneciesen a un mismo ser. Mientras se miraban a los ojos, comunicó todo lo acaecido a lo largo de su vida en lo que se le antojaron unos segundos y percibió la pena y el dolor que sólo una madre podía sentir ante las tragedias padecidas por el hijo que había dado a luz. Ella le acarició con la trompa hasta el último centímetro de su rostro. Para Ishi fue como si entrase en él.

Y entonces él vio y «sintió» sus recuerdos. Siguiendo un giro profundamente triste, estos continuaron después de su muerte, pero no como algo visible; era como si hubiese quedado ciega. Sólo emociones, crudas y palpables, en una oscuridad impenetrable. Ishi lloró por ella y ella por él... Y por la vida que su madre nunca pudo tener.

Sería difícil concretar cuánto tiempo estuvieron así, pues el tiempo se había vuelto elástico. Ishi estaba bien versado en asuntos de sueños y recuerdos, pero eso era distinto. Desde luego, no había nada que temer; de hecho, era bastante reconfortante.

Entonces sintió la presencia del resto de su familia original rodeándolo; cada uno de sus miembros entraba y salía de él sin decir una palabra. No habían envejecido ni un día, como su madre. Sus huesos se hallaban bajo el terreno donde se encontraba en ese momento y ellos, como si sus espíritus hubiesen continuado moviéndose a lo largo de los años, acudían a saludar a su hijo pródigo, al único superviviente de su clan. Y se conmovieron profundamente al darle la bienvenida al hogar.

Ishi levantó la mirada y se dio cuenta de que el pájaro había volado.

* * *

Kamau apagó el Rover y se quedó sentado con Amanda en medio del silencio, escuchando el tintineo del motor mientras se enfriaba. Había estado muchas veces en aquella ladera desde la primera vez que llegó a ella y oyó el estruendo de la matanza perpetrada más abajo, hacía ya unos cincuenta años. Entonces volvía a visitar la pradera, en silencio y desde lejos. Habían pasado doce horas, sabía que la Naturaleza seguiría su curso poco después de que Ishi exhalara su último suspiro. Quería decirle su último adiós, además de quitarle los colmillos para que ningún furtivo profanase su cadáver. O se beneficiase de él.

Media hora después, llegaron al prado extendido a los pies de la colina y buscaron señales del paradero de su amigo. Al principio no detectaron ninguna, y Kamau comenzó a dudar de la certeza que tenía respecto al punto que escogería Ishi. Pero después Amanda señaló a una figura oscura descendiendo del cielo planeando hasta posarse ligera en un árbol alto. Vieron docenas de grandes pájaros ocultos en el dosel arbóreo. Así que allí estaba, en alguna parte, por debajo de los buitres que esperaban pacientes.

Los humanos casi habían llegado al río cuando lo vieron. Yacía sobre un costado, como si durmiese, pero había algo que mantenía apartados a los buitres, aunque no se percibía el movimiento de su respiración y no movía ni la cola ni la trompa.

Kamau entregó el viejo .375 de Russell a Amanda (estaban en territorio de leones, quizá necesitasen realizar un disparo de advertencia) y le indicó con una señal que se mantuviese alerta y lo vigilase. Se acercó en silencio a su amigo y de pronto supo que ese era el lugar exacto donde lo había encontrado cincuenta años atrás. Yacía en el mismo sitio, pero esta vez sin su madre al lado. Y, como entonces, sin dar señales de vida.

Se arrodilló cerca de él y examinó el ojo que quedaba a la vista, ya cerrado. De pronto, el ojo se abrió y Kamau se sobresaltó igual que cincuenta años atrás.

—Ay, *tembo*, no pretendía molestarte —susurró—. Vuelve a dormir.

Ishi alzó su trompa despacio para olfatear el ambiente y Kamau comprendió que estaba ciego. Le hizo una señal a Amanda para que se acercase y ambos se sentaron en cuclillas mientras observaban a su amigo fijar su mirada en algún lugar muy alejado de allí. Entonces su trompa se movió en dirección a ella... Había detectado su olor. A continuación exhaló una larga y dolorosa espiración y Amanda hubo de contener sus lágrimas. Sabía que eso era exactamente lo que habría de suceder, pero el conocimiento no facilitaba la situación.

—Ay, viejo amigo —murmuró—. Qué daría yo para que volvieses a ser la cría que conocí... Y comenzar de nuevo.

Estiró un brazo, lo acarició y entonces oyeron un suave gruñido procedente de lo más profundo del animal. Inclinaron sus rostros hacia el suyo, olieron su peculiar aroma y besaron su gigantesca y arrugada mejilla con los ojos arrasados de lágrimas.

Al final, Kamau se puso en pie y ayudó a Amanda a levantarse.

—Sabe que estamos aquí. Démosle el tiempo que necesita para reunirse con su clan.

Amanda asintió y se retiraron despacio.

* * *

Puedo retroceder en el pasado como si todo hubiese sucedido ayer. Como dije al principio, sólo quería encontrar mi hogar y despedirme de mis amigos por última vez. Ya lo he hecho y ahora soy libre para marchar.

Ya sea oscuridad todo lo que encuentre o acabe en un lugar lleno de amigos y luz o suceda algo que no haya considerado, iré a ese sitio antes de que me haya abandonado todo signo de vida. Los elefantes lo sabemos. Puede que observe esta vida desde algún lugar del firmamento o quizá me funda con la tierra y no sea consciente de nada más que de un sueño sin sueños.

No importa qué me vaya a encontrar, estoy preparado.

EPÍLOGO

Kamau visitaba el lugar del último descanso de Ishi todos los años al final de la estación húmeda. A veces pensaba que sentía la energía del elefante atravesándolo y, después de superar la pena inicial, sonreía durante días recordando a su amigo.

Brandeis, fiel a su palabra, financió el orfanato de Salisbury y siempre que visitaba África acudía al lugar para pasar una noche. Nunca se sintió tan feliz como durante la filmación del viaje de Ishi y quería mantener el contacto con los maravillosos personajes que había conocido. Pero nunca volvió a ser lo mismo.

Tres años después, Amanda y Leslie llevaron a Russell para que descansase junto a Jean y Terence en el paraje que dominaba Salisbury y el Tsavo. Russell había llegado a nonagenario, pero al no poder reunir la voluntad o la capacidad necesaria para pintar (ni siquiera para leer), se preparó para irse, igual que Ishi. Evidentemente, ambos hallaron la respuesta al mayor misterio de todos.

Amanda vio a sus hijas casarse, abandonar el hogar y comenzar sus propias familias, y después de pasar tres años viviendo sola, aceptó la invitación de Leslie para ir a vivir a una casa de invitados en su propiedad. Podía escoger a su antojo estar sola o recibir la visita de amigos interesantes… Comenzó a trabajar en su primera novela.

Se tituló *La memoria de un elefante.*

Kenia e Inglaterra, 2015

Concluyó la edición de este libro a cargo de Berenice el 17 de octubre de 2023. Tal día de 1936 nace Sathima Bea Benjamin, cantante y compositora sudafricana natural de Johannesburgo, a quien el presidente sudafricano Thabo Mbeki concedió la Orden del Premio de Plata Ikhamanga en reconocimiento a su «excelente aportación como artista de jazz», así como por su contribución «a la lucha contra el apartheid».